新潮文庫

ダブリナーズ

ジョイス
柳瀬尚紀訳

新潮社版

8655

目次

ダブリナーズ

姉　妹　The Sisters

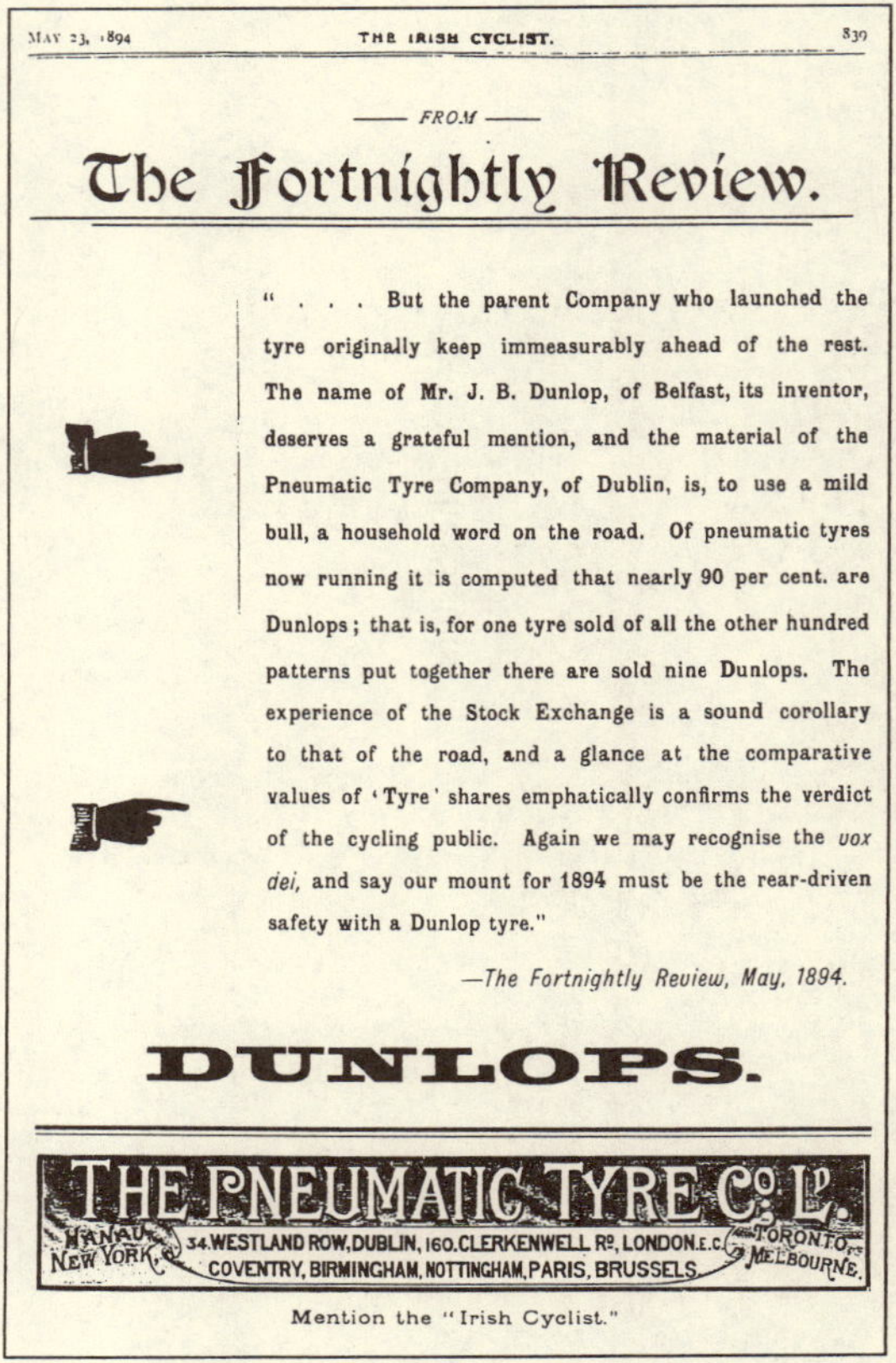
MAY 23, 1894 THE IRISH CYCLIST. 839

— FROM —

The Fortnightly Review.

" . . . But the parent Company who launched the tyre originally keep immeasurably ahead of the rest. The name of Mr. J. B. Dunlop, of Belfast, its inventor, deserves a grateful mention, and the material of the Pneumatic Tyre Company, of Dublin, is, to use a mild bull, a household word on the road. Of pneumatic tyres now running it is computed that nearly 90 per cent. are Dunlops; that is, for one tyre sold of all the other hundred patterns put together there are sold nine Dunlops. The experience of the Stock Exchange is a sound corollary to that of the road, and a glance at the comparative values of 'Tyre' shares emphatically confirms the verdict of the cycling public. Again we may recognise the *vox dei,* and say our mount for 1894 must be the rear-driven safety with a Dunlop tyre."

—The Fortnightly Review, May, 1894.

DUNLOPS.

THE PNEUMATIC TYRE Co. L^D.

HANAU, NEW YORK. 34 WESTLAND ROW, DUBLIN, 160 CLERKENWELL R^D, LONDON E.C. COVENTRY, BIRMINGHAM, NOTTINGHAM, PARIS, BRUSSELS. TORONTO, MELBOURNE.

Mention the "Irish Cyclist."

①ダンロップ社「空気タイヤ」の広告

あの人は今度こそ助からない。三度目の卒中だった。毎晩毎晩、僕はあの家の前へ行っては（学校は休みに入っていた）、明りの点《とも》っている四角い窓を見つめた。来る晩も来る晩も、ほんのりと一様に、変らず明りが点っていた。もし亡《な》くなったのなら、暗く翳《かげ》ったブラインドに蠟燭《ろうそく》の影が映るはずだ。死んだ人の枕元《まくらもと》には二本の蠟燭を立てることになっているのだから。しょっちゅう聞かされていた。わたしはもう長くない。そんなのは徒言《あだごと》だと思っていた。今になってみれば、本当だったのだ。毎晩、あの窓を見上げながら、中風《ちゅうふう》という言葉を小さくひとりごちた。それまではずっと、別世界の言葉みたいに耳になじまないひびきだった。幾何学《ユークリッド》の磬折形《けいせつけい》や教理問答《カテキズム》の聖職売買という言葉と同じようなひびき。それが今や、極悪非道の生き物の名前みたいなひびきに聞える。怖くて竦《すく》みあがった。そのくせ少しは近づいて行って、そいつの荒仕事を見届けたい気がした。

コッター爺《じい》さんが暖炉に当りながらパイプをくゆらせているところへ僕は階段を下りて行き、夕食のテーブルに着いた。叔母がオートミールの粥《かゆ》をよそってくれていると、爺さんはさっきの話へ戻るというふうに口を開いた。

——いや、なにも現にそうだったとは言っとらん……だけどなんかしら変人だったぜ……なんかしら気味悪い感じよ。わしの思うところを言わせてもらえばだ……。パイプをぷかぷかやり始め、どうやら思うところを頭の中でまとめているらしい。くだくだしい老いぼれのくせに！　うちへ来るようになった当初は、澱酒《おりざけ》だの螺旋管《らせんかん》だのの話をしてくれて、なかなか面白かったのに。それがいつものべつまくなしウィスキー工場の話ばかりで、じきにうんざりしてしまった。

——わしはこう解釈してるんだ、と、言った。思うに、あれはまあ一種の……奇人の部類……うまく言えんけど……。

再びパイプをぷかぷかやり始めて、解釈のほうは途切れてしまった。僕が睨《にら》むようにするのを見て、叔父が言った。

——うん、おまえさんの仲良しが亡くなったとさ、さみしくなるだろ。

——誰のこと？　僕は言った。

——フリン神父だ。

——死んだの？

——今、コッターさんから聞いた。家の前を通って来たんだと。

注視を浴びているのがわかったので、知らされてどうともないように食べ続けた。叔父がコッター爺さんに弁じた。

──この坊主《ぼうず》とは大の仲良しだったんでね。あの年寄がずいぶん教えてくれたんだよ。たいそう目をかけてくれたそうだし。

──あのお方の魂に神様のお慈悲を、と、叔母が信心深く唱えた。

コッター爺さんはしばし僕を見つめた。黒光りする当り眼《まなこ》が僕を窺《うかが》う気配は察したけれど、相手の思いどおりに皿から顔を上げてやりはしなかった。爺さんはまたパイプをくゆらせて、終《しま》いにペッと炉の中へ唾《つば》を吐いた。

──うちの子供らなら黙っちゃおかんがよ、と、言った。ああいう人間とむやみに話相手になるのは。

──どういうこと、コッターさん？　叔母が訊《き》いた。

──つまりだな、と、コッター爺さんが言った。子供らに悪い。わしの考えとすればだ、腕白ざかりは同い年の腕白ざかりと駆けずり回って遊ばせときゃいい、どうもああいう……そうだろ、ジャック？

──おれだってその主義さ、と、叔父が言った。放っておけば喧嘩《けんか》の一つも覚える。しょっちゅうこの薔薇《ばら》十字会の小僧に言ってるんだ、躰《からだ》を鍛えろって。そうさ、おれのガキの時分なんか、そりゃもう毎朝、冷水浴だった、夏だろうと冬だろうと。おかげでこのとおり元気だっての。教育も至極結構だが……コッターさんに、ほら、マトンの腿《もも》を出してあげちゃどうだ、と、叔母を促す。

——いやいや、かまわんでくれ、と、コッター爺さん。

叔母は蠅帳《はいちょう》からマトンの載った皿を取出し、テーブルに置く。

——でもどうして子供たちによくないって思うわけ、コッターさん？　と、訊いた。

——子供らに悪いってのはだ、と、コッター爺さん。子供らの心は感化されやすいからよ。子供らがあんなふうに物事を見た日にゃ、その影響がな……。

僕は怒りをぶちまけそうになって、粥をかっこんだ。くだくだしい赤っ鼻のうすのろのくせに！

晩《おそ》くまで寝つかれなかった。コッター爺さんに子供扱いされたのも癪《しゃく》だったが、言い掛けては途切れた言葉の意味を考えると頭がこんぐらかったのだ。部屋の暗がりの中で、中風患者のあの重苦しい灰色の顔に再び会えるのを想像した。毛布をひっかぶり、クリスマスのことを考えようとした。けれども灰色の顔はなおもつきまとう。その顔がつぶやく。何かを告白したがっているのだとわかった。自分の魂が何か心地よい悪の領域へ遠のいていくのを感じた。するとそこでもまた、あの顔が待ちかまえている。それがつぶやき声で僕に告白を始め、どういうわけか笑みを絶やさず、唇には唾《つばき》がべとついている。しかし僕は、それがもう中風で死んだのを思い出した。そして自分もまた、あたかも聖職売買者の罪を赦《ゆる》そうとでもいうように、弱々しく笑っている気がした。

翌朝、朝食のあと、グレイトブリテン通りの小さな家を見に行った。目立たない店で、布地物というぼやけた看板が出ている。布地物とは主に幼児用毛糸靴と傘だ。普段の日は、傘修理という札がウインドウにぶら下がっていた。今は見えない。鎧戸《よろいど》が閉っているからだ。縮緬《クレープ》の造花の花束が一つ、扉のノッカーにリボンでゆわえてあった。みすぼらしい二人の女と電報配達の少年が、造花にピンで留めてあるカードを読んでいた。僕も近寄って読んだ。

忌中

一八九五年七月一日
ジェイムズ・フリン師（ミーズ通り聖カタリナ教会元司祭）
享年《きょうねん》六五

カードを読んであの人は死んだのだと納得した。そして自分がふっと阻《はば》まれた気がして戸惑った。まだ生きているのなら、僕は店の奥の小さな暗い部屋へ入って行っただろう。するとあの人は暖炉のそばの肘掛椅子《ひじかけいす》で、厚手の上着にすっぽりくるまるようにしているのだ。たぶん叔母がハイ・トーストの一箱も持たせてくれて、この贈物にうつらうつら居眠りしているあの人は目をさます。箱の中味を黒い嗅煙草入れ《かぎたばこ》に移すのはいつも僕の役目だ。なにしろ手のふるえがひどいから、任せておいたら嗅煙草の半分は床にこぼしてしまう。大きなふるえる手を鼻にもっていくだけでも、細かな葉《は》屑《くず》が指の間からはらはら落っこちて上着の胸にちらばる。そんなふうにたえず嗅煙草が降り掛るせいか、古めかしい司祭服は褪《あ》せて緑色になりかけていた。赤いハンカチも、いつも一週間分の嗅煙草の染《し》みで黒ずんでいるから、それで落ちた葉屑を払いのけようとしても用を成さなかった。

中へ入って一目会いたかったが、ノックする勇気はなかった。そこを離れて、通りの陽の当る側をのろのろ歩き出し、その路《みち》の店のウインドウに出ている芝居がかった宣伝文句を残らず読んだ。僕も、この陽光も、どちらも喪に服する気分になっていないような気がして、妙だった。自分が内心ほっとして、あの人の死によって何かから解き放たれたかのような気分なのに気づいて、腹立たしくさえなった。不思議だった。叔父が前の晩言っていたように、ずいぶん教えてくれた人なのに。ローマのアイルランド神学校で学んだことがあって、ラテン語の正しい発音を教えてくれた。地下墓所《カタコンベ》やナポレオン・ボナパルトの話をしてくれたし、ミサのさまざまな儀式や司祭の纏《まと》うさまざまな祭服の意味を説明してくれた。面白半分のように、むずかしい質問を出されることもあった。これこれの場合にはどうするべきか、これこれの罪は大罪か軽罪か、あるいは落度にすぎないかなどと問うのだ。そういう質問から、いとも単純な行いだとばかり思っていた教会のもろもろの制度が、いかに複雑神秘であるかを知った。聖体や告解室の秘密に対する司祭の職責はあまりにも重々しいものに思われて、それを引受ける勇気のある人がいるのが不思議なくらいだった。教父たちが郵便局住所人名録ほどの厚さの、新聞の訴訟公示欄みたいにぎっしり活字の詰っている本をたくさん書き残し、そういうこみ入った問題を解明していると聞かされて、なるほどと思った。よくそのことを思い出しては、何一つ答えられなくなったり、いとも愚かなしどろもどろの答えしかできなくなり、するとあの人はにっこり笑って、二、三度うなずく。ミサの答辞を暗記させておいて、それを通して試すこともあった。僕が早口に唱えると、思いに沈むように笑みを見せ、うなずいて、ときおり嗅煙草をたっぷり摘《つま》んで両の鼻に押込む。笑顔になると、大きな変色した歯並《はなみ》があらわになり、舌をだらんと突き出す——知合ったばかりでまだ親しくなかった頃は、なにか不気味な感じのした癖だった。

日向《ひなた》を歩きながら、僕はコッター爺さんの言葉を思い出し、そのあと夢で見たことを思い出そうとした。見上げるようなビロードのカーテンと古風な吊《つ》りランプが出てきたのを思い出す。ずいぶん遠く、風習の違うどこかの地にいたような気がする――ペルシアだろうか……。しかし夢の結末は思い出せなかった。

夕方、叔母に連れられてお悔やみに行った。日は落ちていた。それでも西向きの家並の窓ガラスには、大きな層雲の金茶色《きんちゃいろ》が照り映えていた。ナニーが玄関へ出てきた。大声で話しかけるのは憚《はばか》られるので、叔母はただ黙ってその手を握った。老女は問い掛けるように二階を指差し、叔母がうなずくと、先に立って狭い階段をえっちらおっちら上っていく。うなだれた頭は手摺《てすり》の高さにも届かない。そして最初の踊り場で立ち止ると、死者の部屋の開け放したドアの方へ進むように促す。叔母が中へ入った。老女は、僕が入るのをためらっているのを見て、再び手招きを繰返す。

爪先《つまさき》立つようにして中へ入った。部屋にはブラインドのレースの裾《すそ》を通して鈍い金色の光があふれ、その光の中で蠟燭が青白く弱々しい炎のように見えた。あの人は棺《ひつぎ》の中だった。ナニーが前へ出て、三人で棺台の足元に跪《ひざまず》く。僕は祈っているふりをしたものの、老女のもぐもぐいう声に気が散って文句がまとまらない。ふと見ると、老女のスカートは後ろのホックがだらしなく留めてあり、布靴の踵《かかと》は片側にばかり磨《す》り減っている。老司祭が棺に横たわって笑顔になっているのを想像した。

しかし、違った。立ち上って棺台の枕元へ行くと、笑顔でないのが見て取れた。横たわる姿は、厳《おごそ》かで、重厚で、祭壇へ向うときの祭服を纏い、大きな両手に聖杯をゆるく押えていた。顔はとても険しく、土色にむくみあがり、黒くぽっかりと鼻の孔《あな》が見え、うっすらと和毛《にこげ》が覆《おお》っている。むせ返る匂《にお》いが部屋にこもっていた——花だった。

十字を切って、そこを出た。階下の狭い部屋へ入ると、イライザがあの人の肘掛椅子に端然と座っていた。僕が隅っこのいつもの椅子へそろりそろりと近づくのといっしょに、ナニーは食器棚へ行ってシェリーのデカンターとワイングラスを取出した。それをテーブルに置いて、少しどうかと勧める。それから、姉に言われて、シェリーをグラスに注いでから、こっちへ手渡す。僕にはしきりにクリームクラッカーも勧めたけれど、食べるとばりばり音がすると思って断った。僕が断ったのをなんとなくがっかりした様子で、そのままそっとソファへ行くと、姉の後ろに座る。誰一人、口をきかなかった。皆、虚《うつ》ろな暖炉を見つめた。

叔母が、イライザの溜息《ためいき》の出るのを待ってから言った。

――とうとう逝《い》ってしまわれて。

イライザがもう一つ溜息をついてうなずく。叔母はワイングラスの脚を指先で撫《な》でてから、ほんの少し啜《すす》った。

――最期《さいご》は……穏やかに？　と、訊《たず》ねた。

――ええ、それはもう穏やか、と、イライザは言った。いつ事切れたのかわからないくらい。安らかな死に方だった、ありがたいことに。

――で、もう全部……？

――オローク神父さんが火曜日に来て、終油をすませて、心支度をさせてくれたから。

――それじゃご存じで？

――悟りきってたわ。

――悟りきったお顔ですもの、と叔母は言った。

――湯洗いに来てもらった女《ひと》もそう言ってたわ、眠ってるようだって。あんなに穏やかで悟りきった顔だもの。あんな安らかな死顔になるとは誰も思わなかったでしょうよ。

――おっしゃるとおり、と、叔母は言った。

もう一啜りしてから続けた。

——でもね、フリンさん、何はともあれ、できるだけのことをしてあげたと思えば、せめてもの慰めになるじゃない。二人とも、ずいぶん優しくしてあげたんだもの。

イライザは膝《ひざ》もとの皺《しわ》をなでつけた。

——ああ、不憫《ふびん》なジェイムズ！　と、言った。むろんできるだけのことはしたつもり、貧しいなりに——生きてるうちは不自由させたくなかったし。

ナニーはソファ枕《まくら》に頭をもたせかけて、今にも寝入りそうだった。

——ナニーもたいへんよ、と、イライザはそれを見やる。もうくたくたでしょ。何もかもわたしらでしたからね、わたしら二人で。湯洗いの女《ひと》を頼んで、納棺の準備をして、それから納棺、それから礼拝堂《チャペル》でのミサの手はず。オローク神父さんがいなかったら、わたしらで何ができたことか。あの方が花やらあの二本の蠟燭《ろうそく》を礼拝堂《チャペル》から持ってきてくれて、フリーマンズ・ジェネラルに載せる報《しら》せを書いたり、墓地の書類やジェイムズの保険なんかも手配してくだすった。

——親身になってくださったのね、と、叔母は言った。

イライザは目を閉じて、ゆっくりとうなずいた。

——ええ、古い友に優《まさ》る友なし、と、言った。結局は、死んでも頼りになるのはそういう友達よ。

――ええ、ええ、そのとおり、と、叔母は言った。それにきっと、あの世へ召された今も、それはもうあなたたちの思い遣《や》りは忘れっこありませんよ。

――ああ、不憫なジェイムズ！　イライザは言った。ちっとも手の掛る人じゃなかった。家の中で物音一つ立てないのは今と同じ。でも、逝ってしまってそれっきりってことはわかる。

――全部すませたら、また寂しくおなりね、と、叔母が言った。

――そうね、と、イライザは言った。もうビーフティーを持っていくこともないし、奥さんだって、もう嗅煙草を持たせてよこすこともないわね。ああ、不憫なジェイムズ！

ふと押黙って、過去を思いめぐらすようにしてから、賢《さか》しらげに言った。

――あのね、なんだか近頃様子がおかしいとは気づいていたの。スープを運んでいくたびに、聖務日課書を床に落したまま、椅子にもたれて口をぽかんと開けているじゃない。

鼻の頭に指をのせて、眉《まゆ》をひそめた。それからまた続ける。

――そんでもしょっちゅう言ってたわ、夏のうちにいつか馬車で出かけるんだわたしらみんなの生れたアイリッシュタウンの昔の家をもういっぺん見たい、わたしとナニーも連れてくって。新式の馬車を借りればいいオローク神父さんから聞いてた音のしない馬車、中気車輪の、あれを一日安く借りられれば——そう言ってたの、あそこのジョニー・ラッシュの店のをさ、そしたら日曜日の夕方にでも三人で行こうなんて。すっかりその気になってたのよ……不憫なジェイムズ！

——あの方の魂に主の憐《あわ》れみを！　と、叔母が言った。

イライザはハンカチを取出し、目をぬぐう。それからハンカチをポケットに戻して、しばし無言のまま虚ろな炉格子《ろごうし》を見つめた。

——いつも几帳面《きちようめん》すぎる人だった、と、言った。司祭のお務めは荷が重かったのよ。だから一生、八方ふさがりの十字路に立っていたようなもの。

——ええ、と、叔母が言った。力抜けしていらしたふう。そう見えました。

沈黙が小さな部屋を支配した。それに乗じて、僕はテーブルに近づいてシェリー酒を一口味わい、それからそっと片隅の椅子に戻った。イライザは深い追憶に沈んだ様子だった。何か言って沈黙を破ってくれるのを叔母といっしょに恭《うやうや》しく待つ。長い間があってから、ゆっくりと口をひらいた。

——あの聖杯をこわしたものだから……。あれが事の始まりだった。もちろんたいしたことではないって皆さんおっしゃって、つまり、何も入っていたわけじゃないから。

でも、やっぱり……。侍者の男の子のせいだそうだけれど。かわいそうに、ジェイムズは苦にしてた。あの人に神様のお慈悲を！

――そうでしたの、と、叔母が言った。そんなふうに聞いてましたけど……。

イライザはうなずいた。

――それで滅入《めい》ってしまったわけ、と、イライザは言った。それからというもの、独りでふさぎこんでしまって、誰とも口をきかずに独りで歩きまわるようになった。それである晩、来てほしいっていうお宅があったのに、姿が見えないんですって。あちこちくまなく探したそう。それでもやっぱりどこにもいない。そしたら教会書記の人が礼拝堂《チャペル》にいないだろうかと言った。それで鍵《かぎ》を取ってきて礼拝堂《チャペル》に入って、教会書記の人とオローク神父さんと居合せたもう一人の司祭さんが明りをもってあの人を探した……。そしたらなんと、いたんですって、告解室の暗がりに一人きりで座って、かっと目を見開いて、独りでくっくっと笑ってるみたいだった。

ふっと、聞き耳を立てるように口をつぐんだ。僕も耳をすます。しかし家中、物音一つしない。それに僕はわかっていた。老司祭はさっき見たときと同じように棺に静かに横たわり、胸に徒《いたずら》な聖杯をのせたまま、いかめしくて険しい死顔をしているのだ。

イライザが言葉を継ぐ。

——独りでくっくっと笑ってるみたいだった……。だから、もちろん、あの方たちがそれを見て、これは気がおかしくなったと思ったんです……。

出会い

An Encounter

②ピジョンハウス（火力発電所）

アメリカ大西部を持ちこんだのはジョウ・ディロンだった。ユニオンジャック、度胸、半ペニーの驚異といった古雑誌を少しばかり集めていたのだ。毎日、学校が退《ひ》けた夕方、皆で彼の家の裏庭に集ってはインディアンの戦《いくさ》の段取りを決めた。愚図兵衛《ぐずべえ》リーオというふとっちょの弟と二人で守る厩《うまや》の二階陣地を、僕らが襲撃して攻め落す。あるいは草むらで真正面からぶつかり合う。しかしいかに善戦しようが、包囲攻撃も戦闘も勝ったためしがなくて、勝負はことごとくジョウ・ディロンの戦勝の踊りで幕を閉じた。両親は毎朝、ガーディナー通りの八時のミサに行くのを欠かさないし、玄関ホールにはディロン夫人のしっとりした匂《にお》いがしみわたっていた。そんな家の息子なのに遊び方は烈《はげ》しすぎて、年下で気の小さい僕らはとても敵《かな》わなかった。インディアンさながらに庭を跳ね回る。ティーポットカバーの古いのを頭にかぶり、げんこつでブリキ缶を叩《たた》きながら奇声を張り上げた。

——ヤッホー！　ホィー、ホィー、ホィー！

この彼が司祭の道に召されているという噂《うわさ》がひろまったとき、誰も信じなかった。しかし本当だった。

おさまらない気分が僕らの間に浸透し、そのせいで、育ちや体格の違いが吹っ切れた。僕らは結束した。勇み立つのもいれば、面白半分のもいれば、ほとんど腰が退けているのもいた。この及び腰のインディアン、勉強の虫だとかひ弱いやつだとか思われるのが厭《いや》だった一人が、僕である。大西部の物語の冒険談は、僕の性格からはほど遠いものだったが、それでもとにかく逃避の扉を開いてくれた。僕はアメリカの探偵小説のほうが好きだった。なりふり構わぬ烈しい美女が入れ替り立ち替り登場する。そういう物語にはなにも悪いことが書かれていないし、文学的な意図のものもあったけれど、学校ではこっそり回し読みした。ある日、バトラー神父がローマ史の四頁《ページ》分の宿題を口頭試問しているとき、ぶきっちょなリーオ・ディロンが半ペニーの驚異を見とがめられてしまった。

——この頁、いやこの頁にしようか？　この頁がいいかな？　さあ、ディロン、立ちなさい！　その日未《いま》だ……続けて！　どういう日だね？　その日未だ黎明《れいめい》の……勉強はしてきたね？　何かな、ポケットのそれは？

皆、心臓をどきどきさせながらリーオ・ディロンが雑誌を差出すのを見守り、皆、何食わぬ顔をした。バトラー神父はぺらぺらめくって、眉《まゆ》をひそめる。

——何かね、この紙屑《かみくず》は？　と、言った。アパッチの酋長《しゅうちょう》！　こういうものを読むのかね、ローマ史も勉強せずに？　本校で二度とこういう詰らぬものは見たくない。

これを書いた人間は、まあ、酒代ほしさにこういうものを書くつまらぬ輩《やから》だろう。まさかきみのような子が、教育を受けている子が、こういうものを読むとは！　わからん……公立校の生徒でもあるまいし。よいか、ディロン、きびしく言っておく、きちんと勉強しないようなら……。

真面目《まじめ》な授業時間中にこういう叱責《しっせき》を食らって、僕にとっての大西部の栄光はひどく色褪《いろあ》せた。そしてリーオ・ディロンのうろたえたぷっくら顔が、僕の良心の一つを呼びさます。それでも学校の拘束力が遠ざかると、またしても荒っぽい興奮を、そうした無法の年代記だけが与えてくれる逃避を、無性に求めたくなった。夕刻の戦争ごっこも、ついには学校の朝の日課と同じように退屈になり始めた。本物の冒険が自分に起ってほしくなったからだ。でも本物の冒険は、と僕は考えた、家に引っこんでる者には起らない。外へ出て探さなければならないんだ。

夏休みが近づく頃、僕は一日だけ学校生活の退屈から抜出そうと決心した。リーオ・ディロンとマホニーという仲間とで、一日サボる計画を立てた。めいめいが六ペンスずつ貯《た》める。朝、運河橋で落合う。マホニーの姉に欠席届を書いてもらい、リーオ・ディロンは兄に病気だと言ってもらう。桟橋通りを船着場まで歩き、そこから渡し船で川を渡って、ピジョンハウスの見えるところまで歩く。リーオ・ディロンが、バトラー神父や学校の誰かに出会《でくわ》さないだろうかと心配した。しかしマホニーが、いかにも賢《さか》しらげに言った。バトラー神父がピジョンハウスに用事なんかないって。なるほど心配は要らない。そこで僕が計画の第一段階を締めくくり、二人から六ペンスずつ集め、同時に自分の六ペンスを二人に見せた。前日の晩、最後の打合せをしながら、僕らはなんとなく気持を昂《たか》ぶらせた。握手をし合って、けたけた笑った。するとマホニーが言った。

——あしたな、相棒。

その夜は寝つきが悪かった。翌朝、家が一番近いので橋へは真っ先に着いた。誰も来ない庭の隅の灰屑溜《はいくずだ》め近くの深い草むらに教科書を隠しておいてから、運河土手を駆けるように急いだのだ。六月最初の週の穏やかな晴れた朝だった。橋の笠石《かさいし》に腰掛けて、前の晩にパイプ白土をせっせと塗りつけておいた頼りないズック靴に見とれたり、従順な馬たちが勤めに向う人々を乗せた鉄道馬車を引いて坂を上るのを眺めたりした。散歩道に立ち並ぶ高い木々の枝という枝が小さな薄緑の葉をつけて華やいでいて、陽射《ひざ》しが斜めにそれを抜けて水面に降りそそぐ。橋の御影石《みかげいし》がぬくもり始めていて、思い浮ぶメロディーに合せてそれをぽんぽん叩く。とてもいい気分だった。かれこれ十分ばかりそうしていると、マホニーのグレーの服が近づいてくるのが見えた。にこにこしながら坂を上ってきて、橋に並んで腰掛ける。待っている間、内ポケットからはみ出ていたパチンコを取出すと、いろいろ手を加えたところを説明した。どうしてそんなものを持ってきたのかと訊《き》くと、鳥をガス欠にしてやるんだと言う。マホニーはスラングを自在に使うし、バトラー神父のことをブンゼン爺《じじい》と言ったりもする。さらに十五分ほど待ったが、リーオ・ディロンの現れる気配がない。マホニーが、しびれを切らして、ぴょんと下りるなり言った。

——行こうぜ。やっぱりデブのやつ、びびったんだ。

——だってあいつの六ペンス……、と、僕は言った。

——あれは罰金だ、と、マホニーは言った。そのぶんおれたちの儲《もう》けだよ——一《そく》じゃなくて一《そく》と六《ろくじ》だもんな。

二人してノーストランド通りまで歩いて硫酸工場まで来て、そこから桟橋通りを右に曲る。マホニーは、人目がなくなったとたん、インディアンの真似《まね》をし始めた。指を引っ掛けただけのパチンコで脅かしながら、ぼろ着の女の子の一団を追いまわし、ぼろ着の男の子が二人、男伊達《おとこだて》とばかりに僕らに石を投げつけると、あいつらを襲撃だなどと言いだす。あんな小さいのは相手にするなと僕は取合わず、そうして二人で歩き出すと、ぼろ着の一隊が後ろから黄色い声を張り上げた。めそ児《じ》ッたれ！　めそ児ッたれ！　僕らを新教徒だと思ったのは、色黒のマホニーが帽子にクリケットクラブの銀バッジをつけていたからだ。火熨斗《ひのし》岩へ来たところで、包囲攻撃を計画した。しかしこれは最低三人いなければうまくいかない。リーオ・ディロンのやつは度胸がないとか、三時にライアン先生に何発撲《ぶ》たれるとか言って、鬱憤《うっぷん》を晴らした。

それから川の近くへ来た。片側が高い石塀になっている騒々しい通りをしばらく歩き回って、起重機や発動機の動きを眺めては、みしみしと走る荷馬車の馭者《ぎょしゃ》に、邪魔だと幾度も怒鳴りつけられた。埠頭《ふとう》に着いたのは午時《ひるどき》だった。人夫たちが皆、昼を食べている様子なので、僕らは干葡萄《ほしぶどう》入りの大きなロールパンを二つ買い、川べりの鉄管に腰をおろして食べ始めた。ダブリン湾に行交う交易船を飽かず眺めた——荷揚船は遠くからでもふんわりした煙が昇るのでわかるし、焦茶《こげちゃ》の漁船がリングズエンドの向うに隊列を組み、向う岸の埠頭には荷揚中の大きな白い帆船が一隻《せき》。マホニーが、あんなでっかい船で海に逃出したらご機嫌だろうなと言った。僕ですら、高いマストを見つめているうちに、授業で一粒一粒飲まされていた地理が目の前で実体となるのが見えてきた。あるいはそれが想像できた。学校も家も僕らから後退していくような感じ、その拘束力が衰退していくような感じなのだ。

渡し船の船賃を払って、リフィー川を渡った。乗り合せたのは二人の人夫と鞄《かばん》を提げたユダヤ人だった。僕らはいかめしいくらいに大真面目になり、それでも束の間《つかま》の船旅の間に一度互いに目が合うと、けたけた笑い出してしまった。岸へ上って、三本マストの優美な帆船の荷下ろしを見物した。向う側の埠頭から見えていた船だ。そばにいた誰かが、あれはノルウェー船だと言った。僕は船尾のほうへ行き、そこに記されている文字を判読しようとした。しかしちんぷんかんぷんなので、引返して外国人の船乗りをしげしげ見ては誰か緑色の目をしていないかと探した。どうも僕の思い違いらしい……。船乗りたちの目は青やグレーで、おまけに黒もある。緑色といえる目をしている船乗りはたった一人だった。その大男が板材の下りてくるたびに陽気な大声をあげては野次馬をわかせる。

——よっしゃあ！　よっしゃあ！

この見物にあきると、僕らはのろのろとリングズエンドへぶらついて行った。汗ばむ暑さになっていて、どこの雑貨屋のウインドウにも黴《かび》かけたみたいなビスケットが白くさらされている。僕らはビスケットとチョコレートを買い、それをせっせと食べながら、漁師の家の並ぶむさ苦しい通りをぶらぶら進んだ。牛乳屋が見当らないので、小さな万屋《よろずや》へ入ってラズベリーのレモネードを一本ずつ買った。これで元気づいて、マホニーが路地にいた猫を追いかけたが、猫は広い野原へさっと逃げてしまった。二人ともいささかくたびれてきたので、野原へ出るとすぐに、傾斜していく堤のほうへ方向を変えた。堤のてっぺんからドッダー川が見えた。

ピジョンハウス訪問の計画を実行するにはもう遅すぎるし、くたびれてもいた。四時前に家へ帰らないと、冒険のことが露見してしまう。マホニーは残念そうにパチンコを見つめた。帰りは汽車にしないかともちかけると、いくぶん元気を取り戻した。太陽は雲のかげに隠れてしまい、僕らにはしょぼくれた思いと食料の食べかすだけが残った。

野原には僕らのほかに誰もいない。言葉も交わさずに堤に寝ころがっていると、野原の向うの外れから一人の男がこっちへ来るのが見えた。僕は女の子が運勢占いをするあの緑色の茎を一本噛《か》みながら、見るともなしにその姿を見ていた。堤をのろのろとやってくる。片手を腰に当て、もう一方の手に持つステッキで草むらを軽く叩いている。緑がかった黒のスーツのみすぼらしい身なりで、当時ジェリーハットといっていた山高帽をかぶっていた。かなりの年らしい。口髭《くちひげ》がうっすら白かったからだ。僕らの足もとを通り過ぎるとき、ちらっと僕らに視線を向けてから、そのまま進んで行った。僕らがそれを目で追っていると、五十歩ばかり行ったところでくるっと向き直り、いま歩いたところを引返してくるのが見えた。僕らのほうへずいぶんのろのろ歩きながら、相変らずステッキで地面を叩く。いやにのろのろしているので、草むらの中で何かを探しているのだと思った。

男は僕らと同じ高さまで来ると足をとめ、こんにちはと言った。僕らが挨拶《あいさつ》を返すと、傾斜する草地にゆっくりゆっくり、たいそう注意深く、僕らと並んで腰をおろした。男は天気の話を始めた。この夏はひどく暑くなるだろうと言い、自分が子供の頃とは季節がずいぶん変ったと言いそえた――もう昔のことだが、と。人の一生でいちばん幸せな時期はなんといっても小学生の頃だ、子供に戻れるものならなにを犠牲にしたってかまわないと言った。そんな心情を吐露されても僕らはいささか退屈するだけで、ただ黙りこくっていた。それから今度は学校のことや本のことを話しだす。トマス・ムアの詩やサー・ウォルター・スコットとリットン卿《きょう》の作品を読んだことがあるかと尋ねた。僕は男の挙げる本をどれもこれも読んだふりをしたので、男はしまいに言った。

――ほう、きみはわたしと同じく本の虫らしい。しかし、と言って、マホニーを指さす。マホニーは目をまんまるくして男とのやりとりを見ていた。この子は違うな、遊び一辺倒だろう。

男は、サー・ウォルター・スコットの全作品とリットン卿の全作品を家にそろえていて、けっして読み飽きることがないと言った。もちろんリットン卿の作品には子供に読めないものもあるが、と言った。マホニーがどうして子供には読めないのかと訊いた――こんなことを訊くので僕は動揺もしたし癪《しゃく》にもさわった。マホニーみたいなぼんくらと思われるのがいやだったからだ。男はしかし、笑いを浮べただけだった。口の中が見えて、黄ばんだ歯が大きな隙間《すきま》だらけになっている。それから今度は、恋人が多いのは僕らのどっちだと尋ねた。マホニーはいい子が三人いるとさらり言ってのける。男は僕には何人いると訊いた。僕は一人もいないと答えた。男はそれを信じてくれず、きっと一人はいるはずだと言った。僕は黙っていた。

――それじゃさ、と、マホニーが小生意気に問う。おじさんには何人いるの？

男はさっきと同じように笑みを浮べ、僕らの年頃には恋人がたくさんいたと言った。

――男の子は誰でも、と、男は言った。かわいい恋人がいるもんだ。

この話題となると男の態度が年の割に奇異なくらい自由《リベラル》であるのに僕は驚いた。僕は内心、この男が男の子や恋人について話すことはもっともだと思った。しかし口にする言葉が好きになれなかった。それになにかを怖がっているのか、急に寒気がするのか、ぶるぶるっと身ぶるいするのが不思議だった。男が話をつづけるうちに、僕はその口調が上品なことに気づいた。男は女の子についてしゃべりだした。女の子はとても柔らかな髪をしているだの、手がとても柔らかいだの、いざ知り合うと見かけほど優しくはないだのと言った。うら若い女の子を眺めて、その真っ白な手や美しい柔らかな髪に見とれるのがなによりも好きだとも言った。なにか暗記したことを復唱しているような印象、あるいは自分の口にする言葉に自分で魅せられて考えが同じ軌道をぐるぐる廻っているような印象だった。だれでも知っていることをほのめかすかと思えば、声をひそめて、あたかも盗み聞きされたくない内緒事を打明けるみたいに曰《いわ》くありげなしゃべり方になる。同じ文句を言い換えては幾度も繰返し、それを単調な声で取囲むのだ。僕は斜面の裾《すそ》のほうをじっと見やったまま、それを聞いていた。ずいぶんたってから男の独白がとぎれた。男はゆっくりと立ち上り、ちょっと失礼するよ、すぐ戻るから、と言った。視線の向きを変えずにそのまま見ていると、男は野原の手近な端のほうへゆっくりと歩いて行く。男が立ち去ってからも、僕らは相変らず言葉をかわさなかった。しばし沈黙があってから、マホニーの声がした。

——おい！　あいつ、へんなことしてるぜ！

僕が返事もしないし目を上げもしないので、マホニーは再び声をあげた。

——おい……。あいつ、変態爺《じじい》だぞ！

——名前を訊かれたらさ、と、僕は言った。きみはマーフィーで、僕はスミスって言おう。

僕らはそれきり互いに口をつぐんだ。男が戻ってきて再び僕らのそばに腰をおろしたら、立ち去ろうかどうしようかと僕は迷っていた。男が腰をおろすのと同時に、マホニーがさっき逃げた猫の姿を見つけ、パッと立ちあがるや野原を駆けて追いかけた。男と僕は追跡劇を見守った。猫はまたしても逃げて行き、マホニーは猫がよじのぼった塀に石ころを投げつけ始めた。これもあきらめると、今度は野原のいちばん向う端をぶらぶら歩きだした。

少し間があってから、男は僕に話しかけた。きみの友達はずいぶん乱暴な子だと言い、あれでは学校でよく鞭打《むちう》ちをくらうだろうと問う。僕は憤慨して、公立学校の生徒ではないからそんな鞭打ちなんてされないと言い返しそうになったけれど、黙っていた。男は男の子の体罰について話しだした。またしても自分の語りに魅了されたかのように、考えがその新たな中心をゆっくりと廻っているふうなのだ。あんなふうな男の子には鞭打ちをくれるべきだ、たっぷり鞭打ちをくれるべきだと言った。乱暴で手に負えない男の子には、しこたま鞭打ちをくれるのがなにより効く。手をバシッと叩《たた》いたり、びんたをくらわせるなんぞは効き目がない。自分なら、しこたま鞭打ちをくれる。こんなことを言い出すのにびっくりして、僕は思わず男の顔をちらっとうかがった。そのとき、二つの暗緑色の目がひくひく動く額の下から僕を見つめているのに出会った。僕はまた目をそらした。

男は独白をつづける。ついさっきの自由主義《リベラリズム》を忘れたかのようだった。男の子が女の子たちに話しかけたり女の子を恋人にしたりするのを見つけたら思いきり鞭打ちをくれてやる、と言った。そうすれば女の子に話しかけたらどうなるか思い知るだろう。そして女の子を恋人にしているのに嘘《うそ》をつく男の子がいたら、この世の男の子が味わったことのないような鞭打ちをくれてやる。それ以上に楽しみなことはこの世にない、と言った。そういう男の子をどんなふうに鞭打つか、それをなにか複雑な秘法でも明かすように僕に説明した。この世でそれ以上の楽しみはない、と言った。そしてその声は、単調なひびきで僕を秘法の中へ連れ行きながら、次第に情愛すらこもってきて、なんとか自分を理解してくれと懇願するふうになった。

僕は男の独白が再び途切れるのを待った。それからパッと立ち上った。心の動揺を気取られないように靴をととのえるふりをしてから、もう行かなくてはならないからと言い、さようならと言った。気を落着けて斜面を上ったが、心臓がどきどきして、いまにも男の手で踝《くるぶし》をつかまえられるのではないかと怖かった。斜面のてっぺんに来てから、僕はくるりと向きを変え、男のほうには目もくれずに、大声で野原の向うへ呼びかけた。

——マーフィー！

僕の声には無理やり虚勢を張っているひびきがあり、そんなさもしい策略が恥ずかしかった。もう一度呼びかけると、マホニーが僕を見て、おーいと返事をした。野原を僕のほうへ突っ走ってきたとき、僕の心臓はどきどき高鳴った。僕の応援に駆けつけるとばかりの走り方だった。僕は改悛《かいしゅん》の思いに駆られた。内心ではいつも彼をちょっぴり軽蔑《けいべつ》していたからだった。

アラビー　Araby

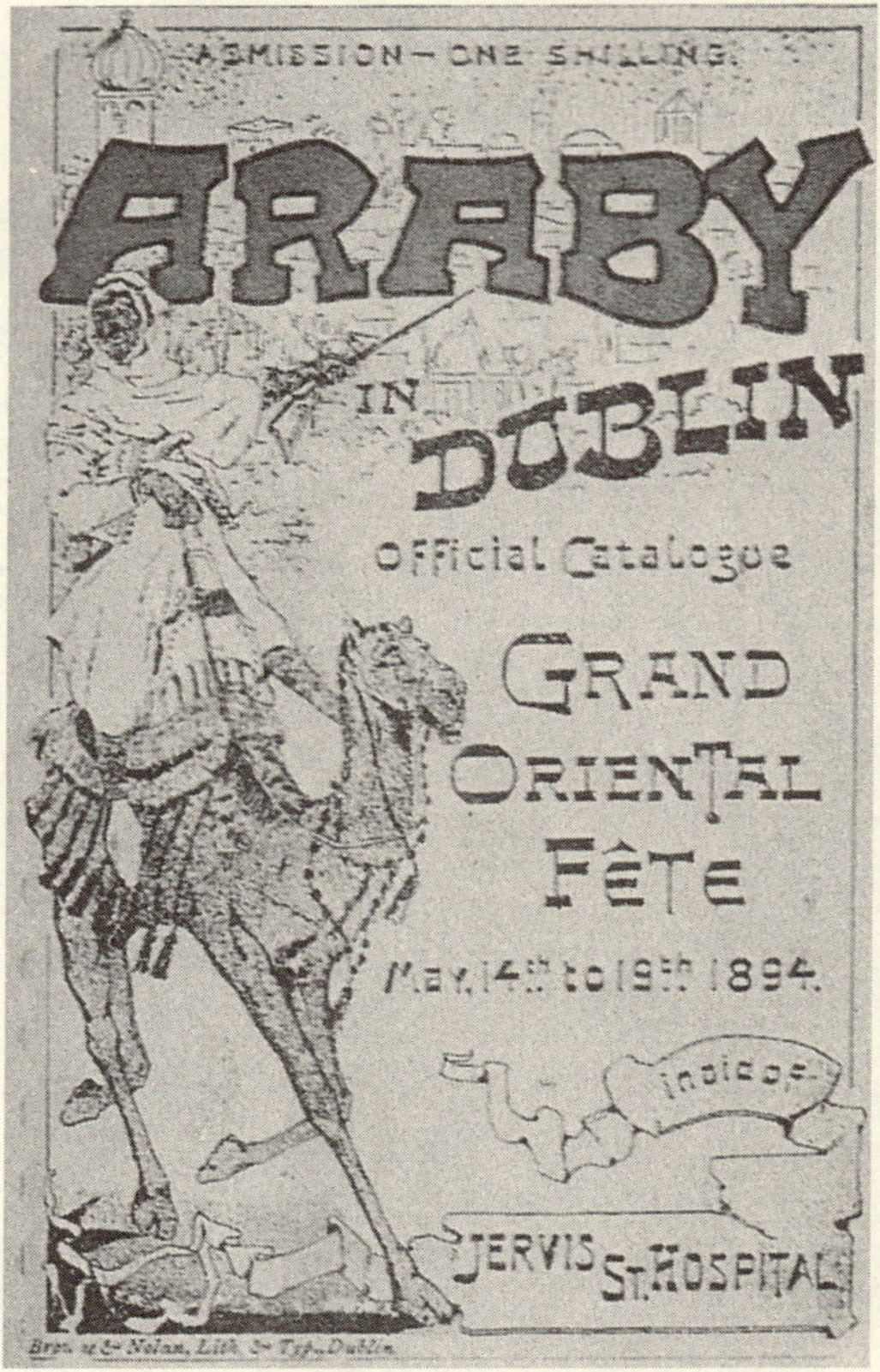

③バザー「アラビー」の広告

ノースリッチモンド通りは袋小路になっているので、クリスチャンブラザーズ校が生徒を解放する時刻を除けば、閑静な通りだった。二階建ての空家が突当りに一軒、四角い一画の近隣から離れて建っていた。通りのほかの家は、それぞれに家の中の見苦しくない暮しを意識しながら、褐色の動じない顔で見つめ合っていた。

うちが越してくる前にこの家に住んでいた司祭は、奥の居間で亡《な》くなった。長いこと閉め切ってあったので、黴臭《かびくさ》い空気がどの部屋にもただよい、キッチンの裏手のがらくた部屋には、捨てるしかない反故紙《ほごがみ》のたぐいがちらばっていた。そんな中にまじって、頁《ページ》が波打ってじっとり湿った紙表紙の本を何冊か見つけた。ウォルター・スコット著僧院長、信心深き聖餐《せいさん》拝受者、ヴィドックの回想録。三冊目のが頁に黄色の紙を使っていたので、いちばん気に入った。家の裏の荒れた庭は、真ん中にリンゴの木が一本立ち、絡《から》み合う藪《やぶ》がいくつかあって、その一つの陰に今は亡き住人の錆《さ》びついた自転車の空気入れを見つけた。慈愛にあふれる司祭だった。遺言書で、金は残らず施設に、家具類は妹に遺《のこ》した。

冬の短い日々がやってくると、まだ夕食のすまないうちに薄暗くなってしまう。皆で通りに集まると、もう家並は黒ずんでいた。頭上にひろがる空は見る見る変る菫色《すみれいろ》、それに向って、立ち並ぶ街灯がかよわい角灯《かくとう》をもたげた。冷気が肌を刺し、皆で躰《からだ》がほてるまで遊んだ。静まり返った通りに、叫び合う声がこだまする。駆けずり回って遊びながら、家並の裏手の暗い泥んこ道に入り込むと、そこの貧しい一画に住む荒っぽい連中の蛮声にどやしつけられ、そこを駆け抜けて露の滴《したた》る暗い庭の裏木戸までくると、灰屑《はいくず》溜めの悪臭が鼻を衝《つ》き、暗く臭い厩《うまや》へくると、馭者《ぎょしゃ》が一人、馬を撫《な》でては馬梳《うまぐし》を入れてやったり、鉸具《かこ》の付いた馬具をジャラジャラゆらしたりしている。通りへ戻ると、家並の台所窓からもれる明りが地階の勝手口のあたりにあふれていた。叔父の姿が通りの角を曲ってくるのが見えると、僕らは暗がりに隠れて、ちゃんと家の中に入るまで待つ。マンガンの姉が戸口に出てきて弟を夕食《ティー》に呼び入れようとすると、その姿が通りのあちこちに目をこらすのを物陰から見守った。そのまま立っているか中に入るかをじっと窺《うかが》っていて、なかなか入りそうにないときには、物陰から出て、仕方なくマンガンの家の前へ歩いて行く。僕らを待つその姿が、半開きのドアからもれる明りでくっきり浮び上っていた。弟はいつも姉をじらしてからやっということを聞き、僕は鉄柵《てっさく》のところにいて彼女を見ている。彼女が躰を動かすとワンピースがゆれて、編んで垂らした柔らかな髪も左右にゆれ動く。

毎朝、僕は通りに面した客間の床に身を伏せて、彼女の家の戸口を見張った。向うからは見えないように、ブラインドを隙《すき》が窓枠から一インチとないくらいに引き下ろしておいた。彼女が戸口の石段へ出てくると、心が躍った。僕は玄関ホールへ駆けて行き、教科書をひっつかむや、彼女のあとを追う。その鳶色《とびいろ》の姿からずっと目を離さずにいて、それぞれの道が分れるところまでくると早足になって彼女を追い越す。これが毎朝のことだった。じかに話しかけたことは一度もなくて、ほんのなにげない言葉をかわしただけ、それでも彼女の名前は召喚状みたいに僕の全身の愚かしい血を召集した。

彼女の姿《イメージ》は、どんなにロマンスと敵対する場所でも僕につきまとった。土曜日の夕方、叔母が市場へ行くとき、僕は買物を持つのを手伝うことになっていた。賑々《にぎにぎ》しい街を抜けて行く。酔っぱらいの男たちや品を値切る女たちにこづかれたりしてごった返す中、人夫たちの罵声《ばせい》が飛び交い、豚の頬肉の樽《たる》の並ぶ店先で店番の少年たちが甲高い連禱《れんとう》のような声を張り上げ、辻《つじ》音楽師たちがオドノヴァン・ロッサを讃《たた》えるみんな来い《カム・オール・ユー》やこの祖国の騒擾《そうじょう》を憂《うれ》う歌謡《バラッド》を鼻声まじりに歌う。こうした喧噪《けんそう》の襲来が、僕にとっては単一の昂揚《こうよう》した生命感となった。僕は自分が聖杯を捧《ささ》げ持ち敵の軍勢の中を無事に抜けて行くのを想像した。

彼女の名が、時折ふっと、僕自身が理解していない奇妙な祈りや讃美《さんび》の文句となって口をついて出た。幾度となく、目に涙があふれた(なぜなのかはわからなかった)。そしてときには、心の内からこみあげる流れがどっと胸にあふれ出すかのようだった。先のことなど考えつかなかった。自分が彼女に話しかけるのかどうかもわからないし、もし話しかけたとしても、思い乱れる憧《あこが》れをどう語ってよいかわからない。しかし僕の全身はさながら竪琴《ハープ》、彼女の言葉や身ぶりはさながら弦を奏《かな》でる指だった。

ある夕刻、僕は司祭が亡くなったという奥の居間に入って行った。暗い雨降りの夕刻で、家の中は物音一つしない。壊れた窓ガラスの一つから、雨が大地を打つ音が聞えた。細い針のような不断の水が濡《ぬ》れそぼつ花壇に戯《たわむ》れる。どこか遠くの街灯か明りの点《とも》る窓が眼下で光った。ほとんどなにも見えないのがありがたかった。僕の五感のすべてがベールに身を隠したがっているようだった。僕は自分がその五感からいまにもするっとすべり出そうになる気がして、両の手のひらをふるえるくらいに押しつけ、低くつぶやいた。ああ、愛! ああ、愛! と、幾度も幾度も。

ついに、彼女は僕に話しかけた。最初の言葉を掛けてきたとき、僕はどぎまぎしてしまって何と答えていいかわからなかった。アラビーへ行くのと僕に尋ねたのだ。僕は返事をしたのかしなかったのかも忘れてしまった。すてきなバザーでしょうね、と、彼女は言った。行ってみたいわ。

──なら行けばいいじゃない、と、僕は言った。

話しながら、彼女は手首の銀のブレスレットをくるくる回した。行かれないの、と、彼女は言った。その週には修道院で静修があるから。彼女の弟と二人の男友達が帽子の奪い合いに戯れていて、僕だけは鉄柵のところにいた。彼女は鉄柵の棒の頭をつかんで、僕のほうへ頭を垂れていた。戸口の向い側の街灯の明りが彼女の項《うなじ》の白い曲線をとらえ、そこにかぶさる髪を照し出し、それから下へ落ちて、鉄柵にのせた手を照し出す。さらにワンピースの片側に降り落ちて、彼女が姿勢をくずすときにちらりと見えるペチコートの白い縁《へり》をとらえた。

──いいわね行かれて、と、彼女は言った。

──もし行ったら、と、僕は言った。なにか買ってきてあげる。

その晩以来、かぞえきれないくらい愚かな思いがわいて、それが寐《ね》ても寤《さめ》ても僕の思考を荒廃させた。バザーまでの日々を全滅させたくなった。学校の勉強には苛《いら》ついた。夜は寝室で、昼間は教室で、彼女の姿《イメージ》が僕と僕の読もうとする頁の間に入りこむ。アラビーという語の音節は、僕の魂の満喫する静寂を抜けて僕のもとに呼び寄せられ、僕に東洋の魔法をかけた。僕は土曜日の晩にバザーへ行かせてほしいと言った。叔母はびっくりして、フリーメイスンの催しではないだろうねと言った。教室では質問にさっぱり答えなくなった。先生の顔が温厚から峻厳《しゅんげん》へと移っていくのを見守った。怠けだしたのではあるまいなと先生は言った。僕はちりぢりになる考えを呼び集めることができなくなっていた。勤勉の人生など、とても辛抱できなくなった。それはいまや僕と僕の欲望の間へ邪魔に入ってきて、僕にとっては子供の遊び、面白くもない単調な子供の遊びみたいに思われた。

土曜日の朝、僕は叔父に今晩バザーへ行きたいと念を押した。叔父は玄関の外套《がいとう》掛けのところで慌《あわ》ただしく帽子ブラシを探していて、そっけなく応じた。

――ああ、わかってる。

叔父が玄関にいるので、通りに面した客間の窓際《まどぎわ》に身を伏せるわけにいかない。僕は不機嫌に家を出て、のろのろと学校へ向った。外気は冷酷なくらいに寒く、すでに僕の心には不安が翳《かげ》っていた。

夕食の時刻に家へ入っても、叔父はまだ帰っていなかった。でも、まだ遅くはない。しばらくじっと時計とにらめっこをしていたが、カチカチいう音に苛立ってきて部屋を出た。階段を上って、二階全部を独り占めにした。天井の高い、冷え冷えする、がらんとした、薄暗い部屋が僕を解放し、僕は歌を歌いながら部屋から部屋へ動いた。通り側の窓から遊び友達が下の道で遊んでいるのが見える。叫び合う声が弱まって不《ふ》明瞭《めいりょう》に届いてくる。ひんやりするガラスに額を押しつけながら、彼女の住む暗い家を眺めた。そうして一時間も突っ立っていたろうか。僕の目に映るのは、ただただ僕の想像が投げかける鳶色をまとった人影、その項の曲線に、鉄柵にのせた手に、ワンピースの下の縁に、街灯の明りが慎ましやかにふれる人影だけだった。

再び階下へ降りると、暖炉のところにマーサーさんがくつろいでいた。よくしゃべる婆《ばあ》さんで、質屋の未亡人、なにやら信心がらみの目的で古切手を集めている。僕は世間話に我慢しなければならなかった。食事は一時間以上もずるずる引き延ばされたのに、まだ叔父は帰ってこない。マーサーさんがそろそろと言って腰を上げた。待てなくて残念だけれど、八時をまわったし、夜遅く外を歩きたくない、夜気《やき》は躰に毒だからと言った。マーサーさんが帰ってから、僕はこぶしを握りしめながら部屋を行ったり来たりした。叔母が言った。

――バザーへ行くのは延ばしたらどう、神様の土曜日なんだし。

九時に叔父が玄関を開ける鍵《かぎ》の音がした。叔父がなんだかぶつぶつ言い、外套掛けが外套の重みを受けてぐらつくのが聞えた。これがどういうことかは察しがつく。叔父が食事を半分ほど終えてから、僕はバザーへ行くお金をちょうだいと言った。叔父はけろりと忘れていた。

──世間の人間はベッドに入って、もう一眠りしている時刻だぞ、と、言った。

僕はにこりともしなかった。叔母が語気強く言った。

──お金あげて、行かせたらどう？　こんなに晩《おそ》くまで待たせたんだから。

叔父は忘れて悪かったと言った。昔からいうとおりだな、勉強ばかりで遊びなしでは子供がだめになる、と言った。それからどこへ行くのだと訊《き》いて、僕がもういっぺん言うと、愛馬と別れたアラブ人を知ってるかと言った。僕がキッチンから出かかったとき、叔父はその出だしの文句を叔母に聞かせようとしていた。

僕はフロリン硬貨を一枚しっかと手にし、バッキンガム通りを駅へ向ってぐんぐん歩いた。買物客が混み合いガス灯がぎらつく街路の光景に、僕は改めてこの旅の目的を思い起した。がらがらの列車の三等車輛《しゃりょう》に席を取る。我慢できないくらい待たせておいてから、列車はのろのろと駅を出た。這《は》うように進んで、廃屋の連なる中を抜け、きらきら瞬《またた》く川を渡る。ウェストランド・ロウ駅では、大勢がどっと客車の扉に向ってきたが、ポーターたちがそれを制して、これはバザー行きの特別列車だと告げていた。僕は空っぽの車輛に一人きりだった。数分後、列車は木造の仮設プラットホームに停まった。道路へ出ると、明りに照らされた大時計の文字盤が十時十分前を指している。目の前には、あの魔法の名を掲げる大きな建物があった。

六ペンスの入口が見つからないので、バザーが閉ってしまわないかと心配して、僕はさっと回転木戸から中へ入り、疲れきったような顔の男に一シリング手渡した。中は大きなホールで、半分ほどの高さにバルコニーが設《しつら》えてあった。ほとんどの売場は閉っていて、ホールの大部分は暗くなっている。礼拝の終った教会に充満する静寂にも似た静寂を感じた。僕はバザー会場の中央へおずおずと進んだ。まだあちこち開いている売場には数えるほどの客しかいない。カフェ・シャンタンと着色燈《ちやくしよくとう》で記された垂幕を後ろにして、二人の男が盆の金を勘定している。僕は硬貨の落ちる音に耳をすました。

自分が来たわけをどうにか思い出して、僕は売場の一つへ行って磁器の花瓶や花柄のティーセットを矯《た》めつ眇《すが》めつした。売場の入《はい》り口で、一人の若い女が二人の青年となにか話したり笑ったりしている。イギリス人のアクセントであるのに気づき、僕はなんとなく会話に耳を傾けた。

——なによ、わたしそんなこと言わない！

——なあに、言ったさ！

——なによ、言わないってば！

——言ったよなあ？

——うん。おれも聞いた。

——まあ、そんな！……嘘《うそ》ばっかし！

僕を見て、若い女は歩み寄ってくると、なにか買いたいのと尋ねた。いかにも気のなさそうな声だった。義務感で声を掛けたというふうだった。暗い入口の両側に東洋の番兵みたいに立つ大きな壺《つぼ》を僕は悪びれるみたいに見て、低く言った。

——ううん、なんにも。

若い女は花瓶を一個ずらしてから、二人の若い男のところへ戻った。三人で話の続きを始めた。一、二度、若い女は肩ごしに僕を見た。

僕はその売場からすぐには立ち去らずにいた。そこにいても無駄だとはわかっていたけれど、売場の品物に対する僕の関心がそれだけ本物だと見せかけたかったのだ。それからゆっくりと向きを変えて、バザー会場の中央を歩きだした。ポケットの中で一ペニー硬貨を二枚、カチャッと六ペンス硬貨の上へ落した。バルコニーの端から、明りを消すよという声が聞えた。ホールの上のほうは、もう真っ暗になっていた。

暗闇《くらやみ》をじっと見上げると、虚栄に操られて嘲《あざけ》られる生き物となっている自分の像が見えた。そして僕の目は、いたたまれなさと怒りに燃えた。

エヴリン

Eveline

OUR WEEKLY STORY.

EVELINE.

BY STEPHEN DÆDALUS.

She sat at the window watching the evening invade the avenue. Her head was leaned against the window-curtain, and in her nostrils was the odour of dusty cretonne. She was tired. Few people passed. The man out of the last house passed on his way home ; she heard his footsteps clacking along the concrete pavement, and afterwards crunching on the cinder path before the new red houses. One time there used to be a field there, in which they used to play in the evening with other people's children. Then a man from Belfast bought the field and built houses in it—not like their little brown houses, but bright brick houses, with shining roofs. The children of the avenue used to play together in that field—the Devines, the Waters, the Dunns, little Keogh, the cripple, she and her brothers and sisters. Ernest, however, never played ; he was too grown-up. Her father used often to hunt them in out of the field with his blackthorn stick, but usually little Keogh used to keep "nix," and call out when he saw her father coming. Still they seemed to have been rather happy then. Her father was not so bad then, and besides her mother was alive. That was a long time ago; she and her brothers and sisters were all grown up ; her mother was dead; Mrs. Dunn was dead, too, and the Waters had gone back to England. Everything changes; now she was going to go away, to leave her home.

Home ! She looked round the room, passing in review all its familiar objects. How many times she had dusted it, once a week at least. It was the "best" room, but it seemed to secrete dust everywhere. She had known the room for ten years —more—twelve years, and knew everything in it. Now she was going away. And yet during all those years she had never

④スティーヴン・デッダラスの筆名で発表した「エヴリン」

彼女は窓辺の椅子《いす》に座り、夕闇《ゆうやみ》が通りへじわじわ侵入してくるのを眺めていた。頭を窓のカーテンにもたせかけていると、ほこりっぽいクレトン更紗《さらさ》の匂《にお》いがする。疲れていた。

人通りはほとんどない。通りのはずれの家の男が自宅に帰って行く。コンクリートの舗装を歩くコツコツという足音がした。しばらくすると、新しい赤い家並の前の石炭殻をしいた道を歩くざくざくという音になった。以前、あそこは原っぱになっていて、よその家の子たちと夕方によく遊んだものだ。ベルファーストから来た男がその原っぱを買い取り、いくつも家を建ててしまった——このあたりの小さな茶色の家ではなく、ぴかぴかした屋根の明るい煉瓦《れんが》造りの家ばかり。この通りの子供たちは、あの空地で遊んでいた——デヴァイン、ウォーター、ダンの家の子供たち、足が悪い小さなキオウ、その兄弟たち。アーネストは遊ばなかった。もう大きくなっていたから。よく、父は櫟木《りんぼく》のステッキを振るって、子供たちを空地から追い払っていた。キオウはいつも立番《たちばん》をしていたので、父が来るのを見つけると大声で叫んだものだ。それでも、あの頃はずいぶん楽しかったように思う。父もいまほどはひどくなかった。それに母が生きていた。ずいぶん昔のことだ。彼女と兄弟たちは大きくなり、母は死んだ。

ティジー・ダンも死に、ウォーターの一家はイングランドへ戻っていった。すべては変っていく。いま、彼女も、彼らと同じように家を見捨てて出ていこうとしていた。

この家！　部屋を見まわし、改めて見慣れたものを眺めてみた。降り積もるほこりはいったいどこから来るのだろうと思いながら、何年ものあいだ週に一度掃除してきた。これらの見慣れたものと別れるとは夢にも思わなかったが、たぶんもう二度と目にすることはないだろう。それにしても、あの黄ばんだ写真の主の司祭の名前は、結局わからないままだ。壊れたハーモニウムの上の壁、聖マルガリタ・マリア・アラコクとの約束を描いた色刷の絵と並んで掛っている。あの人は父の学校時代の友達だ。客にその写真を見せるとき、父はいつもなにげない一言を言って写真を手渡す。

──いまメルボルンにいる。

彼女は、家を捨てて出ていこうという誘いを受け入れた。それは利口なこと？　彼女は二つの道を比べてみようと思った。家にいれば、寝る場所と食事はなんとかなるし、よく知った人たちもいる。もちろん家でも勤め先でも懸命に働かなくてはならない。男と駆け落ちしたと知ったらデパートの人たちはなんと言うだろう。たぶん、あの子は馬鹿《ばか》よ、と言うに決っている。どうせ欠員は新聞広告を出せば埋まる。ギャバンさんは喜ぶだろう。彼女はいつもエヴリンにきつく当った。特に、誰か聞いている人がいるときにはいつも。

——ヒルさん、ほら、ご婦人方がお待ちでしょ？

——ぼさっとしないでよ、ヒルさん。

デパートをやめたところで、涙はあまり流れまい。

遠くの見知らぬ国にある新しい家では、すべてが違っているだろう。結婚する——このエヴリンが。皆、礼儀正しく接してくれるだろう。母が受けてきたような扱いを受けることはないだろう。十九歳になったいまでも、父が暴力をふるう恐れを感じるときがある。胸がどきどきするのは、その恐れのせいだと気がついていた。子供たちが大きくなると、ハリーやアーネストにするようには、彼女には手をあげることはなくなった。女の子だからだ。しかし、最近では、彼女を脅すようになり、死んだ母の手前言わなかったことを言うようになってきた。それに、いまでは彼女を守ってくれる人は誰もいない。アーネストは死んだし、教会の内装工事の仕事をしているハリーは、たいていどこかの田舎へ行っている。土曜日の夜には、必ずお金のことで口げんかになり、彼女はつくづくうんざりしていた。いつも、彼女は給料を全部——七シリング——差し出し、ハリーもできる限りの仕送りをしてきたが、問題は、父からいくらかのお金を出してもらうことだった。おまえはいつも無駄遣いをしている、おまえは馬鹿だ、おまえが街でばらまくために苦労して稼いだ金を渡すつもりはない、父はそんなことをいろいろと言った。それに、土曜の夜の父親はとても機嫌が悪かった。結局は金を渡すのだが、日曜の夕食の材料を買いに行くのかと確かめるのだった。それから大急ぎで家を飛び出し、買い物をしなければならなかった。手に黒い革の財布をしっかりと握り、人波を肘《ひじ》で押しのけて、食料品の包みを持って夜遅く家に帰ってきた。家事をこなし、任された二人の子供をきちんと学校に通わせ、食事を食べさせるのはたいへんな仕事だった。たいへんな仕事――きびしい暮し。しかし、その暮しから離れるとなると、それほどひどくもなかったような気がしてくる。

彼女はフランクと新しい生活を始めようとしていた。彼はとても優しく、男らしくて、心が広かった。彼の妻となり、彼女を待つ家があるブエノスアイレスで暮すために、彼と一緒に夜の便の船に乗り、出て行こうとしていた。彼と初めて会ったときのことはよく覚えている。彼は、彼女がよく行く表通りの宿に泊まっていた。二、三週間前のことのように思える。彼は門の所に立っていた。鳥打ち帽を浅くかぶり、日に焼けた顔に前髪がかかっていた。そして、お互いのことを知るようになっていった。彼は毎晩デパートの前で彼女を待ち、家まで送ってくれた。ボヘミアの少女を観《み》に連れて行ってくれた。彼と一緒に、なれない高い席で劇を見ていると、すごく嬉《うれ》しかった。彼は音楽がとても好きで、歌うこともあった。みんなは二人が付合っていることを知っていたから、彼が船乗りに恋をしている娘の歌を歌ってくれると、嬉しかったけれど、どうしていいかわからなくなった。彼はふざけて彼女をポペンズと呼んだ。最初のうちは男友達ができたことが嬉しく、だんだん彼のことが好きになっていった。彼は遠くの国々の話をしてくれた。彼はカナダ行きのアラン汽船の月給一ポンドのデッキボーイから始めた。乗ったことのある船と航路の名前を教えてくれた。マゼラン海峡を航海したことがあり、恐ろしいパタゴニア人の話をしてくれた。ブエノスアイレスでなんとかやっていけるようになり、故郷には休暇で来ていると言った。もちろん、父はこの付合いに感づき、彼と口をきくことを禁じた。

——ああいう船乗りのやつらのことはわかってる、と父は言った。

ある日、父はフランクと口論をした。それから彼女は恋人とこっそり会わなければならなくなった。

通りはすっかり暗くなった。膝《ひざ》の上の二通の手紙の白さがぼんやりとしてきた。一通はハリー宛《あて》、もう一通は父に宛てたものだった。アーネストのことがいちばん好きだったが、ハリーも好きだった。最近、父が衰えてきたことに気がついていた。父は、彼女がいなくなったら寂しがるだろう。たまには、父はとてもやさしいときもある。

つい最近も、彼女が一日寝込んだときに、父は怪談を読んでくれて、暖炉でトーストを作ってくれた。いつのころか、母が生きていたとき、ホウスの丘へ家族全員をピクニックに連れて行ってくれた。父が母の帽子をかぶって子供たちを笑わせてくれたのを、彼女は思い出した。

時間が迫ってきた。しかし、彼女は、ほこりっぽいカーテンの匂いをかぎながら、カーテンに頭をもたせかけ、窓辺にじっと座っていた。通りの先の方でストリートオルガンを演奏しているのが聞こえる。このアリアには覚えがあった。まさにこの夜に、そのアリアを聴いて、母との約束を思い出すことになるとは思いもよらなかった。できるかぎりの間は家の面倒をみるという約束を。彼女は、母が病床にあった最後の夜、廊下の向いの締め切った暗い部屋にいた。家の外からイタリアのもの悲しいアリアが聞えてきた。オルガン弾きはどこかへ行けと言われ、六ペンスのチップを受け取った。父親がもったいぶって病人の部屋にもどり、こう言ったことを覚えている。

――イタリア野郎め！　こんなとこまで来やがって！

彼女がもの思いに耽《ふけ》っていると、母の一生の哀れな姿が、彼女の心の奥底にとりついた。狂気のうちに終ったありふれた犠牲ずくめの一生の姿が。正気を失い、しつこく繰り返される母の声がまた聞えてきて、ぞっとした。

——デレヴォーン、セローン！　デレヴォーン、セローン！

彼女は恐怖に襲われ、思わず立ち上った。逃げよう！　逃げなければ！　フランクが助けてくれる。彼はわたしに命をくれる。たぶん、愛も。彼女は生きたかった。なぜ不幸でなければならないの？　わたしには幸せになる権利がある。彼は抱きしめてくれる。彼は救ってくれる。

＊　　＊　　＊

彼女はノースウォール埠頭《ふとう》の駅の雑踏の中に立っていた。フランクは彼女の手を握っていた。彼が彼女に話しかけ、船便のことを何度も話しているのはよく分る。駅は茶色の荷物を持った兵士でごった返していた。税関の大きなドアの向うに、埠頭の岸壁に横付けされ、舷窓《げんそう》の光っている黒い船体が見えた。彼女はなにも答えなかった。頰が青ざめ冷たくなるのを感じながら、この迷いの苦しみから抜け出せるように、なにか指図を与えてくださいますよう、なにをすべきか教えてくださいますよう、神に祈っていた。船は霧のなかへ長い悲しげな汽笛を鳴らした。もし、出発すれば、明日はブエノスアイレスに向け、フランクと一緒に海の上にいることになるだろう。船便は予約されている。彼が彼女のためにこれだけしてくれたあとで、彼女はまだ引き返すことができるだろうか。苦悩のあまり吐き気がこみ上げてきた。祈りの言葉を、声には出さず、唇を動かし、熱心に唱え続けていた。

鐘の音が胸に響いた。フランクが手をつかんだのを感じた。

――行こう！

世界中の海が彼女の心に流れ込んだ。フランクは彼女を海中に引き込もうとしている。溺《おぼ》れさせようとしている。彼女は両手で鉄の手摺《てすり》をつかんだ。

――来るんだ！

だめ！　だめ！　だめ！　行けない。彼女の手は鉄の手摺をつかんでいた。海のただ中で苦痛の叫び声を上げていた。

――エヴリン！　エヴィ！

彼は鉄柵《てっさく》の向うを走って行き、ついて来いと叫んだ。もたもたするなと怒声を投げつけられながらも彼女を呼び続けた。彼女は、無力な動物のように、感情なく、蒼白《そうはく》な顔を彼へ向けた。その目は彼に、愛のしるしも、別れを惜しむしるしも、別れを告げるしるしも送らなかった。

カーレースが終って

After the Race

⑤ジョイス、逆時計回りに妻ノーラ、娘ルーチア、
ルーチアの付添看護婦

車が次々とダブリン目指して突っ走ってきた。ネイス街道の腔綫《こうせん》に列《つら》なる弾丸さながらにすいすい走る。インチコアの丘の頂《いただき》には見物人が鈴なりになり、帰り道を飛ばすそうした車を見守っていた。貧困と無為のこの道筋を欧州《コンチネント》がその富裕と精励を駆って行く。時折、群衆は唯々《いい》として虐《しいた》げられたる者の歓声をあげた。しかしながら彼らの共感は青い車に向けられていた――つまり、フランス人という同志の車。しかもフランス人が制覇したのも同然だった。フランスチームはしっかとゴールを決めて二着と三着に入ったし、優勝したドイツ車のドライバーはベルギー人だという。だから青い車は丘の頂に上ってくるたびに倍の歓迎を受け、その歓迎の声がわき起るたびに車の面々は笑顔をふりまいたり頷《うなず》いたりして応《こた》えた。そんな洒落《しゃれ》た造りの車の一台に四人の若者が乗っていて、今やその昂揚《こうよう》ぶりはフランス人魂の勝利感をはるかに凌《しの》いでいた。実際、この四人の若者は一杯機嫌の浮かれようなのだ。四人とは、車の持主シャルル・セグアン、カナダ生れの若い電気技師アンドレ・リヴィエール、ヴィロナという大男のハンガリー人、そして念入りにめかしこんだドイルという若者である。セグアンが上機嫌なのは、思いがけなくいくつか予約注文が入ったからだ（もうじきパリで車の事業所を始める）。リヴィエールが上機嫌なのは、その事業所の支配人になるのが決っているからだ。この二人の若者（従兄弟《いとこ》同士）が上機嫌なのは、フランス車が好成績だったせいもある。ヴィロナが上機嫌なのは、昼食にたらふく旨《うま》いものが食べられたからで、おまけに生来の楽天家だからだ。しかし一行の四人目の若者は興奮の度が過ぎているので、純然たる幸福感にはひたっていない。

二十代後半のこの人物は、柔らかな薄茶色の口髭《くちひげ》を生やし、いささか世間知らずのグレーの眸《ひとみ》をしている。父親は急進的な国民党員として世に出たが、早くに主義を変えてしまった。キングズタウンで屠牛人《とぎゅうにん》をして金を作り、ダブリン市内と郊外に店をいくつか開いて元手をしこたま殖《ふや》した。警察関係の契約をいくつか手に入れるという運にも恵まれて、ついにはダブリンの新聞各紙で豪商と称されるまでの金満家になった。一人息子をイギリスへ遣《や》り、大きなカトリック系のカレッジで教育を受けさせ、それからダブリン大学に入れて法律を学ばせた。ジミーは勉強には熱を入れず、一時はよからぬ方面に走ったりもした。金には不自由しないし、人気者だった。物好きにも、ひまさえあれば音楽仲間か車仲間と付合った。それから少しは世間を知るようにと、一学期間、ケンブリッジへ遣られた。父親は、息子を諌《いさ》めながらも、内心では金のかかるのを得意になっていて、息子のつけを払い、そして家に連れ戻した。そのケンブリッジでセグアンに出会ったのである。まだ知合い以上の仲ではなかったが、ジミーはこの男との交友が楽しくて仕方なかった。なにしろ世間をそうとうよく知っているし、フランス最大級のホテルをいくつか所有しているという噂《うわさ》もある。こういう人物は知っておいて損はない（父親も同意見）、たとえセグアンのような人好きのする仲間でないにしても。ヴィロナも楽しい男だ――すばらしくピアノが巧い――しかし、残念ながら、非常に貧乏。

車は浮かれきった若人たちを乗っけて陽気に走った。従兄弟同士の二人が前部座席に陣取り、ジミーとその友人のハンガリー人は後部座席。ヴィロナがたいへんなご機嫌であるのは間違いない。ここ数マイルの道中、太い低音でハミングのしどおしなのだ。フランス人二人は高笑いと軽口を肩ごしに投げかけてきて、ジミーはその早口の語句を捕まえるために前のめりにならなくてはならない。これは愉快とはいえなかった。ほとんどそのたびに意味を素早く察して、強風をまともに受けながら適切な返事をどなり返さなくてはならないのだ。おまけにヴィロナのハミングには気を散らされる。加えてまた、車のエンジン音。

快速の空間移動は人を昂揚させる。評判高いこともそうだ。金を持っているというのもそうだ。これがジミーの興奮の三つのよき理由だった。この日、欧州《コンチネント》のこの仲間たちといっしょにいるのを多くの友人が見ている。チェックポイントで、セグアンが一人のフランス人レーサーに紹介してくれた。まごつきながらもご挨拶《あいさつ》すると、そのドライバーの浅黒い顔がきらきら光る白い歯並を見せた。そんな光栄のあとで、肘《ひじ》を突《つ》き合ったり意味ありげな目配せを交し合ったりする野次馬の卑俗な世界へ戻るのは愉快だった。それから金についていうなら――自分は巨額の金が自由になる。セグアンならたぶん巨額とは思わないだろうけれど、ジミーは、一時的にしくじりをやらかすことがあるにせよ内心は堅実な本能の後継者であるからして、それだけ貯《た》めこむにはどれほど苦労するかをよく知っていた。それを知っているからこそ、以前から無茶をやらかしても出費はほどほどのところに抑えていた。そして、ほんの気まぐれから多少高尚なことを考えるときすら金に潜在する労働を非常に意識したとするならば、資産の大半を賭《か》けようとする今、なおさらそれを意識する。これは彼にとって重大事なのだ。

もちろん、これは有利な投資だった。そしてセグアンには、友達のよしみだからこそアイルランドの端金《はしたがね》を会社の資本に加えてくれるのだという思いを抱きもした。ジミーは商売における父親の抜目なさを尊敬していたし、しかもこの場合、この投資を先に言い出したのは父親である。自動車商売は儲《もう》かる、しこたま儲かる。さらにまた、セグアンにはまぎれもなく富豪の雰囲気がただよう。ジミーは自分のおさまっている威風堂々たる車を日々の労働に換算してみた。なんと滑らかな走り！ なんと派手に田舎道を素っ飛ばしてきたことか！ この行路は純然たる生命の脈動に魔法の指をふれ、雄々しくも人間の神経組織は、快走する青い獣の跳躍する走路に反応しようとする。

車はデイム通りを行く。通りはいつになく車馬の往来で混雑し、車のクラクションや路面電車の苛立《いらだ》つ運転手の鳴らす警鐘が喧《やかま》しく鳴りひびく。アイルランド銀行の近くでセグアンは車を停め、ジミーとその友を降ろした。歩道に小さな人だかりができて、エンジンのうなる車に敬意を払う。一行はこの夜セグアンのホテルで晩餐《ばんさん》をすることになっていて、その前に、ジミーは家に泊めている友人といったん帰って着替えるのだ。車はゆっくりとグラフトン通りへ走り出し、二人の若者はじろじろ眺める人の群れをかきわけて進んだ。二人が足を動かすことに妙な失望感を味わいながら北へ向って歩くうちに、夏の夕暮の靄《もや》の中、市《まち》は頭上に淡い光の球を次々と吊《つる》し始めた。

ジミーの家には、この日の晩餐が大事件だと宣言ずみだった。ある種の誇りが両親の動揺に入り交じり、かつまた、それを軽んじようとするある種の意気込みもあった。外国の大都会の名には少なくともこういう効能がある。ジミーもまた、正装するとなかなかの男前になった。玄関を出がけに、礼装用ネクタイの蝶結《ちょうむす》びを左右均等にぴしっと決めたとき、父親は、めったに金では買えない品格を息子に確保してやれたことに、商売人の満足すら味わったろう。したがって父親はヴィロナに対してやけに気さくにふるまい、その物腰には外国人のたしなみに対する嘘偽《うそいつわ》りない敬意が表れていた。ところが主人の抜け目ない気配りもハンガリー人にはおそらく通じなかった。相手は晩餐を思って腹がきりきり鳴り始めていたのだ。

晩餐は素晴しく、絶品ぞろいだった。さすがにセグアンの趣味は高級だ、と、ジミーはうなった。一同にもう一人、イギリス人の青年が加わった。ラウスといって、ジミーはセグアンといっしょにケンブリッジで会ったことがある。若者たちは、キャンドル型の電気照明のほどこされた洒脱な部屋で食事をした。皆が皆、よどみなく、遠慮なく、しゃべりまくった。ジミーは、想像力に火がついてきて、このイギリス人の物腰の確固たる骨組に二人のフランス人の快活な若さが軽やかにからみつくのを思い描いた。なかなか優雅な絵だ、と、思った。まさしくそんな絵だ。招待主が会話をそつなく主導していくことに、ジミーはほれぼれした。五人の若者はさまざまに異なる趣味をもち、口も軽くなっていた。ヴィロナは、最大の尊敬をこめて、いささか不意を衝《つ》かれた態《てい》のイギリス人にイギリスのマドリガルの美しさを数えあげ、古い楽器の喪失を嘆いた。リヴィエールは、多少の皮算用もあってか、ジミーに向ってフランスの機械技師の功績を説明しにかかった。ハンガリー人の朗々たる声がその場を圧倒せんばかりに、ロマン派画家の描く贋作《がんさく》リュートを嘲笑《ちようしよう》し始めると、セグアンは一同を政治論議へと誘い入れた。これは全員が好むところの舌戦の場。ジミーは、なんでも言い合える雰囲気のもとで、父親の埋れた熱情が自分の内によみがえるのを感じた。そしてついには鈍重なラウスまで目ざめさせてしまった。部屋は二倍に暑くなり、セグアンの役割は一瞬一瞬むずかしくなる。私怨《しえん》の生ずる危険さえあった。機敏な招待主が機を捕え、人類に乾杯とグラスを掲げる。乾杯がすむと、彼はおもむろに窓を開け放った。

その夜、市は首都の仮面をかぶった。五人の若者は、馥郁《ふくいく》たる紫煙をくゆらせながらスティーヴンズ・グリーンを闊歩《かつぽ》した。大声で陽気にしゃべりつづけ、マントを肩にひっかけて風を切る。人びとが道をあけた。グラフトン通りの角で、太った小男が二人の別嬪《べつぴん》をこれまた太った男に託して馬車に乗せていた。馬車は走り去り、太った小男が一行を目にとめた。

——アンドレ！

——ファーリーじゃないか！

どっと皆がしゃべりだす。ファーリーはアメリカ人だ。いったいなんの話なのか誰もよく分らない。ヴィロナとリヴィエールがいちばん騒々しかったけれど、全員が興奮していた。皆で馬車に乗りこみ、ぎゅうぎゅう押し合ってはげらげら笑いころげる。いまや柔らかな色合にとけこんだ群衆を横目に、馬車は陽気な鈴の音に合わせて進む。ウェストランド・ロウで汽車に乗り、ジミーにとってはあっという間に、キングズタウン駅で下車していた。改札係がジミーに会釈《えしやく》した。老人である。

——いい晩ですなあ！

うららかな夏の夜で、港は黒ずんだ鏡のように足もとに横たわっている。一行は腕を組んでそっちへ向って歩み、士官候補生ルーセルを合唱しながら、足を踏み鳴らしては、

——オ！　オ！　オエ、ヴレマン！

一行は舟場でボートに乗りこみ、アメリカ人のヨットへ漕《こ》いで向った。夜食と音楽とカードが待っている。ヴィロナが確信をこめて言った。

——こりゃあ楽しい！

船室にはヨット用のピアノがあった。ヴィロナがファーリーとリヴィエールのためにワルツを弾き、ファーリーが紳士役を、リヴィエールが淑女役になって踊る。それから即興のスクエアダンスになって、男同士が思い思いの踊り方をする。この浮れ気

分！　ジミーは本気になって加わった。少なくとも、これも世間を知ることだ。それからファーリーが息を切らせて叫んだ。やめ！　雇人の男が軽い夜食を運んできて、若者たちは礼儀上、食卓についた。しかし、酒は飲んだ。これぞボヘミアン。アイルランド、イギリス、フランス、ハンガリー、アメリカ合衆国に乾杯した。ジミーはスピーチを、長いスピーチをぶった。一休止おくたびに、ヴィロナがいいぞ！　いいぞ！と合の手を入れる。終えて腰をおろすと、パチパチ拍手がわいた。スピーチは受けたにちがいない。ファーリーがぽんと背中を叩《たた》いて、大声で笑った。なんて愉快な連中！　なんていい仲間！

カードだ！　カードだ！　テーブルの上が片付けられた。ヴィロナはそっとピアノに戻り、即興の曲を聴かせる。ほかの者たちは次々と勝負に興じ、大胆に大きな賭《か》けへ飛びこんでいく。ハートのクイーンとダイヤのクイーンの健康を祝して乾杯などと言いあう。ジミーは観客のいないことを漠然と感じた。せっかく機知がひらめきそうなのに。勝負はかなり高額になり、紙が回され始めた。ジミーには誰が勝っているのか分らないが、自分が負けているのは分る。しかしそれは自分が悪い。しょっちゅうカードを間違えるし、負けの額の計算は他人任せにしてしまっている。相手はみんな勝負の鬼になっているが、そろそろ終りにすればいいのにと思った。夜もそうとう遅い。誰かがヨットに、ニューポートの美女号に乾杯し、それから誰かが一つ大勝負をやって決着を付けようと言った。

ピアノが止《や》んでいた。ヴィロナは上のデッキに行ってしまったらしい。すさまじい勝負になった。いよいよ勝負がつく一歩手前で、一息入れて幸運に乾杯した。ジミーは、これがラウスとセグアンの勝負であるのを理解していた。なんという興奮！ジミーも興奮していた。もちろん自分は負けるだろうけれど。負けの額をいくら書いた？一同は立ち上って、口ぶり身ぶり大仰に最後の切札を出す。ラウスが勝った。船室を若者たちの歓声がゆるがして、カードが束ねられた。それからめいめいが勝った分を集めにかかる。ファーリーとジミーがこっぴどく負けた。

朝になったら悔むだろうと分っていたけれど、いまは休息が嬉《うれ》しかった。己の愚行を覆《おお》い隠そうとする暗い茫然《ぼうぜん》自失が嬉しかった。テーブルに両肘をついて、両手で頭をかかえ、こめかみの脈打つのを数える。船室の扉が開き、白々とした光芒《こうぼう》の中にハンガリー人が立っているのが見えた。

——諸君、夜が明けたぞよ！

二人の伊達男《だておとこ》

Two Gallants

⑥ダブリン路上でハープを弾く老女

八月のグレーの暖かな宵が市《まち》にたれ込めていた。和らいだ暖かな空気、夏の名残が、街路を巡っていた。街路は、日曜日の休業でどこも閉めきっているが、華やいだ色合の人通りで混み合っていた。光に映える真珠のように、街灯のかずかずがその高い柱頭から下の生ける織物を照らしていて、その織物は、形と色合を不断に変えながら、暖かなグレーの宵の空気の中へ、不変不断のざわめきを吹き上げている。

二人の若い男がラトランド広場の坡《さか》を下ってきた。一人は長談義を終えようとしているところである。もう一人は歩道の端を歩いていて、連れの荒っぽさのためにときどき車道へ踏み出さねばならないながらも、愉快に拝聴といった顔つきをしている。ずんぐりした赤ら顔の男だ。ヨット帽がぐいっと後頭部へ押しやられ、聞き入る話にいちいち応じつつ、鼻や目や口もとの端から顔中に表情の波が砕けてひろがる。小刻みに噴出するあえぐような笑い声が、痙攣《けいれん》する躰《からだ》からひっきりなしに飛び出す。その目は、小狡《こずる》く嬉々《きき》と輝いて、そのたびに連れの顔を見やった。一、二度、闘牛士もどきに片方の肩へひっかけている軽いレインコートを直した。半ズボン、白いゴム靴、無造作にひっかけたレインコートはいかにも若い。しかし腰回りは肥満になりかけていて、髪は薄くてグレーだし、顔から表情の波が通り過ぎると、荒《すさ》んだ人相が浮ぶ。

話が終ったのを確かめると、声を立てずにたっぷり三十秒は笑った。それから言った。

——そうかい！……クラッと目まい、カーッと熱《あつ》くなる話だな！

この声は活力を篩《ひ》られたふうだった。そこで言葉を補強すべく、茶目っ気をこめて言いそえた。

——無二無類の、言わせてもらえばよ、クラッと目まい、カーッと熱《あつ》くなる特上クラッカー女だぜ！

こう言い終えると、真顔になって口をつぐんだ。舌がかったるい。なにしろこの半日、ドーセット通りのパブでしゃべりどおしだったのだ。たいていの者はレネハンを寄生虫みたいに思っているが、しかしそういう評判にもかかわらず、如才なさと口達者ゆえに、友人たちは必ずしも共同戦線を張ってこの男を避けるということができずにいる。酒場にたむろする一団に彼は臆《おく》することなく近づくと、うまいこと一座にまとわりついて、結局は一杯にありつく。賭事《かけごと》好きのらくら者で、話の種や五行戯詩《リメリック》や謎《なぞ》なぞをしこたま持ち歩いている。どんな無礼にも鈍感でいられる。生計という厳しい課題をどうこなしているのか誰も知らないが、この男の名前はなんとなく競馬の出馬表を連想させた。

——で、どこでひっかけた女だい、コーリー？　と、訊《き》いた。

コーリーは舌を素早く上唇に走らせた。

——ある晩のことよ、と、言った。デイム通りを歩いていたら、ウォーターハウスの時計台の下にいい女がいるじゃないか。で、ちょいとちょっかい、声をかけた。それで二人で運河のあたりをぶらついて、女が言うにはバゴット通りの家で女中をやってるんだとさ。その晩は腕を回して、ちょっぴりぎゅっと抱いてやった。それから次の日曜日、デートだよ。ドニーブルックへ行って、あそこの野っぱらへひっぱりこんだんだ。よく牛乳屋の男と来たって言うじゃないか……よかったぜ。煙草《たばこ》は毎晩もってくるし、行き帰りの電車賃も出してくれる。で、ある晩、べらぼう上等な葉巻を二本もってきた——そりゃもう、本物の上物、うちの親父《おやじ》がふかしてたようなやつ……。実は心配したね、孕《はら》むんじゃないかって。ところがちゃんと心得てたよ。

——たぶん結婚してくれると思ってんだろ、と、レネハンは言った。

——失業中だと言ってあるんだ、と、コーリー。ピムの店にいたことがあるとは言ったけどな。おれの名前も知っちゃいない。こっちはそこまで甘くないっての。だけどおれのことをちょっとした御曹司《おんぞうし》ぐらいに思ってるんだ。

レネハンは再び声を立てずに笑った。

――おれもいろいろいい話を聞いたがよ、と、言った。こいつはクラッと目まい、カーッと熱《あっつ》くさせられる話だ。

コーリーの大股《おおまた》歩きはそのお世辞を嬉《うれ》しがっていた。そのがっしりした躰をゆするものだから、連れのほうは歩道から車道へ、車道から歩道へ、ひょいひょいっと跳び跳ねなければならない。コーリーは警部補の息子で、父親の体格と歩き方を受継いでいる。両手を腰に当てて歩き、上体をまっすぐに伸ばし、頭を左右にゆする。この顔が大きくて、まん丸くて、脂《あぶら》ぎっている。どんな天気でも汗をかくのだ。大きな丸い帽子を斜めにかぶり、その帽子がもう一つの球根から生えた球根みたいに見える。閲兵式で行進するみたいに、終始まっすぐ前方を見て歩く。通りの誰かを目で追うには腰から上をひねらねばならない。目下、職に就かずぶらぶらしている。仕事の口があれば、すぐにも友人が情報をくれることになっているのだ。私服の警官たちと連れ立って歩きながら、なにやら熱心に話している姿がよく見られた。事の内幕をなんでも知っていて、最終判断を下すのが好きな男だ。相手の言うことには耳を貸さずにしゃべる。しゃべるのはもっぱら自分のことだ。誰それに自分がどう言ったか、誰それが自分にどう言ったか、そして自分がどう言ってケリを付けたか。そういう会話のやり取りを語るとき、フィレンツェ訛《なま》りふうに、コーリーをコッホーリーと発音する。

レネハンは友に煙草を差し出した。二人の若者は雑踏の中を進んで行き、コーリーはときおりふり返ってはすれ違う若い女ににやりと笑みを送る。ところがレネハンの視線は二重の暈《かさ》の囲む大きな淡い月に釘付《くぎづ》けになっていた。薄明りのグレーの膜が月面を過ぎて行くのを熱心に見つめる。ようやく口を開く。

——なあ……どうなんだ、コーリー、ほんとにうまくやってのけられるんだろうな?

コーリーは意味ありげに片目をつぶって応じた。

——女はその気なのかい? と、レネハンが疑わしげに問う。女ってのは分らないぜ。

——あの女は大丈夫、と、コーリーは言った。こっちはたらしこむコツを知ってるっての。なんせおれにちとイカレてんだ。

——おまえってのは悪《わる》な女たらしだな、と、レネハンは言った。しかも正真正銘の女たらしだよ!

ひやかしのひびきが彼の態度の追従《ついしょう》ぶりを軽減した。体面を保つために、彼はへつらいがからかいとも受取られる余地を残す癖があるのだ。しかしコーリーは繊細な神経の持主ではない。

——気の好《い》い女中に手をつけるってのが一番よ、と、断言した。このおれが言うんだから信じろって。

——ことごとく試した男だからな、と、レネハンは言った。

——最初はおれもふつうの女の子と付合ったさ、と、コーリーが打ち明ける。南環状道路くんだりの女の子たちよ。よくどっかへ連れ出したね、電車でよ、電車賃も払ってやったし、劇場の楽団や芝居に連れてったり、チョコレートやケーキや、なんかそんなものを買ってやったりした。そりゃもう金を使ったもんだぜ、と、信じないだろうといわんばかりに、説得口調で言い足した。

しかしレネハンは充分信じられる。真顔でうなずいた。

——おれもその手は知ってる、と、言った。てんで割に合わないけどな。

——おまけにひでえのをつかんじゃってよ、と、コーリーは言った。

——こっちも同じ、と、レネハン。

——ただ、一人だけは別だった、と、コーリーは言った。

彼は上唇に舌を走らせて湿らせた。思い出して目がきらりと光る。彼もまた、今やほとんど隠れてしまった月の青白い円をじっと見つめ、思いにふけっているふうだ。

——あの女は……ちょっとよかったなあ、と、残念そうに言う。

また口をつぐむ。それから言いそえた。

——今は馬《うま》っ気《け》男相手に稼いでる。いつかの晩、野郎二人と馬車でアール通りを行くのを見たよ。

――おまえのせいじゃないのか、と、レネハン。

――おれの前にも男は何人もいたよ、と、コーリーは平然と言った。

今度はレネハンも信じる気になれない。首をふって、にやりと笑った。

――おい、冗談言うなって、コーリー、と、言った。

――ほんとだってば！　と、コーリーは言った。自分でそう言ったんだぜ？

レネハンは手に負えないという身ぶりをした。

――性悪の裏切者め！　と、言った。

トリニティ大学の鉄柵《てっさく》ぞいに歩いているとき、レネハンはひょいと車道へ出て、時計を見上げた。

――二十分過ぎだぞ、と、言った。

――時間はたっぷり、と、コーリーは言った。ちゃあんと来るって。いつもちょいと待たせとくんだ。

レネハンは小さく笑った。

――てへっ！　コーリー、おまえってやつは女の扱いを知ってるよ、と、言った。

――女の小細工ならなんだってあしらえるさ、と、コーリーは自認する。

――だけどな、と、レネハンはもう一度言った。ほんとにうまくせしめられるのか？　やばい仕事だぜ。女はその点になるとべらぼう堅いしよ。ええ？……どうなんだ？

彼のきらっと光る小さな目が連れの顔に保証を探す。コーリーは、しつこい虫でも振り払うみたいに頭を左右にふって、眉《まゆ》をしかめた。

――うまくやるから、と、言った。まかせとけって言ってるだろ？

レネハンはそれきり黙った。友の機嫌をそこねて、とっとと失《う》せろ、忠告なんか真っ平だなどと言われたくない。ちょいと機転をきかせなくては。しかしコーリーの眉間《みけん》は再び穏やかになった。思いは別の方向へ走っている。

――なかなかの上玉よ、と、品定めするように言った。あれで、なかなか。

二人はナッソー通りを進んで、キルデア通りに入った。クラブの入口からそう遠くない路上に一人のハープ弾きが立ち、小さな人の輪に演奏を聴かせている。無頓着《むとんちゃく》に弦を掻《か》き鳴らしながら、ときどき誰かが立ち止るたびにその顔をちらっと見やり、またときどき、やはりうんざりというふうに空を見やる。ハープもまた、その覆《おお》いが膝《ひざ》のあたりにずり落ちているのに無頓着で、見物人の目にも主《あるじ》の手にもうんざりしているふうだ。片方の手が静まれ、おおモイルの海の旋律を低音で奏《かな》で、もう一方の手が高音で一節一節を追って突っ走る。曲の音《ね》が深く豊かにひびく。

二人の若者は口をきかずに通りを歩み、もの悲しい音楽がそれを追った。二人はスティーヴンズ・グリーンへ来ると、道を渡った。ここまで来て、電車の騒音や灯火や雑踏が二人を沈黙から解き放った。

——いたぜ！　と、コーリーが言った。

ヒューム通りの角に若い女が立っている。紺の服装で白のセイラーハット。縁石《えんせき》の上に立って、片手に日傘をぶらぶらさせている。レネハンが勢いづく。

——ちょいと拝ませろよ、コーリー、と、言った。

コーリーは横目に友を見やり、不快そうな笑みがその顔に浮ぶ。

——割り込もうって気か？　と、訊く。

——バカ言え！　と、レネハンはひるまない。紹介しろってんじゃない。一目拝みたいだけだ。取って食おうってわけじゃないし。

——そうか……一目拝みたい？　と、コーリーは和らいだ。いいだろう。こうしよう。おれが行って話しかけるから、おまえはそばを通ればいい。

——よし！　と、レネハン。

コーリーが鎖をまたぎかけたとき、レネハンが呼びかけた。

——で、そのあとは？　どこで落合う？

——十時半、と、コーリーは答えて、もう一方の足をまたがせる。

——どこだ？

——メリオン通りの角。戻ってくるから。

——じゃうまくやれよ、と、レネハンは別れ際《ぎわ》に言った。

コーリーは返事をしない。頭を左右にゆらせながら、ぶらりぶらりと道を渡って行く。大きな図体《ずうたい》、ゆったりした歩み、がっしりした靴音には、なんとなく征服者のようなところがあった。若い女に近づくと、挨拶《あいさつ》も抜きですぐさま話を始めた。女はさっきより早く傘をゆらせて、両の踵《かかと》で躰を左右に半回転させた。一、二度、彼がぐいと迫るように話しかけると、女は笑い声をあげ、うつむいた。

レネハンは二人をしばらく観察した。それから鎖にそって早足で少しばかり歩いて、道を斜めに渡る。ヒューム通りの角に近づくと、強い香水の匂《にお》いがただようのに気づき、素早く目をこらして若い女の容姿を吟味した。よそ行きの身なりをしている。紺のサージのスカートの腰回りは黒革のベルト。大きな銀色のバックルが、クリップみたいに白のブラウスの薄い布地を挟んで、躰の中央にくい込んでいるように見える。真珠貝のボタンのついた短い黒のジャケットに、毛羽だった黒の襟巻《えりまき》。チュールの小襟の端を入念に乱して、ごそっと束ねた赤い花を、茎を上にして胸につけている。レネハンの目は納得とばかりに、肉づきのいい小柄なむちむちした女の躰を見つめた。見るからに粗野な生気が、その顔に、ぼってりした赤い頬と厚かましげな青い目に輝く。顔だちは不細工だ。ひろがった鼻の穴、しまりのない口が満足げな流し目さながらに開いて、二本の前歯が突き出る。通りすがりに、レネハンが帽子を取ると、約十秒後、コーリーが空中へ応答を返した。片方の手をなんとなく挙げて、考えぶかげに帽子の角度を変えたのである。

レネハンはシェルボーン・ホテルまで歩いてから、立ち止って待った。少し待っていると二人がこっちへ向ってくるのが見えた。二人が右へ曲ってから、そのあとを追い、白い靴の足取りも軽く、メリオン広場の片側を進む。二人の歩調に合わせてゆっくり歩きながら、コーリーの頭を見ていた。それは回転軸で回転する大きな球みたいに、一瞬一瞬、若い女の顔のほうを向く。二人から目を離さずにいると、やがてドニーブルック行きの電車の昇降口を上って行った。そこで彼はくるりと向きを変え、いま来た道を引返した。

一人になると、少し老《ふ》けたような顔つきになった。快活さに見捨てられたふうなのだ。デュークス・ローンの鉄柵のそばを通りながら、片方の手をそれに走らせて行く。ハープ弾きの弾いていた曲が彼の動きを支配し始めた。柔らかく踏み出される足がその旋律を奏で、指は一節《ひとふし》ひとふし追いながら鉄柵をそれとなく爪弾《つまび》いて変奏の音階を搔き鳴らす。

物憂《ものう》げにスティーヴンズ・グリーンを回ってから、グラフトン通りを行く。彼の目は行き交う人群れの数多《あまた》の分子にとまりはしたものの、なんとも不機嫌にそうするだけだった。自分を誘惑しようとするすべてがくだらなく見えて、思いきった一歩に誘う流し目に応じなかった。おおいにしゃべりまくり、作り話をし、面白がらせてやらなければならないのは分っている。頭も喉《のど》もからからで、そんな仕事にはたえられない。コーリーと落合うまでどう時間を過すかという問題が、いささか頭を悩ませた。歩きつづける以外、時間のつぶし方が思いつかない。ラトランド広場の角へ来て左へ曲り、その暗い静かな通りに入って少しほっとした。貧相な店のウインドウの前でやっと足をとめた。ウインドウの上方には軽食バーという白い文字がある。ウインドウのガラスにはジンジャー・ビールとジンジャー・エイルの走書きの文字。ハムが一枚、大きな青い皿にのせて出してあり、そのそばの皿にはふんわりしたプラムプディングが一切れのっている。しばらくこの食べ物をむさぼるように見ていたが、やがて通りの左右を警戒するように見やってから、さっと店に入った。

腹ぺこだった。なにしろパブで二人のけちなボーイに頼んでありついたわずかばかりのクラッカー以外、朝からなにも食べていないのだ。テーブルクロスの掛っていない木のテーブルに、二人の女工と一人の職工と向き合って腰をおろす。無精たらしい給仕女が注文を取りにきた。

——エンドウ豆一皿いくらだ？と、尋ねた。

——一ペンス半です、と、女が言う。

——エンドウ豆一皿くれ、と、言った。それとな、ジンジャー・ビール一本。

品のありそうなこの風采《ふうさい》は嘘《うそ》なんだと示すために、ぞんざいな口ぶりで告げた。入ってきたときふっと話し声が途切れたからだ。顔が熱《ほて》っている。ぎこちなく見えないように、帽子をぐいと押し上げて、両肘《りょうひじ》をテーブルに据えた。職工と二人の女工は彼を仔細《しさい》に点検してから、ようやくぼそぼそと会話に戻った。給仕女が胡椒《こしょう》と酢で味付けした熱い乾物豆、フォーク、ジンジャー・ビールを運んできた。彼はこの料理をがつがつ掻っこみ、これがなかなか旨《うま》いので店を覚えておくことにした。豆を全部平らげてからジンジャー・ビールをちびちび飲み飲み、コーリーの逢引《あいびき》のことをしばらく考えた。想像していると、一組の恋人同士がどこかの暗い道を行くのが目に浮ぶ。太い精力的な甘い言葉を発するコーリーの声が聞えて、流し目みたいなあの女の口がまた目の前に浮ぶ。この幻影が自分の財布と気力の貧困さを痛感させた。うろつき回ることにも、あくせく生きるのにも、一時しのぎや策略にも、もううんざりした。十一月には三十一歳になる。いい職には就けないものか？　家庭をもつことも無理だろうか？　暖かい暖炉のそばでくつろいだり、旨い夕食のテーブルに着いたりするのはどんなに楽しいだろうとも思った。友人や若い女と街をほっつき歩くのもずいぶんやってきた。そういう友人の価値も分っている。そういう女のことも分っている。世の中に苦々しい思いを抱く体験ばかりしてきたのだ。しかし一切の希望をなくしたわけではない。食べ終えると、気分がよくなっていた。人生うんざりという辛気も薄らぎ、打ちしおれた気力も回復してきた。まだこれからでも、どっかこぢんまりしたねぐらに落着いて幸せに暮せないこともない、ちょっぴり現生《げんなま》をもってる気のいい単純な娘にひょっくり出くわせば。

無精たらしい給仕女に二ペンス半支払い、店を出て再びぶらぶら歩き始めた。ケイプル通りに入り、市庁舎の方角へ歩く。それから角を曲ってデイム通りに入った。ジョージ通りの角で二人の友人に出会い、足をとめて立話をした。歩きづめから一休みできてほっとする。友人たちが、コーリーに会ったか、最近はどうしてると訊《き》いた。今日はコーリーといっしょだったと答えた。友人たちは口数が少なかった。ぼんやりと人通りの中に誰かを見つけては、ときおり品定めをした。一人が、一時間前にウェストモアランド通りでマックに会ったと言った。これに答えて、レネハンはゆうベイーガンでマックといっしょだったと言った。ウェストモアランド通りでマックに会ったという若者が、マックがビリヤードでちょいと儲《もう》けたというのは本当かと訊く。レネハンは知らなかった。イーガンではホロハンがみんなにおごったと言った。

十時十五分前に友人たちと別れて、ジョージ通りを歩いて行った。市営市場で左に曲り、グラフトン通りに入った。若い男女の通行人はまばらになり、通りを進んで行くと、いくつものグループや二人連れがおやすみの挨拶を交すのが聞えた。外科大学の大時計まで来ると、ちょうど十時を打つところだった。スティーヴンズ・グリーンの北側にそって勢いよく歩き出す。ひょっとしてコーリーが早めに戻るとまずいので急ぎ足になった。メリオン通りの角まで来ると、街灯の陰に立ち止り、残しておいた煙草《たばこ》を一本取り出して火をつけた。街灯柱に寄りかかり、コーリーと若い女が戻ってくるはずのあたりにじっと視線をすえる。

彼の頭の中が再び活発になった。コーリーは首尾よくやってのけたろうかと考えた。もう切り出したろうか、それともぎりぎりまで言い出さないでおく気かなと考えた。自分の立場のみならず友の立場の痛みもスリルもすべて味わった。しかしコーリーのゆっくり回転する頭を思い出すと、なにかしら気が休まった。コーリーならきっとうまくやってのけるはずだ。不意に、コーリーは別の道を通って女を送っていき、自分をまいたのではあるまいかという思いがわいた。彼の目は通りを探った。二人の影も形もない。でも、外科大学の大時計を見てから三十分はたっている。コーリーがそんなことをするだろうか？　最後の煙草に火をつけ、いらいらしながら吸う。広場の向う角に電車が停まるたびに、目をこらした。きっと別の道を通って帰ったのだ。煙草の巻紙が破れて、彼はそれをこんちくしょうとばかりに道へ放り捨てた。

突然、二人が自分のほうへやってくるのが見えた。跳び上らんばかりに嬉《うれ》しくなり、街灯柱にぴたりと身を寄せて、二人の歩きぶりに結果を読み取ろうとした。二人は足早に歩いている。若い女はちょこちょこ急ぎ足で、コーリーの長い大股《おおまた》が並んで進む。二人は言葉を交していないようだ。結果の暗示のようなものが鋭器の突先《とっさき》みたいに彼を突き刺した。コーリーがしくじるのは分っていた。やっぱりだめだったのだ。

二人はバゴット通りへと曲って行く。すぐさまそのあとをつけて、反対側の歩道を進んだ。二人が止ると、彼も止る。二人はしばし言葉を交して、それから若い女が、とある邸宅の敷地へ入る石段を下りて行った。コーリーは歩道の端に、正面の石段から少し距離をおいて立っている。数分が過ぎた。それから玄関扉がゆっくりと用心深く開かれた。一人の女が正面の石段を駆け下りてきて、咳払《せきばら》いをした。コーリーがふり向き、女のほうへ歩み寄る。その幅広い姿が女の姿を数秒間、視界から隠した。それから女が再び現れ、石段を駆け上る。扉が閉められて女が消え、コーリーは足早にスティーヴンズ・グリーンのほうへ歩きだした。

レネハンは同じ方向へ急いだ。小雨がぽつりぽつり落ちてきた。彼はそれを警告と取り、若い女の入った邸宅のほうをちらっとふり返って誰にも見られていないのを確かめるや、懸命に走って道を渡った。胸騒ぎと疾走とで、はあはあ息を切らす。彼は呼びかけた。

――おーい、コーリー!

コーリーはふり向いて、呼びかけた相手を確かめ、そのまますたすた歩いて行く。レネハンは、羽織りかけたレインコートを片手で押えながら、走って追いかけた。

――おーい、コーリー! と、もう一度叫ぶ。

友に追いついて、その顔を鋭く覗《のぞ》きこむ。なんの色もうかがえない。

――で? と、言った。うまくいったか?

イーリー広場の角へ来ていた。なおも返事をせずに、コーリーはふいっと左に曲り、横丁を歩いて行く。顔つきはいかめしいくらいに沈着そのものだ。レネハンは友に遅れまいとしながら、せわしい息づかいが止らない。もう降参だとばかりに、威嚇《いかく》するような語気がその声を貫く。

——どうなんだ？　と、言った。女にやらせたのか？

コーリーは最初の街灯のところで立ち止り、険しい目つきで前方を見つめた。それから大仰な身ぶりで明りのほうへ片手を差出すと、にやりと笑み、弟子の凝視に向けておもむろに開いた。小さな金貨が一枚、掌《てのひら》できらりと光った。

下宿屋 The Boarding House

⑦モールバラ通りの聖マリア仮司教座聖堂

ムーニーの女房は屠牛人《とぎゅうにん》の娘だった。ものごとを自分独りにしまいこんでおける女、肝のすわった女だった。父の下の職人頭と結婚し、スプリング・ガーデンズの近くに肉屋の店をかまえた。ところが義父が死んだとたん、夫のムーニーはろくでもない男になりだす。飲んだくれて、店の売上げを持ち出し、後先かまわず借金をこさえる。禁酒の誓いを立てさせても無駄なのだ。二、三日後には必ずまた始まる。客の目の前で女房にけんかを売るわ、ひどい肉を仕入れるわで、店をつぶしてしまった。ある晩、肉切包丁をふりまわすにいたって、女房は近所の家に一晩避難せねばならなくなった。

それ以来、二人は別れて暮す。女房は司祭のもとへ行き、別居の許しを得て、子供たちを引取った。夫には金も食べ物も部屋も与えない。だから夫は執達吏《ひったくり》の職にありつくしかなかった。むさくるしい、猫背の、飲んだくれの小男で、青白い顔、白い口《くち》髭《ひげ》、申し訳ばかりの白い眉毛《まゆげ》、その下のちっこい目が充血して爛《ただ》れている。一日中、執達吏の詰所にくすぶって仕事を仰《おお》せつかるのを待つ。女房のほうは、肉屋の商いで残った金を手にしてハードウィック通りで下宿屋を始めた。こちらは堂々たる大女である。ここの浮動客はリヴァプールやマン島から来た観光客で、それに時たま、演芸場《ミュージックホール》の芸人《アーティースト》がいた。定住者は市内に勤める給料取りだ。彼女は下宿屋を抜け目なくしっかり取り仕切り、ここは催促しない、ここはきつく言う、ここは見て見ぬふりをするといったツボを心得ていた。下宿している若い男たちは皆、彼女をやり手女将《ザ・マダム》と呼んでいた。

女将ムーニーの厄介になる若い男たちは賄《まかな》い付きの下宿代を週十五シリング払う(ただし、夕食時のビールやスタウトは別勘定)。趣味も仕事も共通していて、だから互いにたいそう仲が良い。本命だの穴馬だのと、競馬予想にもりあがることもあった。やり手女将《ザ・マダム》の息子、ジャック・ムーニーは、フリート通りの卸問屋に勤めているが、気が荒いという評判だった。兵隊仲間の卑《ひ》猥語《わいご》を口にするのが好きで、家へ帰ってくるのはたいてい深夜になる。友人に会うと必ずいい話を聞かせるし、必ずいい話に通じていると自信満々だった――つまり、勝ちそうな馬や落ちそうな女芸人《アーティースト》の話である。腕っぷしも強いし、滑稽歌《コミックソング》も歌う。日曜日の晩には、女将ムーニーの通りに面した客間でよく親睦会《しんぼくかい》があった。演芸場《ミュージックホール》の芸人《アーティースト》たちも飛入りで加わり、シェリダンがワルツやポルカや即興の伴奏をした。やり手女将《ザ・マダム》の娘、ポリー・ムーニーもよく歌う。彼女は歌った。

あたしは……やんちゃ娘

とぼけないでよ
わかってるでしょ
　ポリーは十九歳のほっそりした娘だった。淡い色のふんわりした髪、小さなふっくらした唇。目はうっすらと緑が透けて見えるグレーで、誰かと話すときにその目が上向きになる癖があり、そのせいでちょっぴり片意地な聖母マリアといった顔つきになる。女将ムーニーは最初、娘を穀物仲介人の事務所のタイピストに出したが、評判の悪い執達吏の使い走りが一日おきに事務所へやって来ては、おれの娘とちょいと話をさせてくれとせがむので、娘を家に戻して家事をさせることにした。ポリーはとても活発だから、若い男たちと気ままに付合いをさせておこうという腹づもりもあった。それにまた、若い男たちは若い女がすぐ身近にいるのを感じたいものなのだ。ポリーはもちろん若い男たちとふざけ合ったが、女将ムーニーは判断力の鋭い女だから、若い男たちが暇つぶしをしているにすぎないのを分っていた。誰一人、本気になっていない。しばらくの間、そんなふうな状況が続いて、そろそろポリーをタイピストの仕事に戻そうかと考え始めたとき、女将ムーニーはポリーと若い男の一人の間に何かが起りつつあると気づいた。女将は二人を見張り、すべてを胸の内におさめておいた。

ポリーは見張られているのを知っていたけれども、母親の執拗《しつよう》な沈黙は誤解のしようがなかった。母親と娘との間に公然たる共謀があったのでもなく、公然たる了解があったのでもないが、下宿人たちがこの火遊びを噂《うわさ》し始めるにいたっても、依然として女将ムーニーは介入しなかった。ポリーの態度がいささか妙になりだして、若者のほうは明らかに狼狽《ろうばい》の態《てい》である。ついに、機が熟したと判断して、女将ムーニーは介入した。肉切包丁が肉を処理するがごとく、女将は道徳の問題を処理した。そしてこの場合は、すでに腹を決めていたのである。

初夏の晴れた日曜日の朝だった。暑くなりそうだが、爽《さわ》やかなそよ風が吹いていた。下宿屋の窓はすべて開け放たれ、レースのカーテンが、上へ開いた窓の裾《すそ》から通りの方へふうわりと膨らんだ。ジョージ教会の鐘楼が鐘の音を送り出し、信者たちが、一人で、あるいは連れだって、教会前の小さな円形広場を渡って行く。手袋をはめた手に持つ小さな本のみならず控えめな物腰にも、そうした人びとの目的が表れていた。下宿屋では朝食が終り、朝食の部屋のテーブル狭しとばかりに、卵の黄身の筋にベーコンの脂身《あぶらみ》やベーコンの皮の滓《かす》のべとついた皿が並んでいる。女将ムーニーは麦藁《むぎわら》張りの肘掛椅子《ひじかけいす》におさまって、女中のメアリーが朝食の後片付けをするのを監督していた。女将はメアリーに、ちらかっているパンの皮やパンくずを集めさせる。火曜日のブレッドプディングを作る足しにするためだ。テーブルの上が片付いて、パンくずが集められ、砂糖とバターが鍵付《かぎつ》きの戸棚にしまい込まれると、女将は前の晩にポリーと交したやり取りを思い起し始めた。事情は察していたとおりだった。女将は率直に聞き質《ただ》し、ポリーは率直に受け答えた。もちろん、双方とも多少はぎこちなかった。女将がぎこちなかったのは、この件を知って全然こだわらずにはいたくなかったし、あるいはまた、見て見ぬふりをしていたように思われたくなかったからだ。そしてポリーがぎこちなかったのは、そういうたぐいの話が出るといつもぎこちなくなるだけでなく、空々しい顔をしながら母親の寛容の裏にある意図を見抜いていると思われたくなかったからだ。

女将ムーニーは、物思いにふけりながらもジョージ教会の鐘が鳴りやんでいるのに気づくと、反射的に暖炉棚の上の金メッキの小さな時計を見やった。十一時十七分過ぎ。時間はたっぷりある。ドーラン氏と決着を付けてからでも、モールバラ通りの略《りゃく》午《ひる》に間に合う。間違いなく勝てる。なによりまず、世間の考えという重い味方がついている。自分は踏みにじられた母親だ。信用のおける人物と思ったからこそあの男を同じ屋根の下に住わせたのに、その好意を裏切ったのだ。三十四、五になっているのだから、若気の至りなどという言い訳は通らない。ある程度は世間を見てきたのだから、迂闊《うかつ》という言い訳も通らない。ポリーの若さと世間知らずにつけこんだのだ。それは明らかだ。問題は、あの男がどんな償いをするかということだ。

こういう場合、償いはしてもらわなければならない。男のほうは結構至極、一時《いっとき》の快楽を味わったあげく、なにもなかったかのように大手をふって歩ける。ところが女の子は矢面に立たされる。こういう色事を幾許《いくばく》かの金で取繕って満足する母親もいる。そういう例をいくつも知っている。しかし自分はそうはしない。自分にとって、娘の失った名誉の埋め合せになりうるものは、たった一つの償いしかない。つまり、結婚。

自分の持札をもう一度数えてから、女将はメアリーを上の階のドーラン氏の部屋へやり、話をしたいと伝えた。間違いなく勝てると思った。彼は真面目《まじめ》な青年で、ほかの連中と違って道楽者ではないし、声を荒立てたりもしない。これがシェリダンさんやミードさんやバンタム・ライアンズだったなら、事はずっと厄介だろう。あの男は世間に知られて平気でいられまいと、女将は思った。下宿人は皆、この件を多少は知っている。事細かにまことしやかな話をする者もいる。それにまた、十三年もカトリック信者のワイン商人の大きな店に勤めてきたのだから、世間に知られたら、たぶん職を失う。だから同意すれば、万事うまくおさまるというわけだ。一つには彼がいい給料を取っているのを女将は知っていたし、少しは貯《たくわ》えもあるらしいとにらんでいた。

もうじき半になる！　女将は立ち上り、窓間鏡《まどあい》に映る自分を観察した。大きな血色のいい顔の決然たる表情に満足し、知合いの中には娘を片付けられないでいる母親もいるのを思い浮べた。

ドーラン氏はこの日曜日の朝、不安でたまらなかった。髭を剃《そ》ろうと二度試みて、ところが手もとが危なっかしいので、やむなく中止した。三日ぶんの赤みがかった髭が顎《あご》を縁取り、二、三分おきに眼鏡が曇るので、外してはポケットのハンカチで拭《ふ》かねばならない。前夜の告解が思い返されて、それが彼には激痛の種となった。司祭はこの件のばかばかしいくらい細かなことまで聞き出し、しまいには彼の罪をあまりにも大仰なものに仕立てたので、償いの抜け穴を与えられたことに感謝したくなるくらいだ。疵物《きずもの》にしてしまった。今となっては結婚するか逃げ失《う》せるしかない。どこまでもシラを切ることはできまい。この一件は必ず噂になるし、雇主の耳にも必ず入る。ダブリンは実に狭い市《まち》だ。誰もが他人の余計なことまで知っている。どきっとして息が止りそうになる。想像が騒ぎ、老レナード氏の耳障《みみざわ》りな声がどなるのが聞える。ドーラン君をここへ呼んでくれんか。

長いこと勤めてきたのがすべて水の泡！　精勤の努力がすべて無！　もちろん若い頃には、けっこう無茶もやった。パブで飲み仲間を相手に自由思想を得意がったり、神の存在を否定したりもした。しかしすべて過ぎ去った昔の話……今やほとんど。いまだに毎週、レノルズ新聞を買うが、教会の儀式にも参列するし、一年の九割は規則正しい生活をしている。身を固める金もある。問題はそんなことではない。そんなことではなく、家族が彼女を見下すだろう。なによりまず、悪評高い父親がいるし、母親の下宿屋はなにやら風評が立ち始めている。うまいことしてやられたという気もする。友人たちがこの件を話の種にしてゲラゲラ笑っているのが目に浮ぶ。確かに彼女はいささか品がない。見れたってばとかもし知ってたらさとか言う。しかしほんとに愛しているのなら、言葉づかいなんてどうってことはない。彼女があいうことをしたから好きになるべきか軽蔑《けいべつ》するべきか、彼には決心がつかない。もちろん、自分もそれをやってしまった。自由の身のままでいろ、結婚はするなと本能がそそのかす。結婚してしまったらもう終りだぞ、と、本能が言う。

シャツとズボンのまま弱りきってベッドの片側に腰をおろしていると、彼女がドアを軽くノックして入ってきた。彼女はすべてを告げた。母親にすっかり打ち明けたこと、母親が昼前に彼と話をしたいと言っていること。わっと泣きだして両腕を首に巻きつけてくると、こう言った。

——ああ、ボブ！　ボブ！　どうしたらいいの？　いったいどうしたらいいの？

いっそ死んでしまいたいとまで言った。彼はそれを弱々しく宥《なだ》めて、泣くんじゃない、大丈夫だ、心配しなくていいと言った。シャツをへだてて彼女の胸の動揺を感じる。

こういうことになったのは、自分のせいばかりではない。独り者の妙にねばっこい記憶力のおかげで、彼女の服が、彼女の息が、彼女の指が与えた最初のふとした愛撫《あいぶ》をよく覚えている。それからある晩遅く、ベッドに入ろうと服をぬいでいると、彼女がおずおずとドアをノックした。蠟燭《ろうそく》の火を貸してほしい、風が入って消えてしまったからと言った。彼女の入浴日の晩だった。襟元《えりもと》の開いたゆるい化粧用ジャケット、プリント柄のフランネルだった。白い足の甲が毛皮のスリッパの口から光り、香水の薫《かお》る肌の下で血が熱く燃えていた。蠟燭に火をつけて蠟燭台に立て直す手と手首からも、ほのかな香りが立ちのぼった。

帰りのずいぶん遅くなった夜、夕食を温めてくれたのが彼女だった。なにを食べているのかほとんど分らないまま、夜、寝静まった家の中で、すぐそばの彼女と二人きりでいるのを感じていた。それに、あの思いやり！　寒かったり、雨が降ったり、風が強かったりする夜には、必ず小さなタンブラーにパンチを用意してあった。たぶん、いっしょになれば二人で幸せになれそうだ……。

それぞれ蠟燭を手に、そろりそろりと二人で階段を上ることがよくあった。三つめの踊り場でしぶしぶお休みを言い合ったっけ。よくキスをした。彼女の目、手の感触をはっきり思い出す。それに自分ののぼせぶりも……。

しかし、のぼせは過ぎ去るものだ。彼女の言葉をそのまま自分に当てはめてみる。どうしたらいい？　独り者の本能は身を引けと警告する。しかし罪はあるのだ。己の体面保持の感覚までが、こういう罪には償いをしなければならないと諭す。

彼女とともにベッドの片側に腰をおろしていると、メアリーが部屋へ顔を出し、女将《おかみ》さんが客間へきてほしいそうですと告げた。彼は立ち上ってチョッキと上着を着ながら、ますます弱りきった。身なりをととのえてから、彼女のそばへ行き慰める。うまくいく、心配ない。部屋を出るとき、彼女はベッドで泣きじゃくり、低くうめいていた。ああ、神様！

階段を降りて行くと、眼鏡が曇ってかすむので、外して拭かねばならなかった。屋根を抜けて天空に昇り、この面倒を二度と聞かなくてすむ別の国へ飛び立ちたくなった。それでもむりやり押しやられるように、一歩一歩、階段を降りる。雇主とやり手女将《マダム》の情け容赦ない顔が彼の狼狽ぶりを睨《ね》めつける。最後の踊り場を過ぎて降りて行くとき、ジャック・ムーニーとすれ違った。二本のバス・ビールをかかえて食器部屋《パントリー》から上ってくるところだった。二人は冷やかに挨拶《あいさつ》を交した。妹の恋人の目は、一、二秒、肉厚のブルドッグ顔と太い短い両腕にとまった。階段を降りきってからちらっと見上げると、ジャックが踊り場脇《わき》の部屋の前から自分をうかがっているのが見えた。

ふっと、ある晩のことを思い出す。演芸場《ミュージックホール》の芸人《アーティースト》の一人、ロンドン生れの小柄なブロンドの男が、ポリーのことを暗に尻軽女《しりがる》みたいに言ったときだった。親睦会《しんぼくかい》はジャックの暴力でめちゃめちゃになるところだった。みんなでなんとか宥めたのである。演芸場《ミュージックホール》の芸人《アーティースト》は、ふだんよりいささか青ざめながらも笑い顔をもちこたえて、ぜんぜん悪気はなかったと繰返した。しかしジャックはその男にどなりつづけた。おれの妹にそんなまねをしやがるやつがいやがったら、喉《のど》を嚙《か》み切ってやる、ああ、やってやるぜ。

＊　＊　＊

ポリーは少しの間、ベッドに腰掛けて泣いていた。それから涙をぬぐい、鏡の前に立った。タオルの端を水差しにひたして、ひんやりする水で目をすっきりさせた。横顔を眺めて、耳の上のヘアピンをととのえた。それからまたベッドへ戻り、足の側に座った。しばらく枕《まくら》を見つめた。それを見つめていると、胸に秘めた心地よい思い出がいくつも浮び上る。ベッドのひんやりする鉄の横板に項《うなじ》をもたせかけ、物思いにふけった。その顔にはもはや取り乱した色がかき消えていた。

辛抱強く、ほとんど陽気に、警戒もなく、彼女は待った。いろいろ思い出すことが徐々に将来の希望と夢想に取って代られてゆく。希望と夢想のかずかずがどんどん錯《さく》綜《そう》するので、見つめている白い枕がもはや目に入らないし、なにかを待っていることも思い出さない。

ついに、母親の呼ぶ声が聞えた。さっと立ち上り、階段の手摺《てすり》に駈《か》けよる。

――ポリー！　ポリー！

――なあに、ママ？

――降りといで。ドーランさんが話があるってさ。

それから彼女は自分が何を待っていたのか思い出した。

小さな雲

A Little Cloud

⑧グラッタン橋

八年前、彼はノースウォール埠頭《ふとう》で友を見送り、頑張れよと激励した。ガラハーは出世したのだ。旅慣れた様子、りゅうとしたツイードのスーツ、怯《ひる》みのないしゃべり方ですぐに分った。あれほど才能のあるやつはそういないし、あんなに成功しても毒されないやつはなおさらいない。ガラハーは真っ正直な男だから、成功して当然なのだ。ああいう友がいるというのは最高だ。

リトル・チャンドラーの頭の中は、昼食以来ずっと、ガラハーとの待ち合せのこと、ガラハーに誘われたこと、ガラハーの暮す大都市ロンドンのことでいっぱいだった。リトル・チャンドラーというあだ名は、背丈が並みよりいささか低いだけなのに、なんとなく小男の印象を与えるからである。手は白くて小さく、体つきはきゃしゃで、声はおとなしく、物腰には品がある。つややかな金髪と口髭《くちひげ》を丹念に手入れし、ハンカチには奥ゆかしく香水をしみこませていた。半月形の爪《つめ》は完璧《かんぺき》で、笑うと子供みたいな白い歯並がちらりと見える。

キングズ・インズで机に向いながら、この八年間のもたらした変遷《へんせん》を考えた。みすぼらしい貧民の風采《ふうさい》だったあの友が、ロンドンの新聞界の輝かしき人物になったのだ。退屈な書き物から幾度も目を転じては、事務所の窓の外を見やった。晩秋の夕陽の輝きが芝生や歩道にあふれる。それが投げかける情け深い金粉を浴びながら、だらしない身なりの子守女やひからびかけた老人があちこちのベンチで居眠りをしている。夕陽は動き回るあらゆる人影をチカチカ照らす――金切声をあげて砂利道を走る子供たちを、そして庭園を横切るすべての人びとを。この光景を眺めて人生を思った。そして（彼が人生を思うとき決ってそうなのだが）悲しくなった。いささか憂鬱《ゆううつ》な気分が彼をとらえた。運に逆らってあがいても無駄なのだという感覚、これがこれまで過した歳月の遺贈してくれた知恵の重荷である。

自宅の書棚に並ぶ詩集を思い出した。独身時代に買ったもので、夜などしばしば、玄関を入ってすぐの小さな部屋で手持ちぶさたなとき、書棚の一冊を取り出して妻になにか朗読して聞かせたい誘惑に駆られることがある。しかし気恥ずかしさからいつも思いとどまる。だから詩集は書棚に並んだままだ。ときおり、独りで口ずさむことはあって、これが慰めになっていた。

鐘の音が時刻を告げると、彼は立ち上り、机と同僚たちに折目正しく暇乞《いとまご》いをした。そして、キングズ・インズの中世のアーチ門の下から、身なりのきちんとした慎みある姿を現すと、ヘンリエッタ通りを足早に進んだ。黄金色の夕陽は弱まりかけていて、もう空気が肌を刺す。垢《あか》まみれの子供らが群れ成して通りを占領していた。路上に突っ立ったり走り回ったり、開けっ放しのドアの前の石段を這《は》い上ったり、はたまた入口あたりにしゃがみこんだりしている。リトル・チャンドラーは彼らを一顧だにしない。小さな害虫もどきの生き物たちの間を巧みにすり抜けて、ダブリンの古き貴族たちがかつて驕奢《きようしや》にふけった寥落《りようらく》の幽霊屋敷の影の下を行く。過去の追憶など、彼にはなんの感慨もわかない。今の歓喜に心満たされているからだ。

コーレスの中へ入ったことは一度もないが、その名の価値は知っていた。観劇の帰りに立ち寄って、牡蠣《かき》を食べリキュールを飲む店だ。給仕がフランス語とドイツ語を話すとも聞く。夜、足早に通り過ぎると、辻馬車《つじばしや》が店の前へ横着けになり、豪勢に着飾った女たちが伊達男《だておとこ》にエスコートされて馬車を降り、すっと中へ入って行く。どの女もけばけばしいドレスを着て、ずいぶんいろいろ身に巻きつけている。顔には白粉《おしろい》を塗りたくり、ドレスの裾《すそ》が地面にふれると、ハッと驚くアタランテよろしく、ドレスをつまみ上げる。彼はいつもふり向かずに通り過ぎた。日中でもこの通りは足早に歩くのが癖になっているし、夜遅く街中を歩くときは、いつも胸騒ぎがしてどきどきしながら先を急ぐのだ。とはいえ、たまには不安の因《もと》を自分から求めることもあった。一番暗くて一番狭い通りを選び、勇を鼓してずんずん歩いて行くと、己の靴音の周りに広がる静寂が心を乱した。ぶらぶら道を行く無言の人影が心を乱した。そしてときおり、低く聞えてふっと消え去る笑い声が彼を木の葉みたいに震えさせた。

右へ曲ってケイプル通りへ向う。イグネイシャス・ガラハーがロンドンの新聞界に！　八年前、誰がこんなことを想像したろう。それでも過去をふり返ると、この友には将来大物になりそうな兆《きざ》しがいくつもあったのをリトル・チャンドラーは思い出すことができた。イグネイシャス・ガラハーは手に負えないやつと言われていた。なるほど、あの頃は柄の悪い連中と付合っていたし、飲み放題に飲み、四方八方に借金をこさえていた。そのあげく、なにかいかがわしい事件に、なにかの金銭沙汰《ざた》に巻き込まれた。少なくとも、それが彼の出奔の理由だとも言われた。しかし誰も彼の才能を否定しなかった。いつもある種の……なにかがイグネイシャス・ガラハーにはあって、そこに誰もが我知らず感心してしまうのだ。素寒貧《すかんぴん》になり、どうにも金の工面がつかないときですら、てんで涼しい顔をしていた。リトル・チャンドラーは思い出した(思い出すと誇らしさに頬がちょっぴり赤らむ)。窮地に陥ったとき、イグネイシャス・ガラハーはこんなことを言ってのけたのだ。

――ようし、ちょいとハーフタイムだ、と、剽軽《ひょうきん》そのもの。思案投げ首、首実検か？

イグネイシャス・ガラハーは根っからこういう男だ。だから、ちくしょう、畏《おそ》れ入《い》るしかない。

リトル・チャンドラーは歩みを速めた。生れて初めて、誰かとすれ違うたびに優越感を感じた。生れて初めて、魂がケイプル通りのさえない野暮臭さにむかついた。間違いない、成功したけりゃ出て行くしかないのだ。ダブリンにいては何もできやしない。グラッタン橋を渡りながら、川を見下ろして川下の岸壁のほうを見やり、貧相な発育不全の家並を哀れんだ。それが乞食《こじき》の群れに思われた。川堤沿いにひしめき合い、古ぼけたコートは土ぼこりと煤《すす》にまみれ、日没の広がる光景に虚《うつ》けたようになって、夜の最初の冷気の到来を待ち、やがてそれに命じられて立ち上り、ぶるっと身をふるわせ、去って行く。この着想を詩に書いて表現できないだろうか。もしかするとガラハーがロンドンの新聞に載せてくれるかもしれない。なにか独創的なものが書けるだろうか。どんな着想を表現したいかはよく分らなかったが、詩的瞬間が自分に訪れたという思いが彼の内で希望の赤子みたいに命を得た。彼は勇ましく歩を進めた。

一歩ごとにロンドンへ近づき、自身の陶酔無き非芸術の生活から遠ざかる。心の地平線で一条の光がゆらめき始めた。まだまだ年ではない——三十二歳。自分の気質はちょうど成熟の時点にあるといえなくもない。韻文で表現したい実にさまざまな気分や印象がある。それを自分の内に感ずる。自分の魂が詩人の魂であるかどうかを確かめるべく、それを査定しようとした。憂鬱が自分の気質の基調だとは思うけれど、それは信念とあきらめと単純な喜びの反復によって加減される憂鬱だ。もしそれを一冊の詩集という形で表現できるならば、たぶん人は耳傾けてくれる。一般受けはしないだろう。それは分る。大衆をゆり動かすことはできまいが、少数の同好の士には訴えるかもしれない。イギリスの批評家たちが、ひょっとして、自分の詩の憂鬱な調べゆえにケルト派の一人と認めてくれるのではあるまいか。しかもまた、引喩《いんゆ》を挿入するのだし。彼は自分の詩集が受けるであろう批評の文章や言回しを想像してみた。チャンドラー氏は平明にして優美なる韻文の才能に恵まれ……憂《うれ》いの悲しみがこれらの詩にはあふれ……ケルト的調べ。自分の名があまりアイルランド風でないのが残念だ。姓の前に母方の名を入れたほうがよいかもしれない。トマス・マロウン・チャンドラー、あるいはT・マロウン・チャンドラーのほうがもっといいか。ガラハーに話してみよう。

夢想に熱中していたので通りを行き過ぎ、引返さねばならなかった。コーレスに近づくうちに先刻の昂《たか》ぶりが押えきれなくなり、店の前で躊躇《ちゅうちょ》して立ち止った。やっとドアを開き、足を踏み入れる。

バーの照明と騒音に、入ったところでしばし突っ立っていた。きょろきょろ見まわしたが、たくさんの赤や緑のワイングラスがぎらついて視界が混乱する。バーは満席のように見えて、その客たちがじろじろ自分を観察している気がした。素早く左右に目をやり（大事な用件で来たとばかりに少し眉《まゆ》をしかめ）、ところが視界が多少すっきりすると、誰一人として自分を見ていないのが分った。そして、やっぱり、いたいた、イグネイシャス・ガラハー、カウンターに背をもたせかけ、両足を大きく開いている。

——やあ、トミー、大将、来てくれたな！　何にしようか？　何を飲む？　おれはウィスキーにする、海向うのより上等だからな。ソーダは？　リチアは？　ミネラルなしだな？　おれも同じ。味が落ちるもんな……おい、ガルソン、モルト・ウィスキーをハーフ二つくれ、頼むぜ……で、最後に会ってからどうしてたい？　いやはや、おれたちも年を取っていくよなあ！　おれもどっか老《ふ》けたように見えるか——え、どうだ？　頭はちと白くなるし薄くなるし——え？

イグネイシャス・ガラハーは帽子をぬいで、短く刈った大きな頭を出した。顔は贅《ぜい》肉《にく》がたるみ、青白く、きれいに髭を剃《そ》っている。目は青っぽい灰色で、顔の不健康な青白さを和らげて地味な光を放ち、その下に派手なオレンジ色のネクタイを締めている。この互いに張合う特徴の間で、唇はでれっと横長で輪郭のない無色に映った。頭をかがめて、薄くなったてっぺんのあたりを二本の慈《いつく》しむような指でなでる。リトル・チャンドラーは、そんなことはないとばかりに首をふった。イグネイシャス・ガラハーは帽子をかぶり直す。

——しんどくてな、と、彼は言った。新聞記者って稼業《かぎょう》は。いつもばたばた駆けずり回ってネタ探しよ、ネタがないときもあるし、それでも必ずなんか新ネタを仕込んでおかなくちゃならない。ゲラだの活字だの、どうでもいいっての、四、五日くらいは。めっぽう嬉《うれ》しいね、ほんとよ、故郷《ふるさと》へ帰るってのは。体にいいね、ちょっとした休暇は。べらぼう気分がよくなるもんなあ、大好き濁汚《だくお》ダブリンに帰ってきたとたん……ほら、きたぞ、トミー。水は？　どれくらい入れる？

リトル・チャンドラーはウィスキーがたっぷり薄まるのを待った。

——こんなに薄めっちまうのか、おまえ、と、イグネイシャス・ガラハーは言った。おれはストレートで飲む。

——ふだんはほとんど飲まないから、と、リトル・チャンドラーは気弱に言った。昔の連中と会ったときに半分かそこら。それだけさ。

——さて、それじゃ、と、イグネイシャス・ガラハーが陽気に言った。おれたちと懐《なつ》かしき昔と古き付合いのために。

二人はグラスをカチンとぶつけて乾杯した。

——今日、昔の悪仲間に会ったよ、と、イグネイシャス・ガラハーが言った。オハラはだいぶ困ってるらしいな。なにしてるんだ？

——なにも、と、リトル・チャンドラー。あいつは落ちぶれた。

——だけどホウガンはいい立場なんだろ？

——うん、土地管理委員会にいる。

——いつかの晩、ロンドンで会った、けっこう羽振りがよさそうでよ……かわいそうに、オハラのやつ！　飲んだくれてか？

——ほかにもいろいろ、と、リトル・チャンドラーはぼそっと言った。

イグネイシャス・ガラハーはフフフッと笑った。

——トミー、と、言った。おまえはちっとも変らないなあ。まったく同じ真面目《まじめ》人間だ、日曜の朝なんかによく説教してくれたもんな、おれがひどい二日酔いで頭がガンガンしてるときさ。世の中ちっとは遊び回ろうって気はないのかい。どっかへ旅行に行くってこともしないのか？

——マン島へ行った、と、リトル・チャンドラー。

イグネイシャス・ガラハーは声を立てて笑った。

——マン島かよ！　と、言った。行くならロンドンかパリだ。パリだな、どっちかってば。いい思いをするぜ。

――パリ見物はした？

――そりゃあ、したとも！　ちっとは遊び回ったね。

――そんなに美しいところかい、よくそういうけど？　と、リトル・チャンドラーが問う。

ちびりと一啜《ひとすす》りする間に、イグネイシャス・ガラハーのほうはグイッと飲みほした。

――美しい？　と言って、イグネイシャス・ガラハーは、その一語と飲んだ一杯の風味の両方を吟味して間を置いた。そんなに美しいわけじゃないさ。もちろん美しいことは美しいけど……しかしパリの生活だ、それなんだよ。そう、パリほどの都会はないっての、陽気、活気、興奮……。

リトル・チャンドラーはウィスキーを飲み終え、少し手間取ってから、やっとバーテンの目をとらえた。また同じものを注文する。

――ムーラン・ルージュにも行った、と、イグネイシャス・ガラハーは、バーテンが二人のグラスを持ち去ってから先をつづける。ボヘミアンカフェにはことごとく行ったよ。すげえぜ！　おまえみたいなお堅いのには向かないけどな、トミー。

リトル・チャンドラーは、バーテンがグラスを二つ運んでくるまで黙りこくっていて、それから友のグラスに軽くカチッとやって、さっきと同じ乾杯のお返しをした。なんだか幻滅を感じ始めていた。ガラハーの語調も言葉づかいも気に入らない。この友には、以前には見られなかったなにか俗っぽいところがあるのだ。たぶんそれは、ロンドンの新聞業界の喧噪《けんそう》と競争にもまれて生きている結果にすぎないのだろう。かつての人柄の魅力は、以前と違うこの派手派手しい態度の下に今もあるはずだ。それにとにかくガラハーは生き抜いてきたのだ、世の中を見てきたのだ。リトル・チャンドラーは羨《うらや》ましげに友を見た。

――パリではすべてが浮れてるんだ、と、イグネイシャス・ガラハーは言った。人生を楽しむって主義なんだ――そのとおりだと思わないか？　然《しか》るべく楽しみたいんならパリへ行かなくちゃ。それに、あのな、連中はアイルランド人にすごく好感をもってるんだ。おれがアイルランド出だと言ったら、もてるわもてるわ。

リトル・チャンドラーはグラスを四口、五口啜った。

――どうなんだい、と、言った。ほんとうなのかな、パリはすごく……淫乱《いんらん》なそうだけど？

イグネイシャス・ガラハーは然りあまねく《カソリック》とばかりに右腕を回してみせた。

――どこもかしこも淫乱さ、と、言った。もちろんパリはいかがわしい女だらけだ。

たとえば学生の舞踏パーティーなんかに行ってみろよ。そりゃもう強烈よ、雌鶏《ココット》ちゃんたちが羽目外しちゃったら。雌鶏《ココット》ちゃんって知ってるだろ?

——聞いたことがある、と、リトル・チャンドラー。

イグネイシャス・ガラハーはウィスキーを飲みほすと首をふった。

——そりゃなあ、と、言った。おまえはどう言うか知らん。パリジェンヌ以上の女はいないっての——洒落《しゃれ》てるし、ぴちぴちしてるし。

——それじゃやっぱり淫乱な市《まち》なんだ、と、リトル・チャンドラーは、おずおずと言い張った——つまり、ロンドンやダブリンに比べてさ?

——ロンドン! と、イグネイシャス・ガラハー。あそこも似たり寄ったり、どっこいどっこいだ。ホウガンに聞いてみろ。あいつがロンドンに来たとき、ちょいと案内したんだ。聞いたら目を回すだろうな……おい、トミー、そのウィスキー、水になっちまうぞ。飲んじまえよ。

——いや、もうほんとに……。

——なあに、いいじゃないか、もう一杯。何にする? 同じのでいいか?

——じゃ……うん。

——フランソワ、また同じの……煙草《たばこ》どうだ、トミー?

イグネイシャス・ガラハーは煙草入れを取り出した。二人の友は葉巻に火をつけ、飲物がくるまで無言で葉巻をふかした。

——おれの意見を言おうか、と、イグネイシャス・ガラハーは言い、しばし逃げ込んでいた紫煙の雲の中から顔を出す。世の中、妙なもんよ。淫乱の話だっけな！　いろいろ耳にしてる——いやそんなもんじゃない——いろいろ知ってるんだ、いろんな……淫乱……。

イグネイシャス・ガラハーは思いにふけるように葉巻をぷかぷかやって、それから冷静な歴史家の口調で、外国に蔓延《まんえん》する堕落の絵模様をざっと友に描写した。かずかずの首都の悪徳を要約し、勝利の栄誉はベルリンに授けたいらしい。保証しかねる話（友人から聞いた話）もあれば、自らの体験談もあった。地位も階級も容赦しない。欧州《コンチネント》の修道院の秘密のかずかずを暴露し、上流社会で流行《はや》っている行状をいくつか披露し、そして最後に、事細かに、イギリスの某公爵《こうしやく》夫人の話を語った——彼が実際に知っている話である。リトル・チャンドラーは唖然《あぜん》とした。

——まあとにかく、と、イグネイシャス・ガラハーは言った。昔ながらにのほほんとしたこのダブリンでは、そんなことは何一つ知られていないけどな。

——さぞかし退屈だろう、と、リトル・チャンドラーは言った。それだけ外国のいろんなところを見てきたんだから！

——いやそれが、と、イグネイシャス・ガラハーは言った。こっちへ来てみると気が休まるんだな。なんたって故郷は故郷だ、よく言うじゃないか。ある種の慕う気持がわくもんな。それが人情さ……だけどおまえのことも話してくれよ。ホウガンから聞いたけど、おまえ……所帯持ちの幸せを味わってるんだってな。二年前だっけ？

リトル・チャンドラーは顔を赤らめて笑った。

——うん、と、言った。去年の五月に結婚して一年になる。

——今頃なんだけど、お祝いを言わせてくれ、と、イグネイシャス・ガラハー。住所を知らなかったからな、知ってればそのとき言えたんだけど。

彼は手を差し延べ、その手をリトル・チャンドラーが握る。

——それじゃ、トミー、と、言った。おまえと奥さんが人生のあらゆる喜びを味わうことを祈るぜ、金もうなるほどためてさ、おれがおまえにズドンと一発ぶちこむまで長生きしてくれよ。それが親友の、旧友の願いだ。分るだろ？

——分る、と、リトル・チャンドラーは言った。

——子供は？　と、イグネイシャス・ガラハー。

リトル・チャンドラーはまた顔を赤らめた。

――一人、と、言った。

――息子かい、娘かい？

――男の子。

イグネイシャス・ガラハーはポーンと友の背中を叩《たた》く。

――ブラボー、と、言った。さすがじゃないか、トミー。

リトル・チャンドラーは笑みを作り、きまり悪げに自分のグラスを見て、三本の子供っぽいくらいに白い前歯で下唇を噛《か》んだ。

――わが家に一晩遊びに来てほしいな、と、言った。帰る前にさ。女房も会えたら喜ぶだろうし。ちょっと音楽でもやって……。

――それはありがたいけどなあ、と、イグネイシャス・ガラハーは言った。もっと早く会えなくて悪かったな。でも明日の晩には発《た》たなくちゃならないし。

――じゃ、なんなら今晩では……？

――ほんと、悪いなあ。実は一人、仲間がいっしょに来てるんだ。これがまたちゃっかりしたやつで、二人でちょいとカードの集りに行く予定になっててね。それさえなけりゃ……。

――ああ、そういうことなら……。

――でも分らんぜ、と、イグネイシャス・ガラハーは気を遣うように言った。来年ちょいとこっちへ足をのばすってことになるかもしれない、今回を皮切りにさ。実行猶《ゆう》予《よ》の計としておこうや。

――いいとも、と、リトル・チャンドラーは言った。今度来たら、きっと一晩わが家で過そうよ。今から約束だぞ？

――うん、約束する、と、イグネイシャス・ガラハーは言った。来年もしおれが来たならな、名誉に掛けて《パロール・ドヌール》。

――それじゃ契約の締めってことで、と、リトル・チャンドラーは言った。もう一杯だけやろうよ。

イグネイシャス・ガラハーは大きな金の懐中時計を取り出して、それに目をやった。

――それで最後にするかい？と、言った。ほら、おれはアポがあるから。

――うんうん、もちろん、と、リトル・チャンドラー。

――そんならいい、と、イグネイシャス・ガラハーは言った。さあもう一杯、馬の首《ジョック・ア》向け酒《ン・ドラス》――いい方言だよなあ、ウィスキーのハーフをひっかけるには。

リトル・チャンドラーが酒を注文した。つい今しがた顔にのぼってきた赤みが居座りかけている。いつでもほんのわずかで赤くなる。そして今は熱《ほて》って上気しているのを感じた。ウィスキーのハーフ三杯で頭がぼうっとして、ガラハーの強い葉巻のせいで考えがごちゃつく。なにしろ敏感で節度ある人間なのだ。ガラハーと八年ぶりに会い、ガラハーといっしょにコーレスの店内で照明と騒音に囲まれ、ガラハーの話に聞き入り、ガラハーの放埒《ほうらつ》と手柄の人生を束《つか》の間《ま》であれ分ち合うという変事が、持前の繊細な気質の均衡を覆《くつがえ》してしまった。己の人生と友の人生の対照的な違いを痛感し、それが不当に思われてきた。ガラハーは自分より生れも教養も劣るからだ。機会にさえ恵まれたなら己はこの友がこれまで為《な》したことよりも、為しうることよりもまともなことを、たんに派手なだけの新聞屋稼業よりも高尚なことを為しうるはずなのだ。なにが行く手を邪魔するのか。己の不幸な小心だ！　彼はどうにかして己の名誉を貫き、男たることを主張したくなった。ガラハーが招待を断った裏が見えた。ガラハーは友達面《ともだちづら》をして自分に恩を着せているだけだ、ちょっと帰って来てアイルランドに恩を着せているのと同じように。

　バーテンが酒を運んできた。リトル・チャンドラーはグラスを一つ友のほうへ押しやり、もう一つをぐいっと持ちあげた。

——分らんぜ、と、彼が言うのといっしょに、二人はグラスを掲げた。来年来たときには、こっちがイグネイシャス・ガラハー夫妻の長寿と幸せを祈るなんて言ってるかもしれない。

イグネイシャス・ガラハーは飲みながら、グラスの縁の上で思わせぶりに片目をつぶった。飲んでから、よしっとばかりに舌打ちをし、グラスを置いて言った。

——その心配はまずないっての。おれはまず、したい放題やりまくって、人生と世の中をちょいとは経験しようってつもりだ、首根っこを押えられちまうのはそれからよ——そうなればの話だが。

——いつかはそうなるさ、と、リトル・チャンドラーは静かに言った。

イグネイシャス・ガラハーはオレンジ色のネクタイとスレートブルーの目をまともに友へ向けた。

——そう思うか？　と、言った。

——おまえだって首根っこを押えられちまうってば、と、リトル・チャンドラーはおうむ返しにきっぱり言った。誰だって同じさ、相手の女が見つかれば。

いささか語調を強めてしまい、うっかり本心をもらしてしまったのに気づいた。しかし頬の赤みが最高潮になりながらも、友の凝視にひるまなかった。イグネイシャス・ガラハーはしばし彼を見つめてから言った。

——万一そうなったとしても、賭《か》けてもいいぜ、惚《ほ》れた腫《は》れたなんてことには絶対にならない。おれは金と結婚するつもりだ。銀行にしこたま金がある女よ、そうでなければ用はないね。

リトル・チャンドラーは首をふった。

――おいおい、おまえ、と、イグネイシャス・ガラハーが熱っぽく言う。納得しないってのか？　おれがそうしたいって言えば、明日にも女と現生《げんなま》が手に入るんだぞ。信じないのか？　いいか、おれは知ってるんだぜ。うようよいるんだよ――うようよなんてもんじゃない――うじゃうじゃわんさかいる、金持のドイツ女やユダヤ女、腐るほど金のあるのがな、大喜びで飛びついてきそうなのが……まあ見てろっての。おれの見事なカード捌《さば》きを見せてやろうじゃないか。いざとなればおれも本気よ、言っとくけどな。まあ見てろって。

彼はグラスを勢いよく口にもっていき、ぐいっと飲みほし、高笑いをした。それから思惑ありげに前方を見すえ、少し押えた口調で言った。

――ところがこっちは急いじゃいない。待たせとけばいい。おれは一人の女に自分から縛られやしないね。

彼は口で味わう仕草をし、顔をしかめてみせた。

――どうしたって気が抜けてくるってのの、と、言った。

* * *

リトル・チャンドラーは玄関を入ってすぐの部屋で椅子《いす》に掛け、子供を抱きかかえていた。倹約のために女中を雇っていないけれど、アニーの妹のモニカが朝一時間ほどと夕方一時間ほど手伝いに来る。ところがモニカはとっくに帰っていた。九時十五分前だった。リトル・チャンドラーは遅く帰って夕食には間に合わなかったし、おまけに、ビューリーに寄ってアニーに頼まれたコーヒーを一包み買ってくるのを忘れてしまった。むろん彼女は機嫌が悪く、ろくすっぽ返事もしない。お茶なしですますとは言ったものの、角の店が閉る頃になると自分で出かけて紅茶四分の一ポンドと砂糖二ポンドを買ってくると決断した。眠っている子をさっと彼の腕に渡して言った。

——ほら。起さないでよ。

白い磁器の笠《かさ》をかぶった小さなランプがテーブルにのっていて、その光がねじれた角《つの》の額縁におさまる写真を照らす。アニーの写真だ。リトル・チャンドラーはそれを見て、きゅっと結んだ薄い唇に視線をとめた。淡い青のサマーブラウスを着ている。いつか土曜日にプレゼントとして買って帰ったものである。財布の中身を十シリング十一ペンス減らしたが、それにしても苦痛にも似たあのどぎまぎでどれほど神経をすり減らしたことか！　あの日はさんざんな思いをした。客がいなくなるまで店先で待ち、売場のカウンターの前に突っ立ち、女店員が女物のブラウスを目の前に積み重ねる間も努めて平静をよそおい、会計で勘定を支払い、釣銭の一ペニーを取り忘れてその店員に呼び戻され、最後には、店を出るとき赤面ぶりを隠そうとして包装の紐《ひも》の具合を確かめるふりをした。ブラウスを持ち帰ると、アニーは彼にキスして、とてもきれいだしハイカラだと言った。ところが値段を聞くとブラウスをテーブルの上へ放り出し、十シリング十一ペンスも取るなんてひどい詐欺《さぎ》だと言った。最初は返しに行くと言い、ところが着てみると機嫌をよくして、とくに袖《そで》の作りが気に入り、彼にキスして、あたしのことを思ってくれて優しい人と言った。

ふん！……

写真の目をひややかに見つめると、その目がひややかに見返す。確かに目はきれいだし、顔そのものもきれいだ。しかしなにかぎすぎすしたところがある。どうしてこうも色気がなく、取りすましていられるのか。落着き払った目が彼を苛立《いらだ》たせた。その目が彼を撥《は》ねつけ、彼を無視する。なんら情熱もなく、なんら陶酔もない。ガラハーの言っていた金持のユダヤ女のことを思い出した。その黒い東洋的な目には情熱があふれ、なまめかしい欲求があふれているにちがいない！……どうして自分はこんな写真の目と結婚したんだ？

そう自問してふっと我に返り、苛立たしく部屋を見まわす。この家のために月賦《げっぷ》で買ったきれいな家具にもぎすぎすしたものがある。アニーが自分で選んだものだから、どうしても彼女が思い浮ぶ。これも取りすまして、きれいだ。己の人生に対する鈍い憤《いきどお》りが彼の内で目ざめた。こんなちゃちな家から逃げ出せないだろうか？　ガラハーみたいに勇ましく生きようとするのは遅すぎるだろうか？　ロンドンへ行けたら？　家具の支払いがまだ残っている。本を一冊書いて出版できれば、それで道が開けるのではなかろうか。

バイロンの詩集が一冊、目の前のテーブルに置かれていた。子供を起さないように左手でそうっと開き、最初の詩を読み始める。

風もはや凪《な》ぎて夕闇《ゆうやみ》静まり返り
杜《もり》にそよぐ軟風《ゼファアー》なく
われマーガレットの墓前へ戻り
愛する骸《むくろ》に花を撒《ま》く

一休止おく。韻文のリズムを部屋中に肌で感じる。憂鬱《ゆううつ》の情！　自分もこんなふうに書けないものか、己の魂の憂鬱を詩に表現できないものか？　描出したいものはたくさんある。たとえば、数時間前にグラッタン橋で抱いたあの感覚。あの気分にもう一度立ち戻ることができれば……。

子供が目をさまして泣きだした。ページから目を移して、泣きやませようとした。しかしどうにも泣きやまない。両腕に抱えたまま左右に揺り動かしても、泣きわめく声がだんだん激しくなる。なおも早く揺り動かしながら、目は第二連を読み始めた。

　この狭き房《ぼう》にその土くれは横たわり
　その土くれはかつて……

だめだ。読めやしない。なにもできない。子供の泣きわめき声が鼓膜をつんざく。だめだ、だめだ！　これじゃ終身刑の囚人だ。両腕が怒りにふるえて、いきなり子供の顔におおいかぶさるようにして怒鳴った。

——泣きやめ！

子供は一瞬、泣きやみ、恐怖にひきつけを起し、ギャーッと叫んだ。彼はぎょっとして椅子から立ち上り、子供を抱きかかえたまま部屋をあたふた行き来した。子供は哀れっぽく泣きじゃくり、四、五秒、息をとめ、それからまたしてもワーッと泣きだした。部屋の薄い壁がその声を反響させる。なんとか宥《なだ》めようとするが、子供はますますひきつったように泣きじゃくる。彼は子供のひきつってふるえる顔を見て、不安になり始めた。切れ目なく泣きじゃくるのを七回かぞえ、怖くなって子供をひしと胸に押し当てた。死んでしまったら！……

ドアがぱっと開き、若い女が息も荒く駆けこんできた。

——なんなの？　なんなの？　と、女が叫ぶ。

子供は母親の声を聞きつけ、急に泣きじゃくりが激しくなった。

——なんでもない、アニー……なんでもない……泣きだしただけだ……。

彼女は買物包みを床に放り投げ、夫から子供をひったくった。

——この子になにしたのよ？　と、叫んで、夫の顔をにらみつける。

リトル・チャンドラーは一瞬、にらみつける視線を受けとめたが、しかしその目に憎悪《ぞうお》を見て心がふさいでしまった。彼はしどろもどろに言った。

——なんでもない……この子が……この子が……泣きだして……どうしようもなくて……なにもしてないってば……ね？

夫には耳も貸さず、彼女は部屋を行きつ戻りつ、子供をしっかと両腕に抱いて小声で話しかける。

——おちびちゃん！　おちびちゃん！　怖かったの、いい子ちゃん？……ほらほら、いい子！　ほらほら！……羊さんめえめえ！　ママの大事大事な子羊さん！……ほらほら！

リトル・チャンドラーは両頰に恥辱のひろがり熱《ほて》るのを感じ、ランプの明りから後ずさりした。聞いていると、子供の泣きじゃくりの発作が次第におさまってくる。後悔の涙がこみあげてきた。

写し

Counterparts

⑨プールベッグ通りのマリガン酒場

ベルが烈火のごとく鳴りひびき、パーカー女史が伝声管へ行くと、烈火のごとき声が、つんざくようなアイルランド北部の訛《なま》りでがなった。

――ファリントンをよこすんだ！

パーカー女史は自分のタイプライターへ戻り、机で書き物をしている男に言った。

――アレインさんが上へ来てほしいってよ。

男はなんだ、ちくしょう！と低くつぶやいてから、椅子《いす》を後ろへ押しやって立ち上った。立ち上ると、上背のある巨体である。張りのない顔は濃いワイン色、眉《まゆ》と口髭《くちひげ》は淡い色合、目はちょいと出目で、白目が濁っている。カウンターの上開き板を持ち上げ、顧客たちのわきを通り、重い足取りで事務室を出た。

のたのた重たげに階段を上り、二つめの踊り場へ来ると、ミスター・アレインと刻印された真鍮《しんちゅう》の名札の掛ったドアがある。男はそこで立ち止り、体力を使ったのと腹立たしいのとでふーっと一息入れ、ノックした。金切声が叫ぶ。

――入れ！

男はアレイン氏の部屋へ入った。同時にアレイン氏が、髭を剃《そ》り上げた顔に金縁眼鏡をかけた小男が、書類の山からひょいっと頭を突き上げた。頭は頭でもピンクに染まったつるつる頭だから、大きな卵が書類の上にのっているようである。アレイン氏は一刻をも惜しむ。

――ファリントン？　これはどういうつもりだ？　なんでいつも文句ばかり言わせる？　聞かせてもらいたいね、バドリーとカーワンのあの契約書の写しをまだでかしていないわけを？　四時までには用意しろと言ったはずだ。

――でもシェリーさんの話ですと……。

――シェリーさんの話ですと……。いいか、わたしの話を聞いてほしいね、シェリーさんの話ですとではなくて。おまえさんは必ずなんだかんだと仕事をさぼる言い訳をする。言っておくがな、もし契約書の写しが夕方までに終らなければクロズビー氏にこの件を伝える……分ったな？

――はい。

――分ったんだな？……ああ、ついでにもう一つ！　おまえさんに話すのは壁に話すようなもんだがな。もういっぺんだけ言っとく、おまえさんの昼休みは半時間だ、一時間半じゃない。いったい何品食う？　教えてもらいたいもんだ……。分ってくれたか？

――はい。

アレイン氏は再び書類の山にうつむいた。男はクロズビー・アンド・アレイン事務所の業務を管理するてかてか頭をじっと見すえて、かち割れそうなその脆《もろ》さを測定した。憤怒《ふんぬ》の発作がしばし喉《のど》もとを締めつけて、やがてそれがおさまると、激しい渇きの感覚があとに残った。男はその感覚の何たるかを理解し、一晩したたか飲まねばすまないぞと感じた。月の後半になっているから、写しさえ間に合うように仕上げれば、アレインが会計係に支払を指示しないともかぎらない。そこに立ったまま、書類の山にのっかる頭をじっと見すえた。不意に、アレイン氏は書類を残らずひっくり返し、なにかを探し始めた。それから、まるでこの瞬間まで男の存在に気づかなかったかのように、再びひょいっと頭を突き上げた。

——なんだ？　一日中そこに突っ立っとる気か？　やれやれ、ファリントン、なにをのんきにかまえてる！

——待っていたんですが……。

——なるほどね、待っていなくていい。下へ行って仕事をするんだ。

男はのっそり重たげにドアへ向う。部屋を出るとき、背後からアレイン氏が、契約書の写しが夕方までに終らなければクロズビー氏にこの件を伝えると叫ぶのが聞えた。

男は下の事務室の机に戻り、写しを作る残りの枚数を勘定した。ペンを手にしてインクにひたしたが、書き終えた最後の文面をぼけっと見つめたままでいた。如何《いか》なる場合にても上記バーナード・バドリーは万事……。日が暮れかけていて、もうじきガス灯に灯が点《とも》る。それから書いてもよかろう。喉の渇きをいやさなければおさまらないのを感じる。立ち上って机を離れ、さっきと同じようにカウンターの上開き板を持ち上げると、事務室を出た。出がけに主任が怪訝《けげん》な顔つきでちらっと目を向けた。

——大丈夫、シェリーさん、と、男は言い、人差指で目的の場所を示した。

主任はちらっと帽子掛けを見やったが、帽子がずらりそろっているのを見て、なにも言わなかった。踊り場へ来るやいなや、男は白黒チェックの帽子をポケットからひっぱり出し、それをかぶって、がたつく階段を急いで駆け下りた。通りへ出るドアから、男はこそ泥みたいに歩道の内々《うちうち》を角のほうへ向い、そしていきなり、途中のどこかへ飛びこんだ。かくて男はオニールの店の暗い小部屋《スナック》におさまり、濃いワイン色というか濃い肉色というか、そんな熱《ほて》った顔をバーを覗《のぞ》ける小窓いっぱいに押しつけて、大声で告げた。

——おい、パット、黒一杯だ、いいな。

バーテンが黒ビールを一杯運んできた。男は一気に飲みほして、キャラウェイを一粒くれと言った。男はペニー貨を一枚、カウンターに置くと、暗がりの中でバーテンがそれを手探りしているのを尻目《しりめ》に、入ってきたとき同様こそ泥みたいに小部屋《スナック》を出た。

暗闇《くらやみ》が、濃い霧を伴って、二月の黄昏《たそがれ》に迫りつつあり、ユースタス通りの街灯はすでに点っていた。男は家並を通ってもとの道を行き、時間まで写しを仕上げられるかどうかと考えながら事務所の入口に着く。階段で、もやっと鼻《はな》衝く香水の匂《にお》いに迎えられた。オニールの店へ行っている間に、デラクーア女史が来たにちがいない。男は帽子をポケットに戻すと、なにくわぬ顔で事務室に帰った。

――アレインさんがさっきから呼んでるぞ、と、主任は厳しく言った。どこにいた？

男はカウンターにいる二人の顧客をちらっと見やり、人前で返事をするのは憚《はばか》られるというふうなそぶりをした。顧客はどちらも男なので、主任は思わず笑いだす。

――おれもその手は知ってる、と、彼は言った。一日五回はちょっとなあ……。いいから急げ、デラクーアの件の書状の写しをアレインさんに持って行くんだ。

人前でこんなことを言われたし、階段を走ったし、黒ビールを大急ぎで飲みほしたりもしたので、男は混乱した。命じられた書状を用意すべく机に向いつつ、契約書の写しを五時半前に仕上げるのはとうてい無理だと悟った。暗いじめじめする夜がそこまで来ていて、こういう夜は酒場を巡って過したい。ガス灯のきらめきとグラスのぶつかり合う中で友人たちと飲みまくるのだ。男はデラクーア関連書状を取り出し、事務室を出た。最後の二通が抜けているのにアレインが気づかなければよいが。

もやっと鼻衝く香水の匂いがずっとアレイン氏の部屋までつづく。デラクーア女史はユダヤ人の容貌《ようぼう》の中年女である。しばしば事務所を訪れ、来ると長居する。今も香水の芳香に包まれてアレイン氏の机の傍らに腰掛け、傘の柄をなでなで、帽子に飾った大きな黒い羽根をなびかせていた。アレイン氏は椅子をぐるっと回転させて女史と向き合い、右足を左膝《ひだりひざ》の上へ軽やかに投げ出していた。男は書状を机に置いて恭《うやうや》しく一礼したが、アレイン氏もデラクーア女史もその一礼には目もくれない。アレイン氏は人差指でぽんと書状を叩《たた》き、それからその指を男に向ってピシッと弾《はじ》いた。よし、もういいと言わんばかり。

男は下の事務室へ戻り、再び机に向った。書きかけの文言をしげしげ見つめる。如何なる場合にても上記バーナード・バドリーは万事……。最後の三語の頭が同じバの音なのがなんとも妙だと思った。主任が手紙のタイプが投函《とうかん》に間に合わないじゃないかと言って、パーカー女史をせかし始めた。男はタイプライターのカチカチいう音にしばらく耳を傾けてから、写しの仕上げにかかった。しかし頭はすっきりしないし、心は酒場のきらめく明りと騒音へさまよって行く。こういう晩はホットパンチがいい。せっせと写しに励んだが、時計が五時を打ったとき、まだ十四枚も書き残りがあった。ちくしょう！　とうてい間に合いやしない。大声で罵《ののし》って、なにかを思いっきりぶん殴りたくなった。憤《いきどお》りのあまり、バーナード・バドリーでなくバーナード・バーナードと書いてしまい、また始めから清書をやり直す羽目になった。

　事務室の全員を一人で叩き出すこともできそうな力を感じた。躰《からだ》が疼《うず》いてなにか為《し》出《で》かしたくなった。外へ飛び出し猛然と暴れたくなった。己の人生のありとあらゆる侮辱に憤りが募る……。ないしょで会計係に前借りを頼もうか？　いや、あの会計係はだめだ、てんでだめだ。前借りなんぞさせてはくれない……。あそこへ行けば連中がいるだろう。レナードとオハロランとおせせ鼻フリン。男の感情現象の気圧計は嵐《あらし》の到来を示していた。

　あれこれ想像して心ここにあらずだったので、男は名前を二度呼ばれてからやっと返事をした。アレイン氏とデラクーア女史がカウンターの向うに立っていて、事務室の全員がなにか一悶着《ひともんちゃく》ありそうだとばかりにふり向いている。男は机から立ち上った。アレイン氏がひとしきり罵詈《ばり》雑言を吐いてから、手紙が二通足りないと言った。男はそんなのは知りません、ちゃんと写しは作りましたと返答した。なおも罵詈雑言がつづく。それがあまりに痛烈ですさまじいので、男は目の前のその小人の頭に拳骨《げんこつ》を喰らわすのを思いとどまるのがやっとだった。

――もう二通の手紙なんて知りませんねえ、と、男は間抜けみたいに言った。

――おまえさんは――知り――ません。なるほど、知りませんか、と、アレイン氏は言った。どうなんだ、と、彼はまず同意を得るべく横の婦人を見やってから先をつづけた。おまえさんはわしを馬鹿《ばか》と思っとるんか？　わしをまるきり馬鹿だと思っとるんか？

男は婦人の顔から小さな卵形の頭へちらっと視線を移し、またもとへ戻した。そして、ほとんど自分で気づかぬうちに、舌が勝手にまたとない好機をとらえていた。

――それはフェアじゃないと思います、と、彼は言った。そんなことをわたしに訊《き》くのは。

一瞬、事務室の一同の息づかいそのものが止った。全員が仰天した（周りの者のみならず、当意即妙の返答を口走った本人もそうだった）。そしてデラクーア女史は、この肉づきよく愛想よき婦人は、あけすけな笑みをほころばせた。アレイン氏は野薔薇《のばら》のごとく真っ赤になり、その口が小人の激情を爆発させて引き攣《つ》った。彼は男の鼻先で拳《こぶし》を振り回し、それがなにかの電気器具のスイッチみたいにぶるぶる振動が止らないふうだ。

――この無礼者！　この悪党！　おまえなんかクビにしてやる！　覚悟しとけ！　わしに無礼を謝れ、さもなけりゃ即刻、事務所を出てけ！　こっから出てけ、いいか、さもなけりゃ謝れ！

＊　＊　＊

男は事務所の真向いの戸口に突っ立ち、会計係が一人で出てこないかと見守っていた。事務所の面々が皆出て行き、最後に会計係が主任といっしょに出てきた。主任といっしょとあれば、どう切り出しても無駄である。男はひどくまずい立場になったのを感じていた。やむなく平身低頭してアレインに無礼を詫《わ》びはしたものの、事務所は自分にとって雀蜂《すずめばち》の巣も同然になるだろう。アレインが自分の甥《おい》を入れるためにピークのやつをいびり出したやり口をよく覚えている。憤怒が募り、喉が渇き、復讐心《ふくしゅうしん》がわき、自分自身にむかむかし、誰彼かまわずむかむかした。アレインは一時間の休憩もくれまい。これから先は生き地獄だろう。今度ばかりはとんだ馬鹿をやらかしてしまった。勝手に舌が回るのを止められなかったものか？　しかしもともと折合いがよくなかったのだ、自分とアレインは。アレインのアイルランド北部の訛りを真似《まね》てヒギンズとパーカー女史を笑わせていたのを立ち聞きされてしまったあの日以来。あれが始まりだった。ヒギンズに当って借金する手もないことはなかったが、ヒギンズは小遣銭にも事欠いているはずだ。所帯を二つかかえている男であるからして、もちろんあいつには無理……。

男は己の巨体がまたしても酒場の慰めを求めて疼くのを感じた。霧がひえびえとしてきて、オニールの店のパットにせびってみようかとも考えた。あいつにせびれるとしてもせいぜい一シリング——一シリングではしようがない。それにしてもどっかで金を工面せねば。黒一杯に最後の一ペニーをはたいた。それにぐずぐずしていたら、どっかで金を工面するにしても遅すぎる。ふっと、懐中時計の鎖をいじりながらフリート通りにあるテリー・ケリーの質屋を思い出した。そうだよ、それそれ！どうしてもっと早く思いつかなかった？

男は、みんなくたばれってんだ、こっちは今晩しこたま飲んでやるなどとつぶやきながら、テンプル・バーの狭い路地を急いで抜けて行った。テリー・ケリーの店番は一クラウン！と言ったが、委託人は六シリングにしろと粘った。そして結局、六シリングを硬貨六枚で渡される。男は親指と四本指とで硬貨の筒をこしらえつつ、心うきうき質屋を出た。ウェストモアランド通りへ入ると、歩道は勤め先から帰る若い男女で混雑し、ボロをまとった子供らがあっちこっち駆けずり回り、夕刊の名をわめいている。男は人混みを通り抜けながら、誇らしい満足感を抱いてこの光景をざっと見渡し、会社勤めの若い女たちを主人顔で吟味した。頭の中は路面電車の警鐘やシューッと架線をこする滑車の音が占領し、鼻はすでにパンチの渦巻く湯気を嗅《か》いでいた。歩きながら、仲間連中に今日の一件を語るときの文句をあらかじめ考える。

――それでおれはちょっとやつの顔を見たさ――平然とな、そして女を見た。それからもういっぺんやつの顔を見た――わざとゆっくりとな。フェアじゃねえと思うね、そんなことをおれに訊くのはって言ってやったさ。

おせせ鼻フリンがデイヴィ・バーンのいつもの一角を陣取っていて、話を聞くとファリントンにハーフを一杯おごり、こんなすかっとする話は聞いたことがないやと言った。ファリントンがお返しに一杯おごる。少したってオハロランとパディー・レナードが入ってきて、話が二人に繰返された。オハロランが一同にウィスキーの上《じょう》をホットでおごり、ファウンズ通りのキャランのところにいたときそこの主任にやり返した話をした。しかしそのやり返しの台詞《せりふ》は田園詩の口さがない羊飼を真似たようなものなので、ファリントンのやり返しほど気が利《き》いていないと認めざるをえなかった。これを聞いてファリントンは、それを空けちゃってもう一杯やれと一同に言った。

めいめいが狂薬《きようやく》を名指ししているところへふらっと入って来たのは、なんとヒギンズ！　むろん一座に加わらざるをえない。男たちは彼の口から例の一件を聞きたいと言い、そこで彼はたいそう活発に話しだす。ホットウィスキーのハーフが五つ並ぶのを目にしては気分ものってくるわけだ。アレイン氏がファリントンの鼻先で拳をふりまわす仕草をしてみせたときには、全員が腹を抱えて笑いころげた。それから次にはファリントンの口真似をする。お偉いさんよう、頭冷やしなっての。その間ファリントンはどろんと濁った目で一同を見ながらにやにや笑って、ときどき下唇を使っては口髭《くちひげ》に滴《したた》り落ちたアルコールを啜《すす》り込んでいた。

一渡り飲み終ると中休みになった。オハロランは金を持っているが、ほかの二人はないらしい。そこで全員、未練ありげに店を出る。デューク通りの角でヒギンズとおせせ鼻フリンは左斜めに別れて行き、あとの三人は市内のほうへと引返す。雨が冷たい街路にしとしと降っていた。底荷管理局まで来たとき、ファリントンがスコッチハウスに行こうかと言った。バーは満員で、しゃべり声とグラスのぶつかる音で騒々しかった。三人の男は店先で哀れっぽい声で呼びかけるマッチ売りたちを押しのけて中へ入り、カウンターの一角に小さな陣地を確保した。互いにべらべらまくしたてる。レナードが二人をウェザーズという名の若者に紹介した。ティヴォリ座で軽業とどたばた芝居を演ずる芸人《アーティースト》だという。ファリントンが一同におごった。ウェザーズはアイリッシュ・ウィスキーのハーフのアポリナリス割りにしたいと言った。ファリントンは、酒のことにはきわめて明るい男であるからして、仲間たちにアポリナリス割りも一杯やらないかともちかける。しかし仲間たちはホットにするとティムに言った。話は芝居がかってきた。オハロランが一同におごり、それからファリントンがもう一度おごり、ウェザーズはこんなにおごってくれるのはアイルランド流だとしても困ると言った。彼は皆を楽屋へ案内して、いい女の子を紹介すると約束した。オハロランが、自分とレナードは行くけれどファリントンは所帯持ちだから行かないだろうと言った。ファリントンのどろんと濁った目が、からかいやがったなというように、一同を横睨《よこにら》みに見やる。ウェザーズはほんの一滴ばかりを自分の金で皆におごり、あとでプールベッグ通りのマリガンで落合おうと約束した。

スコッチハウスが看板になると、一同はマリガンへ廻った。奥の特別室に入り、オハロランが一同にハーフのホット・スペシャルを注文した。皆、そろそろほろ酔い気分になっている。ファリントンがもう一度皆におごろうとしたところへ、ウェザーズが再び現れた。今度はビターを飲んだので、ファリントンは助かってほっとする。軍資金が心細くなってきたが、まあまだ大丈夫。ほどなく、大きな帽子をかぶった二人の若い女とチェックのスーツの若い男が入ってきて、すぐそばのテーブルに座った。ウェザーズは三人に挨拶《あいさつ》し、ティヴォリ座の面々だと言った。ファリントンの目がしきりと若い女の一人の方角へさまよう。どこかパッと目立つ容貌だ。ピーコックブルーのモスリンの特大スカーフが帽子に巻かれて、顎《あご》の下で大きな蝶結《ちょうむす》びになっている。明るい黄色の手袋をして、それが肘《ひじ》まで届く。ファリントンのうっとり見とれるむっちりした腕が休みなく動き、その動きが実に優雅だ。少したって、女が彼の視線に応じたとき、そのくりくりした濃い茶色の眸《ひとみ》にますますうっとりした。斜《はす》に睨むようなその目の表情が彼を魅了した。一、二度ちらっと彼を見て、一行が部屋を出るとき、女は彼の椅子《いす》に軽くぶつかり、ロンドン訛《なま》りであら、失礼！と言った。部屋を出て行くのを見守りながら、自分をふり返ってくれるかと期待したが、期待は外れた。金の無いのが癪《しゃく》で、皆に何杯もおごったのが、とりわけウェザーズにウィスキーのアポリナリス割りを何杯もおごったのが癪になってきた。憎たらしいものが一つあるとすれば、それはたかり屋だ。腹立たしさのあまり、仲間の会話も上の空になっていた。

パディー・レナードに呼ばれて気がつくと、力業の話になっている。ウェザーズが一同に力こぶを見せてさんざん自慢するものだから、ほかの二人がファリントンに国の名誉を守れと言うのである。ファリントンはよしきたとばかりに袖《そで》をまくり上げ、一同に力こぶを見せた。二本の腕が比較検討され、結局は力比べの一勝負ということになった。テーブルの上を片付けて、二人の男はそこに肘を据え、手を握り合う。パディー・レナードの始め！の合図で、双方が相手の手をテーブルに押しつけようとするのだ。

勝負が始まった。ファリントンは真剣そのもの、決然たる顔つきになる。約三十秒後、ウェザーズは相手の手をじわりじわりとテーブルに押しつけた。ファリントンの濃いワイン色の顔が、こんな青二才に負かされたという怒りと屈辱にいっそう濃く染まった。

——体重をかけるのは反則だ。フェアにやれ、と、彼は言った。

——フェアでないのはどっちさ？　と、一方が言った。

——もう一丁こい。三回勝負だ。

再び勝負が始まった。ファリントンの額に血管が浮き上り、ウェザーズの青白い顔が牡丹色《ぼたんいろ》になった。両者の手と腕がガクガクふるえて力が入る。長い闘いの末、ウェザーズがまたもや相手の手をじわりじわりとテーブルに押しつけた。見物人から称賛のつぶやきがもれる。テーブルのそばに立っていたバーテンが、勝者に向って赤毛の頭をふってうなずき、間抜けたなれなれしさで言った。

——すげえ！　技が決った！

——てめえに分るのかよ？と、ファリントンは烈火のごとくその男にかみついた。なんで口出ししやがる？

——しっ、しっ！と、オハロランが、ファリントンの顔のすさまじい逆上ぶりを見て取って言った。精算だ、みんな。もうちょいひっかけてから、引きあげるぞ。

＊　＊　＊

ひどく仏頂面《ぶっちょうづら》の男がオコンル橋の角に立ち、家へ帰るためにサンディマウント行きの小さな路面電車を待っていた。全身に怒りと復讐心がくすぶっている。屈辱と鬱憤《うっぷん》を感じていた。酔った気分さえしないのに、ポケットには二ペンスしかない。なにもかも癪に障《さわ》る。勤め先では大失態をやらかし、懐中時計を質に入れ、その金を使いはたした。しかも酔ってもいない。またしても渇きを感じ、熱気のこもる酒臭いパブへ引返したくなった。青臭い野郎に二度も負かされ、強い男という評判を失ってしまった。膨れあがる憤り《いきどお》に胸がむかつき、軽くぶつかって失礼！と言った大きな帽子の女を思い出すと、憤りに息が詰りそうになる。

電車をシェルボーン道路で降りて、彼はその巨体を運んで兵営の塀の影の中を進む。家に帰るのがいやでたまらなかった。横の入口から中へ入ると、キッチンには誰もいないし、キッチン暖炉の火も消えかけている。男は二階へどなった。

――エイダ！　エイダ！

女房は小柄なとんがり顔の女で、夫がしらふのときは夫をいびり、夫が酔っているときは夫にいびられる。五人の子供がいる。小さな男の子が階段を駆け下りてきた。

――誰だ？　と、男は言い、暗闇《くらやみ》を透かし見た。

――僕、父ちゃん。

――誰だ？　チャーリーか？

――ううん、父ちゃん。トム。

――母さんはどこだ？

――教会《チャペル》だよ。

――そうか……なにかおれの食うものは置いてったか？

――うん、父ちゃん。僕が……。

――ランプをつけろ。こんな真っ暗にしておいてどういうつもりだ？　ほかの子らは寝たのか？

男は椅子の一つにどすんと腰をおろし、小さな少年はランプの火を点《とも》す。男は息子の抑揚のない語調を真似て、半ば独り言みたいに言った。教会《チャペル》だよ。教会《チャペル》だよ、そうですよう！　ランプが点ると、彼は拳《こぶし》でガツンとテーブルを叩《たた》いてどなった。

——おれの食うものは？

——僕が今……あっためるから、父ちゃん、と、小さな少年は言った。男は烈火のごとく立ち上り、暖炉を指さした。

——その火でか！　火を消しちまってるだろが！　いいか、二度とこんなことをしたら承知しないぞ！

　男は戸口へ一歩踏み出して、その陰に立てかけてあるステッキをひっつかんだ。

——暖炉を消しちまったらどうなるか教えてやる！　と言って、腕を存分に振りまわせるように袖をまくり上げた。

　小さな少年はいやだ、父ちゃん！と叫び、泣きべそをかきながらテーブルのまわりを逃げる。しかし男は追いかけて、上着をつかまえた。小さな少年は必死に周りを見まわすが、逃げようがないのが分って、がくっと膝《ひざ》をつく。

——さあ、また火を消してみろ！　と、男は言い、ステッキで激しく少年を打つ。これをくらえ、ガキめ！

　腿《もも》にステッキがくい込んで、少年は苦痛の悲鳴をあげた。両手を高く上げて握り合せ、声は恐怖にふるえる。

――いや、父ちゃん！ と、叫んだ。ぶたないで、父ちゃん！ 僕……僕がアヴェ・マリアのお祈りしてあげるから……アヴェ・マリアのお祈りしてあげるから、父ちゃん、ぶたないでったら……アヴェ・マリアのお祈りしてあげるから……。

土くれ　Clay

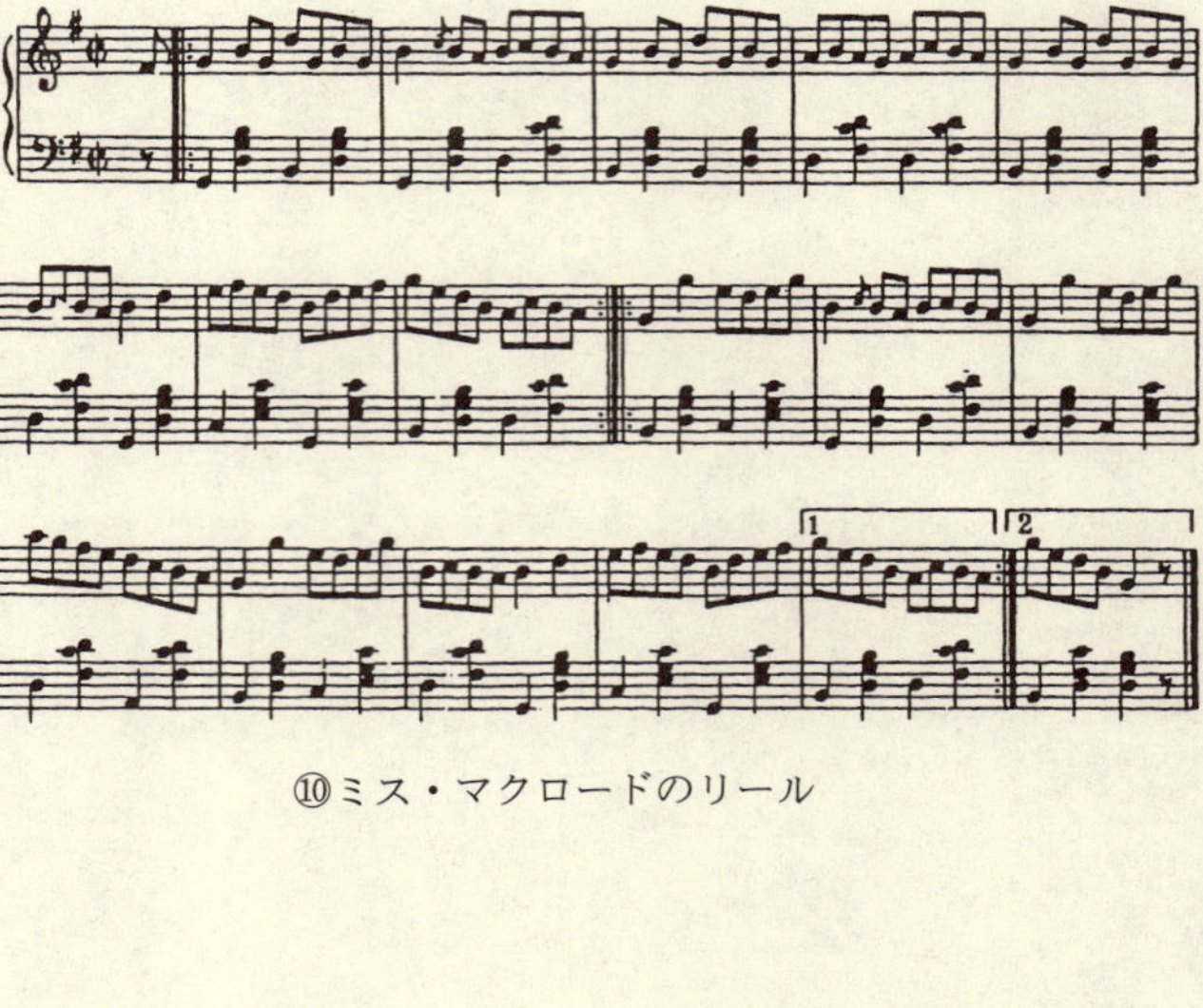

⑩ミス・マクロードのリール

女たちの夕食が済みしだい出かけていいと寮母から許可をもらっていたので、マライアは今宵の外出を心待ちにしていた。厨房《ちゅうぼう》はピッカピカになっている。料理番に言わせると、銅製の大鍋《おおなべ》はどれも鏡みたいにてかてかだ。火は赤々と燃え、サイドテーブルの一つには特大の乾葡萄《ほしぶどう》入りパンが四つ載っていた。乾葡萄入りパンは四つともまだ切ってないように見えるが、近づいてみると、大きく厚く均等に切り分けられていて、そのままテーブルに配られるようになっているのが分る。マライアがちゃんと切っておいたのだ。

マライアは、背丈は寸足らずなのに、鼻はするすると伸びているし顎《あご》はやたら長い。ちょっぴり鼻にかかったしゃべり方をして、いつも宥《なだ》める調子で言う。それはそうよねえ、それは違うわねえ。女たちが洗濯の最中に喧嘩《けんか》になると、必ず呼び出され必ず仲直りをさせる。いつか寮母が言った。

――マライア、平和ならしめる者ってあなたのことね！

副寮母と委員会の二人の婦人がそのほめ言葉を聞いていた。それにジンジャー・ムーニーはいつも言う。わたしさ、マライアがいなかったなら、火熨斗《ひのし》掛けのあの唖女《おしおんな》に何するか分ったもんじゃない。皆、マライアが大好きなのだ。

女たちは六時に夕食だから、七時には出られる。ボールズブリッジからネルソン塔まで二十分。ネルソン塔からドラムコンドラまで二十分。それから買物をするのに二十分。八時前には着けるだろう。銀の留金のついた財布を取り出して、もう一度文字を読んだ。ベルファースト土産。この財布が大好きなのだ。五年前、ジョウがアルフィと聖霊降臨祭の月曜日にベルファーストへ行ったときに買ってきてくれたものだからである。財布の中には半クラウン銀貨が二枚と銅貨が数枚入っている。電車賃を払っても、まるまる五シリング残る。楽しい夜になるだろう、子供たちがみんなで歌って！　ただ、ジョウが酔って帰らなければいいのだけれど。お酒が入るとまるきり別人になるから。

うちへ来ていっしょに暮すといいと、幾度も言ってくれる。しかし気兼ねをするのもなんだし(もっともジョウの奥さんはとてもよくしてくれる)、洗濯施設の生活になれてしまった。ジョウはとてもいい人だ。乳母だった頃から知っているし、アルフィもそう。それにジョウはよく言っていた。

――母上《ママ》は母上《ママ》さ。でもマライアは僕のほんとの母さんだ。

一家が破産したあと、この息子たちが洗濯施設灯火《ともしび》ダブリンの仕事を見つけてくれて、自分もここが気に入った。以前はプロテスタントの人たちをずいぶん悪く思っていたけれど、今ではとてもいい人たちだと思っている。ちょっと無口で生真面目《きまじめ》だけれど、いっしょに暮すとてもいい人たち。それに温室で自分の植物を育てていて、その世話をするのが好きなのだ。素敵な羊歯《しだ》や桜蘭《さくらん》を育て、誰かが訪ねてくると、必ずその人に温室の接穂《つぎほ》を一、二本持たせる。一つだけ好かないことがあったが、それは壁に貼《は》られた宗教のビラである。しかし寮母は付合いやすいいい人で、とても上品だ。

料理番が夕食の用意がととのったと言ったので、マライアは女たちの食堂へ行き、紐《ひも》を引いて大きな鐘を鳴らす。じきに女たちが二人、三人と入ってきては、湯気の立つ両手をペチコートでぬぐったり、湯気の立つ赤い両腕にブラウスの袖《そで》を引き下ろしたりしていた。めいめいが特大のマグカップを前にして席に着く。料理番と唖女が熱い紅茶をどぼどぼ注いで回った。あらかじめ特大のブリキの容器でミルクと砂糖を掻《か》き混ぜておいたのだ。マライアは乾葡萄入りパンを配る采配《さいはい》をして、めいめいに四切れずつ渡るように見ていた。食事をしながら、さかんに高笑いと冗談が飛び交う。リジー・フレミングがマライアにはきっと指輪が当ると言った。フレミングは毎年毎年ハロウィーンのたびにそう言うのだけれど、マライアは仕方なくけたけた笑って、わたしは指輪も男もほしくないと言った。マライアが笑うと、灰緑色《かいりよくしよく》の目が失望を知る恥じらいにキラッと光り、鼻の先が顎の先に届きそうになった。それからジンジャー・ムーニーが紅茶の入ったマグを掲げてマライアの健康に乾杯と言って、ほかの女たちもそろってマグをテーブルでガチャガチャいわせ、それからムーニーは玉たまマグれ当りのいい男がいなくて残念だけどさと言った。それでマライアはまた笑い出して鼻の先が顎の先に届きそうになり、小さな躰《からだ》はバラバラになりそうなくらいにゆすれた。もちろん洗濯女の考えそうなふくみはあるにしても、ムーニーが好意をもってくれているのは知っている。

でも女たちが食事を終えて料理番と唖女が食事の後片付けを始めると、マライアはどんなに嬉《うれ》しかったことか！　小さな寝室へ行き、翌朝はミサのある日だと思い出して目覚時計の針を七時から六時にした。それから仕事用のスカートと室内履きの深靴を脱ぎ、一番上等のスカートをベッドの上にひろげ、小さな余所《よそ》行《ゆ》きの深靴をベッドの足もとに置いた。ブラウスも着替えて、鏡の前に立つと、若い娘だった頃、日曜日の朝のミサに行くのにおしゃれをしたのが思い浮ぶ。しょっちゅう着飾っていたちっちゃな躰を妙な愛情を抱いて見つめた。年は取ったけれども、とてもこぎれいな小さな躰だと思った。

外へ出ると通りは雨に濡《ぬ》れて光っていて、古い茶色の雨外套《あまがいとう》を着てきてよかったとらなかった。路面電車は空席がなく、車内の端っこの小さな補助椅子《いす》に腰掛けなければならなかった。乗客全員と向き合って、爪先《つまさき》がなんとか床にふれる。心の中でこれからしようとすることを順序立てながら、他人様《ひとさま》の厄介になるのではなく自分で稼いだお金を持てるようになってずいぶんよかったと思う。素敵な晩になるのが楽しみだ。きっとそうなるけれど、アルフィとジョウが口をきかなくなったのはとても残念だと思わずにはいられない。今では仲違《なかたが》いばかりしているが、二人とも子供の頃は大の仲良しだった。でも人生とはこういうもの。

ネルソン塔で電車を降りて、小鼬《こいたち》みたいに人混みの中を急ぐ。ダウンズ菓子店に入ったが、店はたいそうな混みようで、長いこと待ってからやっと応対してくれた。一ペニー菓子の取り合せを一ダース買い、ようやく大きな袋を抱えて店を出た。それからほかになにを買おうか考える。ほんとうに素敵なものを買いたい。リンゴや胡桃《くるみ》ならたくさんあるだろう。なにを買ったらよいかなかなか分らなくて、思いつくのはケーキしかない。プラムケーキを買うことに決めたが、ダウンズのプラムケーキはアーモンド糖衣《アイシング》がたっぷりかかっていないので、ヘンリー通りの店へ足をのばした。この店では気に入った品を選ぶのに長いことかかって、カウンターで相手をしてくれたエレガントな若い女性は、明らかに少し困惑の態《てい》で、ウェディングケーキをお求めでした。

ょうかと尋ねた。こう問われてマライアは顔を赤らめ、若い女性に笑みを返す。でも若い女性は至極大真面目で、結局はプラムケーキを分厚く切って、それを包んで言ったた。

——二シリング四ペンス頂戴《ちょうだい》します。

ドラムコンドラ行きの路面電車に乗ると、これは座れないだろうと思った。若い男の誰一人として目をとめてくれそうにないからだ。でも初老の紳士が席を譲ってくれた。恰幅《かっぷく》のよい紳士で、茶色の山高帽をかぶり、四角い赤ら顔にグレーの口髭《くちひげ》を生やしている。大佐みたいな紳士だとマライアは思い、まっすぐ前を見たきりの若い男たちよりもずっと礼儀正しいと感じ入った。紳士はハロウィーンや雨降りのことから話し出す。袋の中身は小さなお子さんたちへのおみやげでしょうと言い、若い人たちは若いうちに楽しむのが当然ですなと言った。マライアはそのとおりですねと相槌《あいづち》を打ち、おしとやかにうなずいたり軽く咳払《せきばら》いしたりして賛意を表した。紳士はとても優しくしてくれて、マライアが運河橋で降りるとき、お礼を言っておじぎをすると、紳士のほうもおじぎをし、帽子をちょっと上げてにこやかに笑みを返した。降る雨にちっちゃな頭を下げて高台をのぼりながら、ちょっぴりお酒が入っていても紳士はすぐに分るものだと彼女は思った。

ジョウの家に着くと、皆がわあ、マライアだ！と言った。ジョウも仕事から帰っていて、子供たちはどの子も晴着を着ている。この子たちより上の、隣の家の娘二人も来ていて、遊戯に興じている。マライアは菓子の袋を長男のアルフィに渡し、みんなに分けてねと言い、するとドネリー夫人がこんなにどっさりお菓子をいただいて申し訳ないわと言って、子供たち皆にお礼を言わせた。

――ありがとう、マライア。

でもマライアは、パパとママには特別なおみやげがあるの、きっと気に入ってくれるはずと言い、買ってきたプラムケーキを探し始めた。ダウンズの袋の中、雨外套のポケットの中、それから玄関の外套掛けの上も見たが、どこにも見つからない。それで子供たちに誰か食べちゃったんじゃない――もちろん、間違ってだけれど――と尋《たず》ねたが、子供たちは皆、そんなの知らないと言って、盗《と》ったなんて疑われるのならお菓子なんか食べたくないというような顔をした。皆それぞれに謎解《なぞと》きを口にして、するとドネリー夫人がきっと電車に置き忘れたんでしょうと言った。マライアは、グレーの口髭のあの紳士にすっかりどぎまぎしていたのを思い出し、恥じらいと口惜しさと失意に顔が真っ赤になった。せっかく喜んでもらうはずのみやげをなくしてしまい、二シリング四ペンスをただただ捨ててしまったと思うと、わっと泣きだしそうになった。

でもジョウはそんなことは気にしなくていいからと言い、彼女を暖炉のそばに座らせた。とても優しくしてくれる。勤め先の出来事をあれこれ話して、所長にこう切り返して痛快だったと、その言葉を聞かせてくれて、マライアはどうしてジョウがその切り返しを面白がって笑うのか分らなかったけれど、所長さんはとても横柄《おうへい》な人で扱いにくいんでしょうと言った。ジョウは、相手の仕方さえ心得ればそんな悪いやつじゃない、癇《かん》に障《さわ》ることを言わないかぎりいい男だ、と言った。ドネリー夫人が子供たちのためにピアノを弾き、子供たちはダンスをしたり歌ったりした。それから隣の家の二人の娘が胡桃を配って回った。誰も胡桃割りがどこにあるのか知らなくて、ジョウはそのことでだんだん不機嫌になりだして、胡桃割りがなくちゃマライアは胡桃が割れないじゃないかと言った。でもマライアは胡桃が好きじゃないから気にしないでと言った。するとジョウがスタウトを一本どうと言い、ドネリー夫人がもしポートワインのほうがよければありますよと言った。マライアはそんなにかまわないでちょうだいなと言ったけれど、ジョウは退《ひ》かない。

そこでマライアは彼の好きなようにまかせて、みんなで暖炉のそばに座って昔話を始め、マライアはアルフィのことを取りなそうと思った。でもジョウは天罰が下って死んだって二度と弟とは口をきくものかと大声で言ったので、マライアはそんなことを言い出してごめんなさいと言った。ドネリー夫人が夫に、血を分けた兄弟のことをそんなふうに言うなんてひどすぎるじゃありませんかと言ったが、ジョウはアルフィなんか兄弟じゃないと言って、そのことで口喧嘩になりそうだった。でもジョウは、こういう晩なんだから癇癪《かんしゃく》を起さないでおこうと言って、妻にもっとスタウトを開けてくれないかと言った。隣の家の二人の娘がハロウィーンの遊戯をいくつか用意してあって、じきにまた陽気な雰囲気に戻った。マライアは、子供たちが陽気にはしゃいでジョウ夫婦がとても上機嫌なのを見て嬉しかった。隣の家の娘たちが受皿《ソーサー》を何枚かテーブルに置いて、それから子供たちに目隠しをしてテーブルへ連れて行く。一人が手をのせたのは祈禱書《きとうしょ》で、ほかの三人は水だった。そして隣の家の娘の一人が指輪を取ったとき、ドネリー夫人は顔を赤くした娘に向って、あら、ちゃんと分ってるのよ！と言うように人差指を振った。それから皆が、マライアに目隠しをしてテーブルに連れて行き、なにが当るかやってみようと言い出した。そして目隠しをされながら、マライアはまたしても笑って笑って、鼻の先が顎の先に届きそうになった。

　彼女は笑い声とはしゃぎ声の中、テーブルへ連れられて行き、言われるとおりに片手を上へ差しのべた。その手をそのままあちこちへ動かしてから、受皿《ソーサー》の一枚に下ろす。柔くてじとっとしたものが指にふれて、驚いたことに、誰もしゃべらないし目隠しを取ってもくれない。ちょっとの間しーんとして、それからひとしきりざわつく足音とひそひそ声があった。なにか庭のことを言う声があって、最後にドネリー夫人が隣の家の娘の一人にかなりきついことを言い、すぐに外へ捨てなさい、今のは無しよ、と言った。マライアは今のは間違いだったのだと分ったので、もう一度やりなおしをした。そして今度は祈禱書にふれた。

そのあとドネリー夫人がミス・マクロードのリールを伴奏して子供たちがダンスをし、ジョウはマライアにワインを一杯すすめた。じきに皆、またすっかり陽気になり、そしてドネリー夫人が、マライアは祈禱書にふれたから今年中に修道院へ入るかもしれない、と言った。マライアは、ジョウが今夜ほど優しくしてくれるのは見たことがなく、こんなに次々と楽しい話題や思い出話を持ち出すのも見たことがなかった。みんなほんとうに優しくしてくれて、と、彼女は言った。

とうとう子供たちがくたびれて眠くなり始めると、ジョウはマライアに、帰る前に一つ歌を聞かせてほしいな、なにか昔の歌を、と言った。ドネリー夫人がぜひお願い、マライア！と言うので、マライアは立ち上ってピアノのかたわらに行った。ドネリー夫人は静かにしてマライアの歌を聴くのよと、子供たちに言った。それから前奏を弾いて、さあ、マライア！と促し、マライアは、顔を真っ赤にしながら、小さなふるえる声で歌い始めた。彼女は夢に見しわれはを歌い、二番の歌詞になってもういっぺん歌った。

夢に見しわれは大理石の館《やかた》に住《すま》いて
数多《あまた》の家臣と下じも傅《かしず》きてふるまう
皆が皆、館に集いて
希望と誇りなるわれを敬う
かぞえきれぬ富に恵まれ
古き高貴の家名を誇り
あなたの変らぬ愛にくるまれ
夢の華のなお咲き残り

しかし誰も彼女の間違いを言い出そうとはしなかった。彼女が歌い終ると、ジョウはとても感動した。遠い昔ほどよき時代はないし、誰がなんと言おうとも、今は亡《な》きバルフに優《まさ》る音楽はない、と、彼は言った。そしてその目は涙があふれそうになり、なにかを探しているのに見つけられなくて、しまいには栓抜きはどこへやったと妻に問いかけた。

痛ましい事故

A Painful Case

⑪シドニー・パレイド駅

ジェイムズ・ダフィー氏はチャペリゾッドに住んでいた。自分も市民の一人である都市からできるだけ離れて暮したかったし、そこ以外のダブリン郊外は品性に欠け、当世風で、見栄《みえ》っ張りだと感じるからだ。古い陰気な家に住み、窓からは廃屋となった蒸留所の中を覗《のぞ》き込むことができ、あるいはまたダブリンの礎《いしずえ》である浅い川の上流を眺められる。敷物のない部屋の高い壁には絵など掛っていない。部屋の家具調度はすべて自分で買いそろえたものだ。黒い鉄のベッド、鉄の洗面台、籐椅子《とういす》四脚、衣類掛け、石炭入れ、炉格子《ろごうし》と炉辺器具、四角いテーブルと、その上にのせた二段手箱。本棚は壁龕《へきがん》に白木の棚板を入れてこしらえてある。ベッドは白い寝具で被《おお》われ、黒と深紅の上掛けが足もとのほうに掛けてある。小さな手鏡が洗面台の上に吊《つる》され、日中は白い笠《かさ》のランプスタンドが暖炉棚の唯一《ゆいいつ》の飾りとなっていた。白木の棚の本は下から上へ嵩張《かさば》る順に整理されている。一冊本のワーズワース全集が最下段の片隅に立ち、メイヌース教理問答が一冊、手帳の布表紙に縫い込まれて、最上段の片隅に立つ。筆記用具がつねに手箱にのっている。手箱の中には、ト書部分を紫のインクで書いたハウプトマンのマイケル・クラマーの翻訳草稿と、真鍮《しんちゅう》のクリップで束ねたメモ紙が入っている。このメモ紙にときどき思いつきを書きつけるのだが、あるとき皮肉な気分になって、胆汁錠《バイルビーンズ》の広告の謳《うた》い文句を最初の一枚に貼《は》りつけたのだった。手箱の上蓋《うわぶた》を開くと、ほんのりした香気がもれ出す——新しい杉材の鉛筆や瓶入りのゴム糊《のり》や置いたきり忘れていた熟《う》れすぎたリンゴの匂《にお》いだ。

ダフィー氏は肉体や精神の不調を予知させるものをことごとく忌《い》み嫌った。中世の医者ならば土星気質と診断したであろう。顔は、これまで過した年月をくまなく物語り、ダブリンの街路の焦茶色《こげちゃいろ》を呈している。長い大きめの頭はかさかさした黒い髪、黄褐色の口髭《くちひげ》は無愛想な口もとを隠しきれない。頬骨もまた、顔に慳貪《けんどん》な性向を浮き立たせる。しかし目には慳貪さがなく、黄褐色の眉《まゆ》の下から世間を見るその目は、欠陥を贖《あがな》おうとする本能を他者の内に見逃すまいと留意しながら、しかししばしば失望する人物という印象を与える。彼は己の肉体からちょっと距離をおき、己の行為を疑わしげな横目で見るという生き方をしてきた。妙な自伝癖があるために、ときおり頭の中で、己自身のことを三人称の主語と過去形の述語を用いて文章に記す。乞食《こじき》には決して施しをせず、頑丈な榛《はしばみ》のステッキをたずさえて毅然《きぜん》と歩く。

長年、バゴット通りにある私営銀行の出納係をしてきた。毎朝、チャペリゾッドから路面電車で出勤する。正午にはダン・バークの店へ行き、決った昼食を取る——ラガービール一本と小皿盛りの葛粉《くずこ》クラッカー。四時に仕事から解放される。夕食はジョージ通りの安食堂で済ます。そこならダブリンの金ぴか族連中に出会うことはないし、献立表にもある種の飾らない正直さがあるからだ。宵は、女家主のピアノを弾くか、市の郊外をぶらついて過す。モーツァルトの音楽が好きなので、ときおりオペラやコンサートに行く。それがふだんの生活の唯一の気晴しだった。

彼には仲間も友人もいなかったし、教会も信条もなかった。他者との親交なしに精神生活を営み、クリスマスには親戚《しんせき》を訪ね、親戚が死ねば墓地へ付き添う。昔ながらの敬意を払うためにこの二つの社交義務を果したが、市民生活を規制する慣習にそれ以上は譲らない。場合によっては銀行の金を強奪しようと考えることもないではないが、そういう場合が決して生じないので、日々の生活は平坦《へいたん》に過ぎてゆく——波瀾《はらん》なき物語である。

ある晩、彼は円形ホール《ロウタンダ》で二人連れの女性と席が隣り合せになった。ホールは入りが少なくひっそりして、不成功に終りそうな惨《みじ》めな気配がうかがえる。隣席の女性がまばらな席を一、二度見まわしてから、こう言った。

——今夜はこんなに入りが悪くてお気の毒！　ガらがらの席に向って歌うなんて酷ですもの。

彼はこの言葉を会話への誘いと受け取った。ちっともぎごちないところが感じ取れず、驚いた。言葉を交すうちに、彼はこの女性を永遠に記憶にとどめようとした。もう一つ隣の席の若い女性は娘だと知って、彼はこの女性が自分より一、二歳年下だと判断した。きっと美貌《びぼう》だったにちがいない顔は、知性をそなえている。目鼻立ちの実にくっきりした卵形の顔だ。目は濃紺で沈着。その凝視は始めは挑むような色を浮べるが、眸《ひとみ》がわざと気絶するみたいに虹彩《こうさい》の中へ窄《すぼ》まってゆくことでぼやけてしまい、一瞬、感受性豊かな気質をあらわにする。眸はすぐに再び自己主張をして、この半ば現れた本性が再び知慮の支配下におさまり、そしてアストラカンのジャケットが、かなり豊満な胸を浮き出させて、挑むような色をいっそう明確に表明した。

二、三週間後、アールズフォート台地《テラス》のコンサートで再び出会ったとき、彼は娘の注意がそれる寸時寸時を捕まえて親しくなっていった。彼女は一、二度、夫のことを口にしたが、口にして警告するといった口調ではなかった。名前はシニコウ夫人。夫の曾祖父《そうそふ》の父はレグホーン生れ。夫はダブリンとオランダを往復する商船の船長である。二人の間には子供が一人。

偶然、三度目に出会ったとき、彼は思いきって次に会う約束をした。彼女は来た。これを最初に、繁《しげ》く会うようになる。二人はいつも夕暮に待ち合せて、できるだけ静かな場所を選んで漫《そぞ》ろ歩きをした。しかしながらダフィー氏は後ろ暗いことの嫌いな性分なので、人目を忍んで会わなければならないことが分ると、彼女が自宅に招かざるをえないように仕向けた。シニコウ船長は彼の訪問をおおいに歓迎した。娘に気があると思ったからだ。偽らざる気持で妻を快楽の回廊から立ち去らせたので、ほかの誰かが妻に関心を抱こうとは思いもしなかった。夫はしばしば家を空け、娘は音楽を教えに出かけるので、ダフィー氏は夫人との交際を楽しむ機会が多かった。二人のどちらも以前にこういう冒険を経験したことはなく、どちらもなんの不調和も意識しなかった。少しずつ、彼は己の思想を彼女の思想にからめていった。本を貸し、いろいろな観念を提供し、己の知的生活を彼女と分ち合った。彼女はすべてに耳を傾けた。

ときおり、そうした諸説の返礼に、彼女は自身の生活の事実を明かした。ほとんど母親のごとき気遣いをもって、彼自身のありのままを存分に発揮するようにと促した。彼女は彼の聴罪司祭となった。一時期、アイルランド社会党なる結社の会合に参与したと彼は語った。薄暗い石油ランプ一つきりのアジトに二十人ほどの生真面目《きまじめ》な労働者が集る中で、自分だけ特異な人間であるような気がした。党が三つの派に分裂し、それぞれの派が指導者とアジトを別にするに至って、出席するのをやめた。労働者の議論は腰が引けているし、賃金の問題に対する関心ばかりが極端だ、と、彼は言った。どれもこれも険しい顔をした現実主義者で、自分たちの手の届かない余暇の産物である厳正を恨んでいるように思う。社会革命なんてダブリンには何百年たっても起りそうにない、と、彼は言った。

どうして自分の思想を書いて発表しないのか、と、彼女は問い掛けた。なんのために？　と、彼はわざと嘲《あざけ》りをこめて問い返した。美辞麗句を並べ立てるだけの連中、ものの六十秒も思考することのできない連中と張り合うために？　道徳は巡査にまかせ美術は興行師にまかせる鈍感な中流階級の批評を甘んじて受けるために？

彼はダブリン郊外にある彼女の小さな家へしばしば行った。しばしば二人きりで夕べを過す。少しずつ、二人の思想がからみ合うにつれて、二人はもっと身近な話題を口にした。彼女との親交は、外来植物を囲む暖かな土壌のようだった。幾度となく、彼女は暗闇《くらやみ》が垂れこめてくるのも気にとめず、ランプを点《とも》さずにいた。暗い慎み深い部屋、二人だけの隔離、二人の耳にまだ反響する音楽が二人を結びつけた。この結合が彼を昂《たか》ぶらせ、彼の性格の粗い角《かど》を和らげてゆき、彼の精神生活を潤《うるお》わせた。ときおり、己の声のひびきに耳を傾ける自分にはっと気づく。彼女の目には己が天使の像の高みに昇ってゆくだろうと思った。そして、この親交相手の熱っぽい性質をますます己に引き寄せていくうちに、己自身の声だと分る奇妙な没個性の声が魂の不治なる孤独を力説するのが聞えた。われわれはわれわれ自身を譲り渡すことはできない、と、その声は言った。われわれはわれわれ自身のものなのだ。こうした対話の果てに、ある晩、ただならぬ昂ぶりの徴《しるし》をことごとく見せていたシニコウ夫人が、やにわに情熱こめて彼の手をつかみ、それを頬に押しつけた。

ダフィー氏はおおいに驚いた。自分の言葉をこんなふうに解釈されて幻滅した。一週間、彼女を訪ねなかった。それから手紙を書き、会ってほしいと伝えた。彼は二人の最後の面談を二人の崩壊した懺悔室《ざんげしつ》の影響力に乱されたくなかったので、公園門近くの小さな菓子店で会った。寒い秋の日だった。寒さにもかかわらず、二人は公園のいくつもの道を三時間近く歩きまわった。二人は交際を絶つことに同意し合った。あらゆる絆《きずな》は、と、彼は言った。悲しみへつながる絆です。公園を出てから、二人は無言で路面電車の方角へ歩いた。しかしここで夫人が激しく身をふるわせ始めたので、彼はまたも取り乱すのではないかと怖《おそ》れて、そそくさと別れを告げて立ち去った。数日後、彼の本と楽譜をまとめた小包を受け取った。

四年が過ぎた。ダフィー氏はもとの平坦な生活の道に戻った。部屋は相変らず精神の整理整頓《せいとん》ぶりを証言していた。いくつかの新しい楽譜が階下の部屋の譜面台をふさぎ、そして書棚にはニーチェの著作が二冊。ツァラトゥストラはかく語りきと楽しき知識。手箱の中のメモ紙に記すことはめったにない。そうした文章の一つは、シニコウ夫人との最後の面談から二ヶ月後に記したもので、こうある。男性間の愛は性的関係があってはならないゆえに不可能であり、男女間の友情は性的関係がなくてはならないゆえに不可能である。彼女に出会わないようにコンサートから遠ざかった。彼の父親が死んだ。銀行の副頭取が引退した。そして相変らず、毎朝、路面電車で市内へ入り、毎夕、ジョージ通りでつましく食事をしてデザートに夕刊を読んだあと、市内から歩いて帰宅した。

ある晩、塩漬けビーフのキャベツ添えを一口、口に運ぼうとしたとき、手が止った。その目が、水差に立てかけてあった夕刊の記事に釘付《くぎづ》けになった。その一口を皿に戻し、食入るように読む。それから水を一杯飲み、皿を脇《わき》へ押しやり、新聞を二つ折りにして両肘《りようひじ》を突いて目の前へ近づけ、その記事を幾度も幾度も読んだ。キャベツから滴《したた》る冷めた白い脂《あぶら》が皿にたまってゆく。給仕女がやって来て、料理に落度があったでしょうかと尋ねた。いやなかなか旨《うま》いと言って、彼はやっとのことで二口、三口食べた。それから勘定を済ませ、外へ出た。

十一月の薄暮の中を足早に歩く。頑丈な榛のステッキが規則的に地面を打ち、淡黄色のメイル紙の端がぴったりした厚地外套《リーファーがいとう》の脇ポケットから覗いていた。公園門からチャペリゾッドへ通じる寂しい道へ出ると、歩みをゆるめた。地面を打つステッキの音が弱まり、吐く息が不規則にもれて、ほとんどため息のひびきを伴い、冬の寒気の中で凝結した。家へ着くとすぐさま寝室へ上り、新聞をポケットから取り出し、仄《ほの》かな窓明りでまたまた記事を読む。声には出さず、司祭が密誦《セクレト》の祈りを唱えるように唇を動かした。こういう記事である。

シドニー・パレイドで女性死亡

痛ましい事故

今日、ダブリン市立病院で検屍《けんし》官《かん》代理によって（レヴァレット氏不在のため）昨夜シドニー・パレイド駅で轢死《れきし》したエミリー・シニコウ夫人、四十三歳の検屍が行われた。証拠によれば、死去した婦人は、線路を渡ろうとしてキングズタウン十時発普通列車の機関車に撥《は》ねられ、それによって頭部及び右腹部に損傷を受け死亡するに至った。

ジェイムズ・レノン機関士は、鉄道会社に勤務して十五年になると陳述した。車掌の笛を聞いて列車を発車させ、一、二秒後、大きな叫び声と同時に列車を停めた。列車は徐行中だった。

赤帽P・ダンの陳述によれば、列車がまさに動き出そうとするとき、一人の婦人が線路を渡るのを目撃した。婦人に向って走って叫んだが、追いつくより先に、婦人は機関車の緩衝器にひっかけられて地面に転倒した。

陪審員　婦人が倒れるのを見たのですね？

証人　はい。

クロリー巡査部長の証言によれば、現場に到着したとき、故人は死んだようになってプラットフォームに横たわっていた。巡査部長は、その躰《からだ》を待合室へ運ばせて救急車の到着を待った。

巡査57Eがこれを確証した。

ダブリン市立病院副外科医ハルピン博士の陳述によれば、故人は下部肋骨《ろっこつ》二本を骨折し、右肩に激しい挫傷《ざしょう》を負っていた。右頭部は転倒の際、損傷を受けた。この損傷は正常人の場合、死因となるほどのものではない。同医師の見解によれば、死因はおそらく震盪《しんとう》と急性心不全とされる。

H・B・パタースン・フィンレイ氏が、鉄道会社を代表し、この事故に対して深い遺憾の意を表した。会社としては人びとが跨線橋《こせんきょう》を渡らずに線路を横断するのを防ぐため常にあらゆる事前対策を講じ、各駅に注意掲示を掲げ、かつまた特許開閉機を踏切に設置している。故人は夜遅くプラットフォームからプラットフォームへ渡る習癖があり、この件のほかのいくつかの状況に鑑《かんが》みても、鉄道職員に過失はなかったと考える。

シドニー・パレイド・リーアヴィル在住、故人の夫シニコウ船長も証言を行った。陳述によれば、故人は妻に間違いない。自分はついその朝ロッテルダムから帰港したばかりだったので、事故発生時にはダブリンにいなかった。結婚して二十二年になり、二年ほど前、妻がかなりの飲酒癖になるまでは夫婦円満だった。

メアリー・シニコウ嬢は、母親は最近、夜間に酒を買いに行くことが多かったと述べた。証言によれば、同嬢はしばしば母親の説得を試み、禁酒同盟に入ることを勧めた。帰宅したのは事故の一時間後だった。

陪審は医学的証拠に基づいて評決を下し、レノンを無罪放免とした。

検屍官代理は、これはきわめて痛ましい事故であると述べ、シニコウ船長と令嬢に深い哀悼の意を表した。かつまた鉄道会社に対し、将来同様の事故の起るのを防ぐべく強力な措置を講ずるよう強く求めた。過失罪は誰にも適用されない。

ダフィー氏は新聞から目を上げ、窓の外の陰気な夕景色を眺めた。川は空っぽの蒸留所のそばに静かに横たわり、ときおりルーカン道路のどこかの家に明りが点る。なんたる結末！　女の死を語る記事全体に吐き気を催した。そして己が神聖とみなすことをかりそめにもあの女に語ったのだと思うと、吐き気を催した。陳腐そのものの言回し、空虚な同情の表現、ありふれた低俗な死の詳細を隠すべく丸めこまれた取材記者の用心深い言葉づかいが、胃袋を直撃した。彼女は品位を落としただけではない。この自分の品位をも落したのだ。女の堕落の場となったむさ苦しい区域、惨《みじ》めな悪臭紛々たる地域が目に浮ぶ。己の魂の親交相手が！　酒場で酒を恵んでもらおうと缶や瓶をかかえてよたつき歩く哀れな連中が思い浮ぶ。まったくもって、なんたる結末！　もはや生きる能力のなくなっていたのは明らかだ。意志の力もなく、たわいなく悪癖に溺《おぼ》れ、文明の下敷となった敗残者の一人。それにしてもそこまで落ちぶれるとは！　あの女のことをまるきり思い違いしていたなんてことがありうるだろうか。あの晩の女の激情を思い出し、これまで以上に苛烈《かれつ》な見方で解釈してみた。己の取った行動を今や容易に是認できる。

光が薄れて、思い出がさまよい始めるうちに、女のあの手が己の手にふれるのを思った。最初に胃袋を襲ったショックが、今や神経に襲いかかる。そそくさと外套を着帽子をかぶり、外へ出た。出たとたんにひやっとする空気が迎え、それが外套の袖の中へ忍び込む。チャペリゾッド橋のたもとの酒場へ来ると、中へ入ってホットパンチを注文した。

主人は慇懃《いんぎん》に応対したが、あえて自分からはしゃべろうとしない。店内には五、六人の労務者がいて、キルデア州のある紳士の所有地の値段がどうのこうのと話している。ときどき大きな一パイント入りタンブラーを傾けて飲んでは、煙草《たばこ》をふかし、しょっちゅう床に唾《つば》を吐き、そしてときおり、がっしりしたブーツで大鋸屑《おがくず》を引きずって唾にかける。ダフィー氏は止り木に座って、見るともなく聞くともなく彼らを観察した。しばらくして彼らが出て行き、彼はパンチをもう一杯注文した。長いことかけて飲んだ。店はとても静かだった。主人はカウンターに両腕を投げ出すようにしてヘラルド紙を読みながら、あくびをしていた。ときどき、外の侘《わび》しい道を路面電車がシューッと走る音が聞える。

そうして座ったまま、彼女との日々を思い起し、今抱く女の二つの面影を交互に呼び起しながら、彼は女が死んだことを、もはや存在しないことを、一つの思い出となってしまったことを理解した。不安で落着かない気分になる。ほかになにかできなかっただろうかと自問した。女と欺瞞《ぎまん》の喜劇を演じつづけることはできなかったろう。

公然といっしょに暮すこともできなかった。自分は自分で最善と思われることをした。なにを責められることがあろうか？　女がいなくなった今、女が毎晩毎晩、あの部屋で独りきりで過した人生がいかに孤独であったかが分る。自分の人生も孤独なものとなっていき、ついには自分もまた、死んで、存在しなくなって、一つの思い出となる——もし思い出してくれる者がいるなら。

店を出たのは九時過ぎだった。夜は冷たく、陰鬱《いんうつ》だった。最初の門から公園へ入り、ひょろ長い木々の下を歩く。四年前に二人で歩いた物寂しい小径《こみち》を歩く。暗闇の中、あの女が近くにいるような気がする。ときおり一瞬、女の声が耳にふれ、女の手が己の手にふれる気がした。立ち止って耳をすます。なぜ自分はあの女に命を与えようとしなかった？　なぜあの女に死を宣告した？　己の倫理観がこなごなに崩れ落ちるのを感じた。

マガジーン丘の頂に来ると、彼は立ち止り、川沿いにダブリンのほうを見やった。市《まち》の明りが冷たい夜の中で赤々と温かく燃えている。斜面を見下ろすと、その桛《ふもと》、公園の塀の陰に、いくつかの人影が横たわっているのが見えた。こうした金銭ずくの、束《つか》の間《ま》の愛欲に限りない絶望を感じる。彼は己の生活の精錬を嚙《か》みしめた。人生の饗《きょう》宴《えん》から放逐されたのを感じた。一人の人間が自分を愛してくれたようだったのに、自分はその女の命と幸せを拒んだ。その女に不名誉を、恥辱の死を宣告した。塀の陰に横たわる獣たちが己を見つめ、さっさと消えろと望んでいるのが分る。誰も自分に用はない。人生の饗宴から放逐されたのだ。灰色に光る川、ダブリンに向ってうねり行く川に目を転じた。川の向うに、貨物列車がキングズブリッジ駅を出てうねり行くのが見える。頭のぎらぎら光る一匹の虫が、頑固に根気よく、暗闇の中をうねり行くようだ。それはゆっくりと視界から去った。しかしそれでもなお耳の奥で、機関車の根気よい持続低音が女の名の音節を反復するのが聞えた。

彼は来た道を引返した。機関車のリズムが耳に鳴っていた。記憶の語るものの現実味が疑わしくなってくる。一本の立木の下に立ち止り、そのリズムが消えゆくのを待った。近くの暗闇の中にあの女を感じなかったし、その声が耳にふれるのも感じない。数分間、耳をすませて待った。なにも聞えなかった。夜は完璧《かんぺき》に静寂だった。もう一度、耳をすます。完璧に静寂。彼は己が独りきりなのを感じた。

委員会室の蔦《つた》の日

Ivy Day in the Committee Room

⑫演説するパーネル

ジャック爺《じい》さんは一枚の厚紙を使って燃えさしの石炭を掻《か》き集め、白くなりかけた石炭の丸屋根の上へ慎重にのせていった。丸屋根がまばらながらに被《おお》われると、その顔はすーっと暗がりの中へ消えたが、もういっぺん火を煽《あお》ぎにかかると、かがみ込むその影法師が向い側の壁を上っていき、顔がふたたびゆっくりと現れた。老人の顔で、かなり骨張った髭《ひげ》もじゃの顔だ。涙っぽい青い目が暖炉の火に瞬《まじろ》いで、涎《よだれ》っぽい口が時折だらんと開いては、一、二度くちゃくちゃっと機械的に動いて閉じる。燃えさしに火がつくと、厚紙を壁に立て掛け、ふーっと一息ついて言った。

——今度はいいだろさ、オコナーさん。

オコナー氏は白髪《しらが》まじりの若者で、吹出物やにきびのやたら目立つ不細工な顔、煙草《たばこ》を紙に巻いて見目好《みめよ》い円筒形に仕上げたところだったが、話しかけられると、なにやら思案げにその手細工をほぐしてしまった。それから再び思案げに煙草を巻きにかかり、一瞬考えてから意を決したように紙をなめた。

——ティアニーさんはいつ戻るって言ってた？　と、かすれた裏声《ファルセット》で訊《き》いた。

——なにも言っとらんかったな。

オコナー氏は煙草をくわえて、ポケットを探り始める。薄手のボール紙の名刺を一束取り出した。

——マッチを取って来やしょう、と、老人が言った。

——いいよ、これで間に合う、と、オコナー氏。

名刺を一枚手にして、印刷されている文字を読む。

市会議員選挙

王立取引所区立候補者

リチャード・J・ティアニー、救貧委員

来《きた》る王立取引所区選挙にて尊き一票

と御支援を謹んでお願い申上げます

オコナー氏はティアニーの代理人からこの地区の一部の選挙運動をすべく雇われていたのだが、大荒れの天気で深靴がぐしょぐしょになるので、ウィックロウ通りの委員会室で老管理人ジャックといっしょに暖炉に当りながら、この日の大半を過していた。短い一日が暗くなってからも、二人はこうしてなんとなく過していた。十月六日、外は陰鬱《いんうつ》として寒い。

オコナー氏は名刺を細長く引き裂いて、それに火をつけ、煙草に火を移す。火を移したとき、その炎が上着の襟につけたくすんだ光沢の蔦《つた》の葉を照らし出した。老人はその仕草をじっと見守り、それから再び厚紙を取り上げてゆっくりと暖炉を煽ぎ始める。相手は煙草をぷかりとやった。

――いやまったく、と、老人は話しをつづける。子供をどう育てるかってのは厄介なもんよ。あんなふうになるとは思いもしやせん！　クリスチャンブラザーズ校に入れてやったし、わしにできることはなんでもしてやったし、そんで今は飲んだくれてやがる。少しゃまともになるように躾《しつ》けようとしたんだが。

もどかしげに厚紙をもとの場所へ戻した。

――こんな老いぼれでなけりゃ、性根を叩《たた》き直してやるんだがよ。背中にステッキくらわして、さんざっぱらぶちのめしてやるさ――前はよくやったもんだ。母親がな、あれがなんのかんのと甘やかす……。

――それで子供はだめになる、と、オコナー氏は言った。

――そのとおりさな、と、老人は言った。そんでありがたいとは思いもしないやね、つけあがるだけよ。わしがちょいと一杯やるのを見たひにゃ、必ずでっかい口ききやがる。息子が父親に向ってあんな口きくようになっちゃ、いったい世の中どうなるもんだか。

——いくつなの？　と、オコナー氏。

——十九よ、と、老人。

——なにか働きに出したらどうなの？

——そりゃあ、わしだってあのぐうたら飲んだくれが学校出て以来なんにもせんかったわけじゃないって。いつまでも面倒見られねえぞって言ったさな。自分で仕事見つけにゃだめだって。だけど、仕事見つけりゃなおさら悪い。全部飲んじまうってば。

オコナー氏は気の毒にとばかりに首をふり、老人は口をつぐんで暖炉の火に見入る。誰かが部屋のドアを開け、呼びかけた。

——やあ！　ここはフリーメイスンの集会か？

——誰だい？　と、老人。

——こんな暗いとこでなにしてる？　と、声が問う。

——おまえさんか、ハインズ？　と、オコナー氏が問う。

——そうだ。こんな暗いとこでなにしてる？　と言って、ハインズ氏が暖炉の明りの中へ進んできた。

長身の細身の青年で、薄茶色の口髭を生やしている。今にもぽたぽた落っこちそうな雨粒が帽子の鍔《つば》にしがみつき、ジャケットコートの襟がめくり上げられている。

——で、マット、と、オコナー氏に言った。景気はどうだ？

オコナー氏は首をふる。老人が暖炉を離れ、蹴躓《けつまず》くみたいに部屋の向うへ行ってから、蠟燭《ろうそく》立てを二つ手にして戻り、それを一つずつ暖炉に差し入れて蠟燭に火をつけ、テーブルに運んだ。素っ裸にされた部屋が浮び出て、暖炉の火がその快活な色を失った。四方の壁はむき出しで、立候補の宣伝ビラが一枚貼《は》ってあるだけだ。部屋の中央に小さなテーブルがあり、印刷物が積み重なっている。

ハインズ氏は暖炉棚に寄りかかって尋ねた。

——もう金はもらったかい？

——まだ、と、オコナー氏。今晩こそおれたちを見捨てないでくださいと祈りたいよ。

ハインズ氏は高笑いした。

——なあに、出してくれる。心配するな、と、言った。

——ぐずぐずしないでほしいよなあ、その気があるんなら、と、オコナー氏。

——どう思う、ジャック？　と、ハインズ氏が皮肉っぽく老人に言う。

老人は暖炉のそばの席へ戻って言った。

――持ってねえわけじゃない、とにかく。も一人の物乞《ものごい》とは違う。

――も一人の物乞？　と、ハインズ氏。

――コルガンよ、と、老人は侮蔑《ぶべつ》をこめて言った。

――コルガンが労働者だからってそう言うのかい？　善良で正直な煉瓦《れんが》職人と酒場の親父《おやじ》はどう違う――え？　労働者だって市政に参加する権利は立派にあるじゃないか

――そうさ、肩書のあるやつの前に出ると必ずへこへこしやがるイギリスかぶれの連中よりよっぽど権利があるんじゃないか？　そうじゃないか、マット？　と、ハインズ氏はオコナー氏に呼びかける。

――そのとおりだろうな、と、オコナー氏。

――片方は真っ正直な男で、うじうじこそこそって質《たち》じゃない。労働者階級を代表して立っている。あんたらが運動してる御仁なんぞは、なにか儲《もう》け口にありつきたいだけなんだ。

――そりゃま、労働者階級の議員もいていい、と、老人は言った。

――労働者はね、と、ハインズ氏が言う。ひどい目にあわせられるばかりなんだ。だけど労働こそがすべてを生産する。労働者は息子や甥《おい》や従兄弟《いとこ》のために割りのいい儲け口を探したりしない。労働者はダブリンの名誉を泥まみれにしてまでドイツ人君主の機嫌を取るなんてことはしない。

——なんのこった？　と、老人は言った。

——知らないのかい、エドワード王が来年やって来たら歓迎の辞を呈しようって話？　外国の国王にぺこぺこしてどうなる？

——うちの大将は歓迎の辞なんかに賛成しないさ、と、オコナー氏が言った。国民党公認で立ってるんだから。

——そうか？　と、ハインズ氏が言った。まあ見てろ、賛成するかしないか。おれはあの男を知ってる。策士《トリッキー》ディッキー・ティアニーだろ？

——なあるほど！　そうかもな、ジョウ、と、オコナー氏が言った。とにかく現生《げんなま》持って現れてほしいや。

三人の男は黙り込んだ。老人がまた燃えさしを掻き集めにかかる。ハインズ氏は帽子をぬぎ、パッパッと振るい、それから上着の襟をもとへ戻した。そうしながら、襟の蔦の葉を見せる。

——この人物が生きていたら、と、蔦の葉を指さして言った。歓迎の辞なんて話題になりやしない。

――そのとおり、と、オコナー氏。

――まったくよ、あの時分はよかったわい！　と、老人が言った。あの時分にゃ、なんか活気があったもんな。

部屋はまた静まり返った。そこへ猛然と勢いよく、鼻をすりすり冷えきったような耳をして、一人の男が飛びこんできた。とことこと暖炉へ行き、火花でも起そうとするみたいに手をすり合せる。

――金はないぜ、と、言った。

――こっちへ座んなせえ、ヘンチーさん、と、老人が椅子《いす》を譲ろうとした。

――ああ、そのまま、ジャック、そのまま、と、ヘンチー氏が言った。

彼はハインズ氏にそっけなく挨拶《あいさつ》し、老人の空けた椅子に座った。

――エイジャー通りは廻ったかい？　と、彼はオコナー氏に問う。

――うん、と言って、オコナー氏はポケットのメモを探しにかかる。

――グライムズには当ってみたか？

――うん。

――で？　どんな感じだった？

――はっきりは言わないんだ。どっちに投票するかは誰にも言わんだとさ。でも彼は大丈夫だと思う。

——なんでまた？

——推薦者はどういう顔ぶれだって聞くから教えておいた。バーク神父の名前も出しておいた。大丈夫だろう。

　ヘンチー氏は鼻をすすり、両手を火にかざしてものすごい速さで手をすり合せる。それから言った。

——すまないけど、ジャック、石炭を少し持ってきてくれんか。まだ残ってるはずだ。

　老人は部屋を出て行く。

——てんでだめ、と、ヘンチー氏は言い、首をふる。ちんけな靴磨き野郎に頼んだけど、こう言うんだ。まあまあ、ヘンチーさん、仕事がちゃんと運んでいるのが分れば、あんたのことは忘れんから、大丈夫。さもしい物乞め！　ちぇっ、どこまでああいうやつなんだ？

——言ったろ、マット？と、ハインズ氏。策士《トリッキー》ディッキー・ティアニーだよ。

——ああ、あれほどの策士《トリッキー》はざらにいない、と、ヘンチー氏は言った。あのちんけな豚の目もダテじゃないぜ。あんちくしょう！　男らしくぽんと金出せないもんかよ、やあやあ、ヘンチーさん、ファニングさんに話してみなくちゃ……ずいぶん金を使ったんで、なんて言わずにな。どけちの一本槍《いっぽんやり》！　あいつのちんけ親父がメアリー横丁で古着屋やってた頃を忘れてるんだろよ。

——それ、ほんとう？　と、オコナー氏。

——ほんともほんとよ、と、ヘンチー氏。聞いたことないのか？　日曜日の朝、どこの酒場も開いてないうちから、客がチョッキだのズボンだのを買いに入って行ったもんだ——ふん！　ところが策士《トリッキー》ディッキーのちんけな親父は、必ず奸策《トリッキー》銘柄の黒い瓶をすみっこに置いてる。分るだろ？　そういうこと。そういうところでやつはオギャーと生れたんだ。

老人が石炭のかたまりを少しばかり運んで戻り、あちこち火の上へのせた。

——困るよなあ、と、オコナー氏が言った。金を出す気もなくておれたちを働かせようってわけ？

——おれも弱った、と、ヘンチー氏。家へ帰れば執達吏《ひったくり》が待ちかまえているだろよ。

ハインズ氏はふふふと笑い、両肩でぐいっと押して暖炉棚から離れ、立ち去りかけた。

——エディ陛下がおいでになれば万事うまくゆくさ、と、言った。さあて、ちょっくら出てくるか。またあとで。それじゃあ。

彼はのっそりと部屋を出て行く。ヘンチー氏も老人も黙りこくっていたが、ドアが閉りかけたとき、それまでむっつりと暖炉を見つめていたオコナー氏がいきなり声を上げた。

——じゃあな、ジョウ。

ヘンチー氏はちょっと待ってから、ドアの方向にうなずいた。

——教えてくれ、と、彼は暖炉の片側から言った。あの男なんで来た？　なんの用があったんだ？

——なあに、ジョウも哀れさ、と言って、オコナー氏が煙草《たばこ》の吸いがらを暖炉に放り込む。金に困ってるんだ、おれたちと同じで。

ヘンチー氏は強く鼻をすすって、べとっと唾《つば》を吐き、危うく消えそうになった火がジューッと抗議の声を発した。

——おれ個人の忌憚《きたん》ない意見を言うなら、と、彼は言った。あれは向うの陣営の男だ。コルガンのスパイよ、強いて言うなら。ちょいと行って見てこい、あっちの様子を探るんだ。おまえなら怪しまれまい。お分りか？

——うーん、ジョウは人柄がいいけどな、と、オコナー氏が言った。

——親父は人柄もいい、立派な男だった、と、ヘンチー氏はそこまでは譲った。あのラーリー・ハインズ！　生前はずいぶんいいことをしてくれた！　ところが息子のほうは十九金《カラット》の値打ちもないと思わざるをえない。ちぇっ、おれは金に困ってるやつのことは理解できるがな、しかしたかり専門ってやつは理解できない。少しは男らしいところがあってもいいんじゃないか？

——あの男が来たってわしゃいい顔で迎えねえ、と、老人が言った。自分のほうの仕事せえってんだ、こっちへスパイしに来ないでよ。

——それはどうかなあ、と、オコナー氏は異議を唱えつつ、煙草の巻紙と煙草を取り出す。ジョウ・ハインズは裏表のない男だと思う。それに、文才もあるしさ。ほら覚えてる、彼の書いたあれ……？

——ヒルサイダーやフィーニアンの郎党には才気走ったのもいないわけじゃない、強いて言うなら、と、ヘンチー氏は言った。ああいう利口ぶった輩《やから》がどういう連中か、おれ個人の忌憚ない意見を言おうか？　連中の半分はダブリン城に飼われているだろうな。

——分らんもんだ、と、老人が言った。

——ああ、だがおれは実際に知ってる、と、ヘンチー氏。連中は城の雇われ者だ……ハインズがそうだと言うんじゃないが……いや、ふん、あいつは一枚上手《うわて》だろう……

しかしやぶにらみの某貴族なんてのもいる――おれの言う愛国者って分るだろ?

オコナー氏はうなずく。

――なんならサー少佐の直系の子孫なんてのもいるぞ!　ほう、身も心も愛国者だとよ!　それが四ペンスで国を売りかねないやつだ――そうよ――おまけにひざまずいて、売る国があったのを全能なるキリスト様に感謝する。

誰かがドアをノックした。

――入れ!　と、ヘンチー氏が言った。

貧乏牧師か貧乏役者といった風采《ふうさい》の人物が戸口に現れた。黒い服のボタンを小柄な躰《からだ》きちきちに留めているが、牧師のカラーをつけているのか俗人のカラーをつけているのか見分けがつかない。むき出しのボタンが蠟燭明りに反射するみすぼらしいフロックコートの襟が折り返されていて、首回りが隠れているからだ。ごわごわした黒いフェルトの丸い帽子をかぶっている。顔には雨粒が光り、頰骨を示す二つの赤い点を除けば、べとついた黄色いチーズのように見える。やけに長っ細い口をいきなり開いて失望を表し、同時に、やけにきらきらした青い目を大きく見開いて喜びと驚きを表した。

――おや、キオン神父!　と、ヘンチー氏が椅子からさっと立ち上った。これはこれは。さあさ、どうぞ！

――ああ、いやいやいや、と、キオン神父は素早く言い、子供に話しかけるみたいに口をすぼめた。

――入って掛けませんか？

――いやいやいや！と、キオン神父は、慎み深い、情け深い、柔らかい発声で言った。お邪魔して申し訳ないです！ファニングさんがおられないかと……。

――黒鷲亭《ブラック・イーグル》へ行っています、と、ヘンチー氏。でも入って、ちょっと掛けませんか？

――いやいや、けっこう。たいした用事じゃないんで、と、キオン神父は言った。ありがとう、ほんとうに。

神父が扉口からひっこむと、ヘンチー氏は蠟燭立てを一つつかみ、ドアまで行って神父の下りる階段を照らす。

――ああ、どうかおかまいなく！

――ええ、しかし階段が暗いから。

――いやいや、見えます……ありがとう、ほんとうに。

――大丈夫ですか？

――大丈夫、ありがとう……ありがとう。

ヘンチー氏は蠟燭立てを持って戻り、テーブルに置いた。再び暖炉の前に腰掛ける。しばし沈黙があった。

――教えてよ、ジョン、と、オコナー氏が言い、また名刺で煙草に火をつける。

――ん？

――ほんとのところ、どういう人間？

――そいつは難問だな、と、ヘンチー氏。

――ファニングとはやけに親密らしいや。よく二人でキャヴァナーの店にいる。そもそも司祭なの？

――ん、まあ、そうだろう……。いわゆる黒羊《ブラック・シープ》という手合だろう。数多くいるわけじゃないが、ありがたいことに！　しかし、いないことはない……なにか運の悪いたぐいだな……。

――で、どうやって食べてるわけ？　と、オコナー氏。

――それまた謎《なぞ》だ。

――どっかに所属してるのかな、礼拝堂《チャペル》とか教会《チャーチ》とか団体とか……。

――いや、と、ヘンチー氏。自前であちこち売り込んでいるんだろう……。悪いけどおれは、と、つづけた。スタウト一ダースかと思った。

——そもそも飲める見込みはある？　と、オコナー氏。

——わしも喉《のど》がからからよ、と、老人が言った。

——あのちんけな靴磨きに三回頼んだ、と、ヘンチー氏が言った。スタウトを一ダース差入れしてくれないかってな。今さっきも頼んだが、やっこさん上着なんぞぬいでカウンターに寄っかかり、カウリー助役と話し込んでた。

——どうして催促しなかったの？　と、オコナー氏。

——いやまあ、カウリー助役と話しているところへは行きにくい。ちょっと待ってから、目が合ったんで言ったよ。お話ししてあったあの件ですが……って。大丈夫だってば、ヘンちゃん、と言いやがった。んにゃろう、あのちんちくりん、けろっと忘れちまったにちがいない。

——あの筋にはなにか裏取引があるなあ、と、オコナー氏が思い当るみたいに言った。きのう、あの三人がサフォーク通りの角で熱心にやりあってるのを見た。

——連中の手の内ぐらいお見通しよ、と、ヘンチー氏。今どき市長にしてもらいたかったら、市会議員だの有力者だのに金をひったくられるくらいじゃなくちゃな。そうすりゃ市長にしてくれる。ちくしょう！　おれもまずは市会議員になるのを本気で考えるか。どう思う？　おれも市長になれそうか？

オコナー氏はけらけら笑った。

――金をひったくられるのだけは……。

――市長公邸から馬車に乗ってくり出すぜ、と、ヘンチー氏。鼬《いたち》の毛《け》がらわしいのを着て、このジャックが粉《こ》をふった鬘《かつら》を着けておれの後ろに直立不動だ――え？

――そしておれを私設秘書にしてくれよ、ジョン。

――いいとも。そしてキオン神父は私設司祭だ。一族郎党の宴といくか。

――いや、ヘンチーさんよ、と、老人が言った。あんたならほかの議員より派手にやるんじゃないんかい。このあいだ玄関番のキーガン爺《じじい》としゃべってたさな。そんで今度の旦那《だんな》はどんなだよ、パット？ってわしが言ったさな。客もてなしがねえなって言ったんよ。客もてなしだと！ってあいつは言った。近頃あんまし客もてなしも千枚よ。そんでわしになんと言ったと思う？　ああ、誓って言うがよ、信じられねえっての。

――なんて？　と、ヘンチー氏とオコナー氏。

――こう言ったよ。どう思うね、ダブリンの市長様がだな、晩飯にぶつ切り肉一ポンドを買わせにやるってのは？　たいした贅沢《ぜいたく》だろが？ってやつが言う。てへっ！　てへっ、とわしは言ったさ。ぶつ切り肉一ポンドって、やつは言ったね。それが市長公邸へお越しだぜ。てへっ！　とわしは言ったさ。今度はいったいどんな人がなるんかい？

ちょうどそこへドアをノックする音がして、一人の少年が顔を出す。

――なんだい？　と、老人。

――黒鷲亭《ブラック・イーグル》からです、と、少年は言い、横歩きに入ってきて、瓶をガチャガチャゆらせながら籠《かご》を床に置いた。

老人は少年に手を貸して瓶を籠からテーブルへ移し、きりのいい本数を勘定した。移し終えると、少年は籠を腕に掛けて訊《き》いた。

――瓶は？

――なんの瓶だい？　と、老人。

――まずは飲ませてくれないか？　と、ヘンチー氏が言った。

――瓶を取ってこいって言われたんです。

――明日また来な、と、老人は言った。

――おい、おまえ！　と、ヘンチー氏が言った。ひとっ走りオファーレルの店へ行って、栓抜きを借りてこい――ヘンチーさんがって、そう言え。すぐに返すからってな。

籠はそこへ置いとけ。

少年が出て行き、ヘンチー氏は上機嫌に手をすり合せながら言った。

——で、まあ、あれは結局、悪いやつじゃない。とにかく、言ったことはやる男だ。

——タンブラーがないんでな、と、老人が言った。

——なあにそんなこと気にするな、ジャック、と、ヘンチー氏は言った。ついこのあいだまで、たいていは瓶から直《じか》に飲んだもんよ。

——とにかく飲めないよりましさ、と、オコナー氏。

——あれは悪いやつじゃない、と、ヘンチー氏。ただファニングに牛耳られてるだけだ。善意の男だよな、みみっちいなりに。

少年が栓抜きを持って戻ってきた。老人が瓶を三本開け、栓抜きを返そうとしたとき、ヘンチー氏が少年に言った。

——一杯飲むか、おまえも？

——いいんですか、と、少年は言った。

老人はしぶしぶもう一本抜いて、少年に手渡す。

——おまえさん、いくつだい？ と、訊いた。

——十七、と、少年は言った。

老人がそれきり黙ったので、少年は瓶を受取ると、いただきますと、ヘンチー氏に言い、中身を飲んで、瓶をテーブルの上に戻し、袖《そで》で口をぬぐった。それから栓抜きを手にして、なにやら挨拶《あいさつ》まがいのことをつぶやきながら、横歩きに部屋を出て行く。

――あんなふうにして始まるのよ、と、老人が言った。

――で、のっぴきならなくなる、と、ヘンチー氏。

老人が抜いた三本を分配し、男同士が同時に瓶から直《じか》に飲んだ。ひとくぎり飲んでから、めいめいが自分の瓶を暖炉棚の手の届くところに置いて、満足げに大きく息を吸った。

――ああ、今日はよく働いたぜ、と、ヘンチー氏が一休止おいてから言った。

――そうかい、ジョン？

――ああ。おれはドーソン通りで一、二票確かなのを稼いでやった、クロフトンとおれとで。ここだけの話だけどな、クロフトンは、あれはむろんいいやつなんだが、運動員としてはひでえもんよ。てんで口をきけないんだ。ぽけっと相手を見てるだけで、しゃべるのはもっぱらおれだ。

このとき二人の男が部屋へ入ってきた。一人はでっぷり太った男で、青いサージの服がその肥満坂から今にもずり落ちそうに見える。大きな顔は若い牡牛《おうし》の顔に表情がそっくりで、じろじろ見る青い目をし、口髭《くちひげ》は白っぽくなりかけている。もう一人の男はずっと年下でひ弱な体型、やせこけた顔は髭をきれいに剃《そ》ってある。やけに高いダブルのカラーを着け、鍔《つば》の広い山高帽をかぶっている。

——やあ、クロフトン！　と、ヘンチー氏が太った男に言った。噂《うわさ》をすれば……。

——この酒はどっから来た？　と、青年が訊く。牝牛《めうし》が子を産んだのかい？

——おう、やっぱりなあ、ライアンズは真っ先に酒に目がいく！　と言って、オコナー氏がけらけら笑った。

——こっちはこんな選挙運動やってるとはな、と、ライアンズ氏が言った。クロフトンとおれは寒い中、雨にぬれて票集めだってのに。

——おいおい、なにを抜かす、と、ヘンチー氏が言った。おれがものの五分で稼ぐ票は、そっちが一週間、二人がかりで稼いでも足りないじゃないか。

——スタウトを二本開けてよ、ジャック、と、オコナー氏が言った。

——開けるんで？　と、老人は言った。栓抜きがないってのに？

——待て待て！　と言って、ヘンチー氏が素早く立ち上った。ちょいと奇策《トリック》を見せてやろうか？

彼はテーブルから瓶を二本取り上げると、暖炉へ持って行き、その内棚《ホブ》にのせた。

それから再び暖炉のそばに腰掛け、自分の瓶からもう一口飲んだ。ライアンズ氏はテーブルの縁《へり》に腰掛け、帽子をぐいっと後ろへ押し上げ、両足をぶらぶらゆらし始めた。

——どれがおれの瓶？　と、問う。

——こっちだ、と、ヘンチー氏。

クロフトン氏は箱に腰を下ろして、内棚《ホブ》にのった瓶をじっと見つめた。彼は二つの理由で黙っていた。第一の理由は、それだけで充分な理由、つまりなにも言うことがない。第二の理由は、この場にいる仲間たちを下に見ていたからである。彼は保守党のウィルキンズの運動員だったが、保守党が候補者をひっこめて、二つの悪のうち無難なほうを選び、国民党の候補者を支持することにしたので、ティアニー氏応援に回ることになったのである。

二、三分後、釈明するみたいなポーヒョン！という音がして、コルク栓がライアンズ氏の瓶から弾《はじ》け飛んだ。ライアンズ氏はぴょんとテーブルから下りて、暖炉へ行き、己の瓶を取るとテーブルへ持って戻る。

——今も話してたんだが、クロフトン、と、ヘンチー氏が言う。今日はけっこう票を集めてきたよ。

——誰の票？　と、ライアンズ氏が問う。

――うん、パークスで一票、アトキンスンで二票、それにドーソン通りのウォード。あれもなかなかいい親父《おやじ》だ――昔ながらの紳士、昔かたぎの保守党よ！　だってあんたらの候補は国民党だろ？って言う。立派な人物です、と、おれは言った。この国のためになることなら、なんにでも尽力します。多額納税者ですし、って言った。市内に広大な不動産を持っていますし、三箇所に店を構えてる。だから税金を低く抑えておくのは本人にとっても好都合でしょう？　傑物だし人望もある市民です、って言った。救貧委員もしていて、どの政党にも、良い、悪い、どっちでもない、そのどれにも属していません。ああいう人間にはそんなふうに話をもっていく。

――で、国王歓迎の辞のことは？　と、ライアンズ氏が、ぐいっと飲んで唇をチュッと鳴らしてから言った。

――まあ聞け、と、ヘンチー氏が言った。この国に必要なのはな、ウォード爺《じい》さんにも言ったんだが、資本なんだ。国王がやって来るってのは、つまりはこの国に金が流れ込むことになる。ダブリンの市民はそれで得をする。埠頭《ふとう》辺りの工場を見ろってのよ、どれもこれも遊んでる！　この国にがっぽり金が入るってことを考えろよ、古い産業や製造所、造船所や造船工場を働かせさえすればいい。必要なのは資本なんだ。

――それはそれとして、ジョン、と、オコナー氏が言った。なぜおれたちがイギリスの国王を歓迎しなくちゃならないわけ？　パーネルという人物は……。

——パーネルはな、と、ヘンチー氏が言った。死んだんだ。いいか、おれはこういう見方をしてる。このおっさんはやっとこさ国王になったんだ、年寄の母親のおかげで白髪まじりになってからやっとこさよ。やっこさんは世慣れた男だし、おれたちに対して悪気はない。ぼんぼんの、気のいい男だ、強いて言うなら。それにイカレてるでもなんでもない。こう独りごちたわけよ。おふくろは荒くれアイルランド人のところへは一度も行かなかったっけ。よしきた、わしが自ら出向いて、どういう連中か会ってみよう。わざわざ親善訪問に来るって男を侮辱しようってわけかい？　え？　そうだろう、クロフトン？

クロフトン氏がうなずく。

——だけどなんだかんだ言っても、と、ライアンズ氏が議論がましく言った。エドワード王の実生活は、ほら、あんまり……。

——過去は過去だ、と、ヘンチー氏。おれ個人はあの男に一目置く。おれやおまえさんみたいに、あれはふつうの風来坊さ。ラム酒の水割りが好きで、ちょいとは道楽もするかもしれないし、けっこうスポーツマンだ。ちぇっ、おれたちアイルランド人はフェアプレイができないのか？

——そりゃあ至極もっとも、と、ライアンズ氏が言った。でもパーネルの場合を考えてほしいね。

——断乎《だんこ》訊きたいが、と、ヘンチー氏は言った。その二つの場合はどこがどう似ている？

——おれの言うのはさ、と、ライアンズ氏。おれたちにはおれたちの理想があるってことだ。なのにだよ、ああいう男を歓迎しろってかい？　あんなことを為出《しで》かしたあとでも、パーネルはおれたちの指導者としてふさわしい男だったと思うか？　思うんならなぜ、エドワード七世を歓迎しろってことになる？

——今日はパーネルの記念日じゃないか、と、オコナー氏が言った。反目し合うような議論はよそうよ。おれたちはみんな、彼を尊敬してるんだ、彼が死んでいなくなった今——保守党ですら、と言いそえて、クロフトン氏を見やった。

ポーヒヨン！　出遅れたコルク栓がクロフトン氏の瓶から飛び出す。クロフトン氏は箱から立ち上り、暖炉へ行った。獲物を手にして戻りながら、太い声で言った。

——わが党は尊敬してる、なにせ紳士だったからな。

——そうだとも、クロフトン！　と、ヘンチー氏が語気荒っぽく言った。依怙地《いこじ》に騒ぎ立てるやつらを抑えつけることのできるただ一人の男だった。座れ、犬ども！　伏せろ、野良犬《のらいぬ》ども！　そんなふうにあしらった。入れよ、ジョウ！　入れったら！

と、ハインズ氏が扉口にいるのを見て呼びかけた。

ハインズ氏がのっそりと入ってくる。

——スタウトをもう一本抜いてくれ、ジャック、と、ヘンチー氏が言った。おっと、栓抜きがないんだっけな！　ほら、こっちへ一本くれ、火にかけるから。

老人がもう一瓶渡すと、彼はそれを暖炉の内棚《ホブ》に置く。

——座れよ、ジョウ、と、オコナー氏が言った。ちょうど首領のことを話していたんだ。

——そうそう！　と、ヘンチー氏。

ハインズ氏はライアンズ氏と並んでテーブルの縁に腰掛けたが、なにも言わない。

——とにかく一人は確かにいる、と、ヘンチー氏は言った。彼を裏切らなかった男がな。断乎言うが、おまえさんだけだよ、ジョウ！　いやいや、おまえさんは男らしくとことん彼に忠実だった！

——あ、ジョウ、と、オコナー氏が不意に言った。おまえさんの書いたあれをやってくれよ——覚えてるだろ？　暗記してるだろ？

——うん、そうだ！　と、ヘンチー氏。あれをやってくれ。あれを聞いたことがあるかい、クロフトン？　まあ聞いてみろよ、素晴しいんだ。

――やれよ、と、オコナー氏が言った。やれったら、ジョウ。

ハインズ氏は自分の書いたどれのことを言ってるのかすぐには思い当らないようだったが、しばし考えてから言った。

――ああ、あれか……いや、あれはもう古い。

――いいじゃないか、やれよ！　と、オコナー氏。

――シーッ、シーッ、と、ヘンチー氏。さあ、ジョウ！

ハインズ氏はなおもしばしためらう。それから静まり返った中で帽子をぬぎ、テーブルの上に置き、立ち上った。頭の中で復唱しているふうである。かなり長い間があってから、題を告げた――

パーネルの死
一八九一年十月六日

彼は一、二度咳払《せきばら》いをして、暗唱を始めた。

彼は死せり。われらが無冠の帝王は死せり。
おお、エリンよ、悲痛と悲嘆をもて悼《いた》め
彼は死して横たわる
近時の偽善者一味の残忍なる仕業がため

彼を殺戮《さつりく》したる怯懦《きょうだ》なる猟犬どもは
彼が泥濘《でいねい》から光栄へと引上げた者らなり
かくてエリンの希望とエリンの夢は
その君主を葬《ほうむ》る火に焼かれて潰《つい》えるなり

豪邸、陋屋《ろうおく》、はたまた貧居
その何《いず》れにあるともアイルランド魂は
打ち拉《ひし》がれて悲嘆にくれる——彼は逝《ゆ》きたり
潰えたり国運を開かんとしたその意は
彼はエリンの誉《ほま》れを轟《とどろ》かせしならん

緑の旗を輝かしく翻《ひるがえ》せしならん
国士、文士、戦士の名を高めせしならん
世界の諸民《もろたみ》の前に発揚せしならん

彼は夢見たり（悲しきかな、そは夢なりし！）
自由の夢なる偶像をば摑《つか》まんとしたり
だがそのとき裏切りが
彼の愛せし者から彼をば引き裂きたり

怯懦卑劣なる者ら恥を知れ
天帝を打ちあるいは接吻《せっぷん》をもて
彼を媚《こ》び諂《へつら》いの僧侶《そうりょ》らに——友ならざる者らに
烏合《うごう》の衆に売り渡したる者ら

願わくは永劫《えいごう》の恥辱が焼き尽さんことを
謀《はか》りし者らの記憶を

彼らを昂然《こうぜん》と斥《しりぞ》けし国士と高貴の名とを
汚《けが》し傷つけんとした者らの記憶を

剛勇の斃《たお》れるにふさわしく彼は斃れ
最後まで雄々しく怯《ひる》まず
死のもたらしたる古《いにしえ》エリンの英雄たちとの
結び付きたる絆《きずな》ゆるまず

諍《いさか》いの声も彼の眠りを乱すことなし
心静かに安らぎて現世の苦痛なく
栄光の頂に達せんとする
大いなる野心に駆られることなく

彼らは企《たくら》みを為《な》し遂げ彼を斃したり
だがエリンよ、聞け、彼の志気は長らえる
炎の中から甦《よみがえ》る不死鳥のごとく

凛《りん》として起き立ちその日の夜明けを迎える
われらに自由の統治をもたらす日
その日こそエリンの国
歓喜の杯を悲嘆にも捧《ささ》ぐる
——パーネルの追憶に

ハインズ氏は再びテーブルに腰掛けた。朗誦《ろうしょう》を終えたとき、ちょっと沈黙があり、それからバチバチッと拍手が起った。ライアンズ氏まで拍手した。喝采《かっさい》はしばしつづいた。それがおさまると、聴き手は皆、無言で瓶から飲んだ。

ポーヒヨン！ ハインズ氏の瓶からコルク栓が弾《はじ》け飛んだが、ハインズ氏は顔を紅潮させて帽子をぬいだまま、テーブルに腰掛けたままでいる。瓶の誘いの音も聞えなかったらしい。

——よかったぞ、ジョウ！ と、オコナー氏が言い、煙草《たばこ》の巻紙と煙草入れを取り出して上手に昂《たか》ぶりを隠す。

——どう思う、クロフトン？ と、ヘンチー氏が大きな声で言った。いいだろう？

どうだ？

クロフトン氏は、なかなかいい作品だと言った。

母親

A Mother

ANCIENT CONCERT ROOMS

EXHIBITION OF IRISH INDUSTRIES

AND

GRAND IRISH CONCERT

ON THIS SATURDAY EVG., AT 8.

ARTISTES:

Miss Agnes Treacy, Miss Olive Barry, Madame Halle, Miss Walker ("Maire Nic Shiubhlaigh'), Mr. J. C. Doyle, Mr. J. F. M'Cormack, Mr. James A. Joyce.

Orchestra conducted by Miss Eileen Reidy, A.L.C.M., R.I.A.M.

Tickets may be had from Cramer's, Pigott's, Pohlmann's, Gill's, Duffy's, and at Door.

Prices—3s., 2s., and 1s. 4740

⑬エインシェント音楽堂の音楽会の広告

愛蘭翼賛協会副事務局長のホロハン氏は、かれこれひと月、ダブリン中に足を運んでいた。両の手とポケットでは足りないくらいの薄汚れた紙の束を携え、連続音楽会の手はずを整えてきたのだ。足が悪いので、この男を知る仲間内ではピョンピョコ・ホロハンで通っている。こまめにあちこちへ足を運び、長いこと街角に立ち止っては趣旨を説明し、あれこれメモした。しかし結局、すべての手はずを決めたのはカーニー夫人であった。

デヴリン嬢がカーニー夫人におさまったのは意地を張ってのことだった。娘時代には高等尼僧院《にそういん》に通い、フランス語と音楽を学んだ。生れつき青白い顔をして態度が頑《かたくな》なので、学校では友達ができなかった。婚期にさしかかると方々の家へ社交に行かされ、ピアノ演奏と象牙《ぞうげ》の気品は感嘆の的となる。たしなみの冷え冷えする枠に閉じこもりながら、その枠を押しのけて華やかな生活を約束してくれる求婚者が現れるのを待った。しかし出会う青年はどれも平々凡々、誘いをかける相手は見つからず、独りでトルコボンボンばかり食べてはロマンチックな願いを慰めていた。ところがいよいよ待ったなしの年になり、周りがなんだかんだ噂《うわさ》し始めると、カーニー氏と結婚してそれを黙らせてしまった。オーモンド船寄《ふなよせ》通りで製靴《せいか》業を営む人物である。

夫はずっと年上だった。話すことが真面目《まじめ》で、豊かにたくわえた褐色の鬚《ひげ》の中で間をおきおき発せられる。結婚生活一年が過ぎると、カーニー夫人はこういう男のほうがロマンチックな男よりも長続きすると悟ったが、といって自分のロマンチックな夢を決してしまい込んだわけではない。夫は酒もやらず、倹約家で、信心深かった。第一金曜日には必ず礼拝に出かける。夫人同伴のこともあるが、一人で行くことのほうが多い。しかし夫人の信仰心が弱まったのではなく、夫にとっては良き妻であった。なじめない家のパーティーなどで夫人がほんのちらりとでも眉《まゆ》を吊《つ》り上げると、夫は立ち上って暇《いとま》を告げ、また夫が咳《せき》に苦しんだりすると、夫人は足に綿羽根のキルトを掛けて、ラム酒をきかせたパンチを作る。夫は夫で、典型的な父親だった。毎週、少額の金をとある組合に入れることで、二人の娘が二十四歳になったらそれぞれ百ポンドの持参金が出るようにしてある。上の娘のキャスリーンは名門の尼僧院へ通わせてフランス語と音楽を学ばせ、それから学費のかさむ王立音楽院へ進ませた。毎年七月になると、カーニー夫人はなにかにつけて知人にこう言う。

——主人に追いやられて、娘たちと二、三週間、スケリーズへ参りますの。

スケリーズでなければ、ホウスかグレイストーンズだった。

アイルランド復興運動が盛り上り始めると、カーニー夫人は娘の名前をよいことにアイルランド語の教師を家へ招いた。キャスリーンと妹はアイルランド語の絵葉書を友達に出し、友達のほうからもアイルランド語の絵葉書が返ってくる。特別の日曜日に、カーニー氏が一家を連れて仮大聖堂へ行くと、ミサのあとで大聖堂通りの一角にちょっとした人だかりができた。皆、カーニー家の知合い──音楽の仲間や国民党の仲間である。ひとしきり世間話の手駒《てごま》を出し終えてから、いっせいに握手を交わし、たくさんの手が交差するのに大笑いして、アイルランド語でさよならを言い合う。ほどなくキャスリーン・カーニー嬢の名がよく人々の口にのぼるようになった。キャスリーンはとても音楽の才能があってとてもいい娘だし、そのうえアイルランド語運動の信奉者だという評判が広がる。カーニー夫人はこれにご満悦だった。だからある日ホロハン氏が訪ねてきたのを驚きもしなかった。協会がエインシェント音楽堂で催す四回の連続グランドコンサートの伴奏を娘に引き受けてほしいという話である。客間へ通し、椅子《いす》をすすめ、デカンターと銀の筒型ビスケット入れを出した。夫人は熱心に企画の細部にまで立ち入り、こうなさいとかそれはおやめなさいとか注文をつけた。最後に、契約書が作られた。キャスリーンは四回の連続グランドコンサートの伴奏者として八ギニーの報酬を受けるというものである。

ホロハン氏はチラシの文言や曲目の配列といった細かなことに手慣れていないので、

カーニー夫人が助っ人になった。なにしろ如才ない。どの出演者《アーティスト》を大活字にすべきか、どの出演者《アーティスト》を小活字にすべきかを知っている。第一テノールの出番がミード氏の滑稽歌《コミックソング》のすぐあとではいい気がしないのも知っている。あくまで聴衆を退屈させないようにと、受けそうにない曲目は昔から人気のある曲目の間にさりげなく挿《はさ》む。ホロハン氏は毎日訪れては、なにかしら助言を求めた。夫人は決って愛想よく迎え、助言を惜しまない――要するに、家庭的。デカンターをすっと押し出し、こう勧める。

――さ、ご遠慮なく、ホロハンさん。

　そして遠慮なくやらせておいて、夫人はたたみかける。

――心配いりませんわ。そんなこと、心配いりません。

　万事、順調に運んだ。カーニー夫人はブラウン・トマスで可愛《かわい》らしい頬紅色のシャルムーズを買った。キャスリーンのドレスの胸元に入れるには恰好《かっこう》のものだ。けっこう値段が張った。しかし少々の出費も筋の通る場合もある。最終日の二シリングの切符を十二枚引き取り、そうでもしないと来てくれそうにない知合いに送った。なにからなにまで行き届いて、この夫人のおかげで、為《な》すべきことはすべて為された。

　音楽会は水曜、木曜、金曜、土曜となっていた。カーニー夫人が水曜日の晩、娘とエインシェント音楽堂へ来てみると、どうも様子が気に入らない。若者が数人、上着に空色のバッジを着け、手持ちぶさたの態《てい》で入口ロビーに突っ立っている。その中に一人もタキシード姿はない。娘とそこを通りがてらに、開け放してあるホールの扉からちらりと覗《のぞ》くと、この案内係の手持ちぶさたの理由が見て取れた。一瞬、時刻を間違えたのかと思った。いや、八時二十分前だ。

舞台裏の楽屋で、夫人は協会の幹事、フィッツパトリック氏に紹介された。夫人はにっこり微笑《ほほえ》んで握手した。白い虚《うつ》ろ顔の小男である。茶のソフトを無造作に斜めにかぶり、のっぺり口調だ。プログラムを手に、夫人に話しかけつつ端をくちゃくちゃ嚙《か》むものだから、そこがべっちゃりしている。期待外れも平気というふうだった。ホロハン氏が数分刻みで楽屋へ入ってきては、切符売場の報告を伝える。出演者《アーティースト》同士が気ぜわしげに言葉を交わし、ちらりちらりと鏡を覗き、楽譜を巻いたり広げたりする。八時半近くになると、ホールの数少ない人々がもう始めてほしいという意思表示を見せた。フィッツパトリック氏が入ってきて、一同に虚ろな笑顔を作り、そして言った。

――それでは、皆さん、そろそろ開演ということに。

カーニー夫人は、このいかにものっぺり口調の語尾のお返しにキッと侮蔑《ぶべつ》の眼差《まなざ》しを向け、それから娘を励ますように言った。

――さあ、いよいよね？

機会をとらえてカーニー夫人はホロハン氏を片隅へ呼び、いったいどういうことになっているのかと質《ただ》した。ホロハン氏もいったいどういうことなのか分らない。委員会が四回の音楽会に決めたのは間違いだったと答えた。四回は多すぎますよ。

――それに歌手《アーティースト》の方々！　と、カーニー夫人。もちろん精一杯お歌いになっていますけれど、お上手とはとても言えませんもの。

ホロハン氏も歌手《アーティースト》の面々がぜんぜんよくないのは認めた。しかしとにかく委員会が決めたことで、最初の三回は成行きまかせにし、土曜の夜に粒選りを残しておくのだという。カーニー夫人はなにも言わなかった。しかし舞台で次から次へつまらない曲が続き、入りの悪い聴衆がなおも少なくなっていくうちに、こんな音楽会にわざわざ金を使ったのを悔み始めた。どうにも気に入らない雰囲気だし、フィッツパトリック氏の浮べる虚ろな笑いも苛立《いらだ》たしい。それでも夫人はなにも言わず、終りまで見届けた。音楽会は十時少し前にお開きになり、皆、そそくさと家路に着いた。

木曜の夜の音楽会は入りがよくなったが、カーニー夫人はすぐに見て取った。詰めかけているのは無料客ばかりである。聴き方も行儀が悪く、まるで内輪の本番稽古《げいこ》に立合っているかのようだ。フィッツパトリック氏は満足の態らしかった。カーニー夫人がカリカリしながら自分の行動を観察しているとは思ってもいない。舞台の袖《そで》に控えて、ときおり首を突き出しては、二階席の端の二人の友人と笑い合ったりしている。そうこうするうちに、カーニー夫人は金曜の音楽会が中止になったのを知った。委員会はなにがなんでも土曜の晩を満杯にする意向だという。これを耳にして夫人はホロハン氏を探しにかかった。ちょうどぴょんぴょこ急ぎ足に若い女性のもとへレモネードを一杯運ぶところをつかまえて、その話が本当なのかと質した。そのとおりだという。

——でももちろん、契約には変更ありませんわね、と、夫人は言った。契約は四回でしたでしょう。

ホロハン氏は急いでいるらしかった。フィッツパトリック氏に話してみるといいと言う。カーニー夫人は今やうろたえ始めた。フィッツパトリック氏を舞台袖から呼んできて、娘は四回の音楽会の契約に署名したのだから、契約条件に従って、協会が音楽会を四回にしようとしまいと、もともと取決めた金額を払ってもらいますと言った。フィッツパトリック氏は話の要点をすぐにはのみこめず、こういう厄介事は自分で解決できそうにない、では委員会に諮《はか》ってみると言った。カーニー夫人の怒りは頰にぴくぴく動き出し、ただただこう問い返すのを抑えるしかなかった。

——では、いーんかいは失礼じゃない？

しかしそんな物言いをするのは品がない。だから夫人は黙っていた。

金曜日の朝早く、ダブリンの重立った通りへチラシの束をかかえた男の子たちが送り出された。夕刊全紙に提灯持《ちょうちん》ちの特別記事が載り、いよいよ明日の晩に迫った盛大な催しのことを音楽愛好家に報じていた。カーニー夫人はいくぶん安心したが、懸念《けねん》の一端は夫に話しておくのがよいと思った。夫はじっくり聞いてから、土曜の晩には自分もいっしょに行ったほうがいいかもしれないと言った。夫人は同意した。夫人は中央郵便局を信頼するのと同じように、大きくて安全で動じないものとして、夫を信頼していた。夫の才能の乏しいことは承知しているけれども、男性としての抽象価値を尊重しているのだ。いっしょに行こうと言ってくれたのが嬉《うれ》しかった。自分なりの計画をあれこれ考えめぐらした。

大音楽会の夜になった。カーニー夫人が夫と娘を伴ってエインシェント音楽堂に着いたのは、開演の四十五分前だった。あいにくその晩は雨だった。カーニー夫人は娘の衣装と楽譜を夫に預け、ホロハン氏かフィッツパトリック氏を見つけようと建物の中をくまなく歩いた。どちらの姿もない。世話人の部屋で委員会の誰かが来ていないかと尋ねた。さんざん手間取ったあげく、一人の世話人がミス・バーンという小柄な婦人を連れてきたが、カーニー夫人はその婦人に幹事のどなたかに会いたいのだと明言した。ミス・バーンは幹事の方たちはもうじき参りますが、自分で用が足りることでしたらと言った。カーニー夫人は、相手の年寄っぽい顔が歪《ゆが》んで誠心誠意の表情になるのを探るように見て答えた。

——いえ、けっこうです！

小柄な婦人はたくさん来てくれるといいですねと言った。そう言って外の雨を眺めているうちに、濡《ぬ》れた街の陰鬱《いんうつ》さがその歪め顔から誠心誠意をすっかり消し去った。小さくため息をついて言った。

——ああ、やれやれ。精一杯やったけど、どうなるもんだか。

カーニー夫人は仕方なく楽屋へ引き返した。

歌手《アーティースト》の面々がそろい始めた。バスと第二テノールはすでに来ている。バスのダッガン氏は細身の青年、まばらな黒い口髭《くちひげ》をはやしている。市内のある会社の玄関番の息子だ。子供の頃は、そこの響きのいい玄関ホールで低音を伸ばして歌っていた。この卑賤《ひせん》の境遇から身を立てて一流の歌手《アーティースト》になった。グランドオペラに出演したこともある。ある晩、オペラ歌手が病気になったとき、クイーン劇場で歌劇マリターナの王の代役を演じた。情感と声量をたっぷりこめた歌いぶりは大向うの熱い喝采《かっさい》を浴びる。ところがまずいことに、手袋をはめた手で一、二度うっかり鼻をこすったものだから、せっかくの好印象を台無しにしてしまったのである。気取りのない、口数の少ない人物だ。下町訛《なま》りがあるものの、それを気づかれないくらいに口調がやわらかい。声のためにミルク以外、強い飲物はいっさい飲まないという。第二テノールのベル氏は金髪の男、音楽祭《フエシュ・コール》のコンクールには毎年欠かさず出場した。四度目に銅メダルを獲《と》った。ひどく神経質で、ほかのテノールのことをひどく嫉妬《しっと》していて、その神経質な嫉妬をあふれんばかりの愛嬌《あいきょう》で隠していた。自分にとって音楽会がたいへんな試練だということを他人に知ってもらうのが、この男のユーモアである。だからダッガン氏の姿を見るなり、近づいてこう尋ねる。

——きみも出るのね？

——ええ、と、ダッガン氏。

ベル氏は同じ受難仲間に笑いかけ、手を差し出して言った。

——握手！

カーニー夫人はこの二人の若者のそばを通り抜けて舞台袖へ行き、入りの具合を眺めた。席はどんどん埋っていき、楽しげなざわめきがホールのあちこちで起る。夫人は戻ってくると、夫にひそひそ話しかけた。キャスリーンのことを話しているにちがいない。二人とも何度もちらりちらりと娘のほうに目をやっているからだ。娘は同じ国民党の友達、コントラルトのヒーリー嬢と立話をしているところだった。知らない顔の、知合いもなさそうな、青白い顔の婦人がずんずん中へ歩いて行く。二人はキッとした目で、やせこけた躰《からだ》に広がる色褪《いろあ》せた青のドレスを追った。誰かが、ソプラノのマダム・グリンだと言った。

——どこであんなひと見っけてきたのかしら、と、キャスリーンがヒーリー嬢に言う。ぜんぜん聞いたことないひと。

ヒーリー嬢も空笑《そらわら》いをした。ホロハン氏がちょうどそこへ足を引き引き入ってきたので、二人の若きレディーはあの見知らぬ婦人は誰かと尋ねた。ホロハン氏は、ロンドンから来たマダム・グリンだと言った。マダム・グリンは部屋の片隅に陣取ると、巻いた楽譜をぎこちなく前に持ち、ときおりそのどぎまぎした眼差しをあちこちへ向ける。影が色褪せたドレスを隠しているが、鎖骨の陰の小さな窪《くぼ》みを執念深く隈取《くまど》る。廊下のざわめきが聞き取れる声になった。第一テノールとバリトンがいっしょに姿を見せる。両人ともぱりっとした身なりで、肥満体に自得の色を浮べ、この二人が一同に豊満の息吹《いぶ》きをもたらした。

カーニー夫人は娘を二人のところへ連れて行くと、にこやかに話しかけた。この二人と親しくなっておこうとしたのだが、礼を失しないようにと努めながらも、その目はあっちへこっちへひょこひょこ動くホロハン氏を追っていた。彼女は立話の間合いをとらえてさっとその場を去り、彼のあとを追って部屋を出た。

――ホロハンさん、ちょっとお話がありますの、と、言った。

二人は廊下の目立たないところへ行った。カーニー夫人は、娘にいつ報酬を払ってくれるのかと質した。ホロハン氏は、そういうことはフィッツパトリック氏の担当だと言った。カーニー夫人は、フィッツパトリック氏にどうのこうのと言われても困ると言った。娘はハギニーの契約をしたのだから払ってもらいたい。ホロハン氏は、とにかく自分の担当ではないと言った。

――どうして担当ではないんです？　と、カーニー夫人は質す。娘に契約を持ってきたのはあなたじゃありませんか。とにかく、あなたの担当でないのなら、わたしが担当します。わたしが引き受けることにします。

――フィッツパトリック氏に話してみることです、と、ホロハン氏ははっきり言った。

――フィッツパトリック氏にどうのこうのと言われても困ります、と、カーニー夫人は繰返す。こちらは契約をしたのですから、それを履行していただきます。

楽屋へ戻ったとき、夫人の頬はいささか紅潮していた。部屋はにぎやかだった。外出着の二人の男が暖炉を占領していて、ヒーリー嬢やバリトンと親しげに話している。

二人はフリーマンの記者とオマッドゥン・バーク氏だ。フリーマンの記者は、コンサートの始まる前に外へ出なければならないと言いに来たのだった。アメリカ人司祭が市長公邸で行う講演の記事を書かねばならないからだという。フリーマン社の自分宛《あて》に原稿を届けておいてくれれば、載るように手配すると言った。信頼できそうな声、慎重な物腰の、白髪《しらが》まじりの男である。火の消えた葉巻を手にして、葉巻の香りをただよわせる。コンサートだの出演者《アーティースト》だのにはほとほとうんざりしているので、一刻も早く立ち去るつもりでいたのに、まだ暖炉棚に寄りかかっていた。ヒーリー嬢が目の前に立ち、しゃべったり笑ったりしているからだ。彼女が愛想よくする理由は察しがつく年輩にはなっているものの、この機会を利してやろうとする気の若さはある。彼女の肉体の温《ぬく》みと芳香と色艶《いろつや》が五感を刺激した。見下ろす視線のもとでゆっくりと起伏する胸がこの今は自分のためにゆっくりと起伏している、笑いも芳香も媚《こ》びた眼差《まなざ》しも自分への貢物《みつぎもの》だ、と、彼は心地よく意識した。いよいよそこを出なければならなくなったとき、彼は残念そうに別れを告げた。

――オマッドゥン・バークが短評を書きますから、と、彼はホロハン氏に釈明した。わたしが載るように手配します。

――ありがとうございます、ヘンドリックさん、と、ホロハン氏は言った。載せてもらえるんですよね。ところで、出かける前にちょっとなにかお飲みになりませんか?
——いいですな、と、ヘンドリック氏。

二人の男はくねくね曲る廊下をいくつか行って、暗い階段を上り、隠れ部屋みたいな中へ入った。世話人の一人が数人の紳士のために瓶の栓を抜いている。こうした紳士の一人がオマッドゥン・バーク氏、二人より先にこの部屋を本能で見つけていたのだ。彼は人当りのよい初老の男で、その堂々たる体軀《たいく》を、静止するときには、大きな絹張りの蝙蝠傘《こうもりがさ》にもたせかけて安定させる。アイルランド西部風の誇大な名前は、彼のやりくり財政という微妙な問題を安定させる道義的な蝙蝠傘となっている。広く人望のある人物だ。

ホロハン氏がフリーマンの記者をもてなしているあいだ、カーニー夫人はものすごい勢いで夫にまくし立てていて、夫はとにかく声を低くするようにとなだめていた。楽屋のほかの面々の会話はぎこちなくなっていた。最初の出番のベル氏は楽譜を手に待ちかまえているが、伴奏者からなんの合図もない。明らかに、なにかまずいことになっている。カーニー氏はまっすぐ前方を見つめたまま顎髭《あごひげ》をなでまわし、カーニー夫人は押殺した声に力込めてキャスリーンの耳になにか言っていた。ホールから促す声や拍手や足を踏み鳴らす音が聞える。第一テノールとバリトンとヒーリー嬢は並んで立ち、心静かなふうに待っているが、ベル氏の神経はおおいに苛立った。自分が遅刻したと聴衆に思われるのではないかと心配になったのだ。

ホロハン氏とオマッドゥン・バーク氏が部屋に入ってきた。瞬時にして、ホロハン氏はこの場の静けさを察知した。すぐさまカーニー夫人に歩み寄り、懸命に話し始めた。二人が話しているあいだにも、ホールのざわめきは大きくなる。ホロハン氏は真っ赤になり興奮していた。しゃべりにしゃべりまくったが、カーニー夫人は合間合間にそっけなく言うだけだった。

――娘は出ません。娘に八ギニー払ってもらいます。

ホロハン氏は必死になってホールのほうを指さした。聴衆が拍手したり足を踏み鳴らしている。彼はカーニー氏に訴え、キャスリーンに訴えた。しかしカーニー氏は相変らず顎髭をなで回し、キャスリーンはうつむいて、真新しい靴の先を動かす。自分が悪いわけではない。カーニー夫人は繰返した。

――お金をもらえないなら娘は出ません。

舌をもつれんばかりの早口に一区切りつけて、ホロハン氏はひょこひょこあたふた出て行く。部屋はしーんとなった。沈黙の緊張がいささか息苦しくなってきて、ヒーリー嬢はバリトンに言った。

——パット・キャンベル夫人の舞台、今週ご覧になりました？

バリトンは、観《み》てはいないが名演ぶりは聞いていると言った。会話はそれきり絶えた。第一テノールはうつむきになり、下へ垂らした金鎖の輪を数え始め、にやつきながら思いつくままに旋律をハミングしては前頭洞《ぜんとうどう》のひびき具合を確かめている。ときどき、皆がちらっとカーニー夫人を見やった。

客席のざわめきが喧囂《けんごう》にまで高まったとき、フィッツパトリック氏が部屋へ飛び込んできた。そのあとからホロハン氏が、息を切らしてついてくる。ホールの拍手と足を踏み鳴らす音に、ときおり口笛が割り込む。フィッツパトリック氏は紙幣を数枚握っていた。四枚数えてカーニー夫人の手に渡し、あとの半分は休憩時間に渡すと言った。カーニー夫人は言った。

——これでは四シリング足りません。

しかしキャスリーンはスカートをたぐり寄せて、さあ、ベルさん、と、がくがくふるえている最初の出番の歌手に言った。歌手と伴奏者がいっしょに出て行く。ホールのざわめきはおさまった。数秒の間があってから、ピアノの音が聞えた。

コンサートの第一部は、マダム・グリンの出番以外、大成功だった。そのご婦人はキラーニーを歌ったのだが、哀れにもか細すぎるあえぐような声、抑揚も発音も時代遅れの気取りすぎで、当人はそれが自分の歌い方に優雅さを添えると信じ切っていた。まるで昔の舞台衣装部屋から甦《よみがえ》ったかのようで、ホールの安い席にはその甲高いむせび泣きの調子をからかうそぶりもあった。しかし、第一テノールとコントラルトは聴衆をうならせた。キャスリーンはアイルランドの曲を何曲か演奏し、おおいに喝采を受けた。第一部の締めくくりは、素人《しろうと》芝居の脚本を書く若い女性による感動的な愛国詩の朗読だった。これまた当然ながら喝采を受けた。それが終って休憩時間になったので、客はぞろぞろと満足げに外へ出た。

この間中、楽屋は蜂《はち》の巣を突《つつ》いたような騒ぎだった。片隅にはホロハン氏、フィッツパトリック氏、バーン女史、世話人二人、バリトン、バス、そしてオマッドゥン・バーク氏がいた。オマッドゥン・バーク氏は、人前でこんな恥さらしをやってのけるのは見たことがないと言った。こんなことがあってはキャスリーン・カーニー嬢の音楽キャリアもダブリンでは終りだと言った。バリトンは、カーニー夫人のふるまいをどう思うかと問われた。彼はなにも言いたがらない。自分の報酬は受け取っていたし、人ともめたくない。それでも、カーニー夫人が歌手《アーティースト》のことを考えてくれてもよいのではないかと言った。世話人と幹事たちは、休憩時間になったらどうしようかと熱っぽく相談した。

――わたしはバーンさんに賛成だ、と、オマッドゥン・バーク氏は言った。金を払う必要はない。

部屋のもう片隅には、カーニー夫人と夫、ベル氏、ヒーリー嬢、そして愛国詩を朗読することになっている若い女性がいた。カーニー夫人は、委員会に恥さらしの仕打ちをされたと言った。面倒も費用もいとわず尽したのに、こういうお返しをされたのですよ。

たかが小娘相手だと思っていて、だから粗末に扱ってかまわないと思っている。でもそんな考え違いを許しておくものですか。こっちが男ならこんな扱いをしないでしょうよ。でも娘の権利はちゃんと通してみせます。ばかにされてなるものですか。残りをすっかり払ってくれないならダブリン中に言いふらします。もちろん歌手《アーティースト》の方たちには悪いと思います。でもほかにどうしようもないでしょう？　彼女が第二テノールに訴えると、彼はよくない対応だと思うと言った。それからヒーリー嬢に訴えた。ヒーリー嬢はもう一方のグループに加わりたいのだが、そうもしかねる。キャスリーンとは大の仲良しだし、カーニー家には幾度も招待されたことがあるからだ。

第一部が終るとすぐ、フィッツパトリック氏とホロハン氏はカーニー夫人のところへ行き、残りの四ギニーは来週火曜日の委員会の会議後に支払うこと、カーニー嬢が

第二部に出ない場合、委員会は契約が破棄されたと見なし一切の支払をしないことを告げた。

——委員会なんて知りません、と、カーニー夫人は怒り狂う。娘は契約したんです。四ポンド八シリングきちんといただけないのなら、娘は一歩たりも舞台に立たせません。

——あなたには驚きました、カーニーさん、と、ホロハン氏は言った。こんな仕打ちをされるとは思ってもいなかった。

——なら、あなたの仕打ちはどうなの？　と、カーニー夫人は詰問《きつもん》した。

顔には怒りの色がみなぎり、今にも両手で誰かの喉《のど》もとにつかみかからんばかりの形相である。

——わたしは権利を要求しているのです、と、彼女は言った。

——少しは場所柄をわきまえてもいいでしょう、と、ホロハン氏は言った。

——あら、そうかしら？……でも娘にいつ払ってくださるかお尋ねすると、礼儀をわきまえたお返事がいただけませんわね。

彼女は頭をつんと上げ、居丈高な声色を使って言った。

——幹事に話すんですな。わたしの担当ではありません。わたしは偉いんでね、なんたらかんたら。

——品のある方だと思ってたよ、と言い捨てて、ホロハン氏はぷいっと歩み去った。

そのあと、カーニー夫人のふるまいは四方八方から非難の的となった。皆が皆、委員会の対応に賛同した。夫人は扉口に立ち、憤《いきどお》りに青ざめ、夫と娘を相手にまくしたて、身ぶり手ぶり激しく応酬していた。第二部の始まるまで待ち、幹事たちが歩み寄ってくるのを期待した。しかしヒーリー嬢が、けなげにも一、二曲の伴奏を引き受けていた。カーニー夫人は仕方なくわきへよけ、バリトンと伴奏者は舞台へ出て行く。夫人はなおも束《つか》の間《ま》、怒れる石像のごとく突っ立っていたが、歌の始まりが耳に入るや、娘の外套《がいとう》をひったくるように抱えて夫に言った。

——馬車を捕まえて！

夫はすぐさま外へ出た。カーニー夫人は娘を外套でくるむようにして、夫のあとを追う。戸口を出るとき、ふっと立ち止ってホロハン氏の顔を睨《ね》めつけた。

——あなたとはまだ終ってませんから、と、言った。

——でもわたしのほうでは終ってます、と、ホロハン氏は言った。

キャスリーンは従順に母親のあとに従う。ホロハン氏は熱《ほて》りを冷《さま》そうと部屋を行き来した。全身が火だるまになっているのを感じた。

――たいした女だよ！　と、彼は言った。ああ、たいした女だよ！

――きみは然《しか》るべきことをしたんだ、ホロハン、と、オマッドゥン・バーク氏が言い、蝙蝠傘に身をもたせかけて賛意を表した。

恩《おん》寵《ちょう》 Grace

⑭二輪馬車（アウトサイダー）

二人の紳士がそのとき便所に居合せていて男を助け起そうとしたが、男はどうにも動けない。転がり落ちた階段の下に丸くなったままである。二人は男をなんとか仰向けにした。帽子は二、三ヤード先に転がっていて、服は突っ伏していた床の汚物と汚水にまみれている。目を閉じたまま、豚の鳴声みたいに呼吸していた。血がうっすら一条《ひとすじ》、口の端からしたたり落ちた。

この二人の紳士とバーテンの一人が男を階段の上へ運び、酒場の床に再び横にした。二分後には、周りを男たちの輪が取り囲んだ。酒場の支配人がその一人一人に、この人は誰か、この人の連れはいないかと尋ねた。誰もこの男を知らなかったが、バーテンの一人がこの人に弱いラムを一杯出したと言った。

——一人だったか？　と、支配人が問う。

——いえ、支配人。二人の紳士といっしょでした。

——で、その人たちはどこだ？

誰も知らない。誰かの声が言った。

——風に当ててやれ。気絶したんだ。

見物人の輪がゴム輪みたいに広がって、また縮んだ。モザイク模様の床に寝そべる男の頭のそばに、黒い血の勲章ができていた。支配人は男の顔の血の気の失《う》せた蒼白《そうはく》に驚いて、巡査を呼びにやった。

カラーがゆるめられ、ネクタイがほどかれた。男は一瞬、目を開き、大きく息を吐き、また目を閉じた。男を上へ運んできた紳士の一人が、へこんだシルクハットを手にしている。支配人は幾度も、この怪我人《けがにん》をどなたも知りませんか、連れがどこへ行ったのか知りませんかと尋ねた。酒場の扉が開き、大男の巡査が入ってきた。巡査のあとを追って小路をやってきた野次馬が入口の外に群がり、扉のガラス窓から中を覗《のぞ》こうと躍起になっている。

支配人はすぐさま自分の知ることを話し始めた。巡査はもっさりした無表情の顔つきの若い男で、耳を傾けた。顔をゆっくりと右に左に向け、支配人から床の人物へ向け、まるでなにかの誑《たぶら》かしにはまるのを警戒しているふうだ。それから片方の手袋を脱ぎ、腰から手帳を取り出し、鉛筆の先をなめて、書き取りにかかる。疑《うたぐ》り深い田舎訛《なま》りで質《ただ》した。

――こいつはなにもんだ？　名前と住所は？

サイクリング服の青年が人だかりの輪を抜けて現れた。怪我人のそばに素早くひざまずき、水をと言った。巡査も膝《ひざ》をついて手を貸す。青年は怪我人の口から血をぬぐい取ってから、ブランデーを少しと注文した。巡査が権威筋の声で注文を繰返すと、バーテンがグラスを持って走り寄る。ブランデーが男の喉《のど》に流し込まれた。ものの数秒で、男は目を開き、まわりを見まわした。顔また顔の輪を見つめていき、ようやく理解して、立ち上ろうとする。

――もう大丈夫ですか？ と、サイクリング服の青年は尋ねた。

――もち、んでもない、と、怪我人は言い、立ち上ろうとする。手を借りて立ち上った。支配人は病院のことを言い、野次馬から助言も飛び出す。つぶれたシルクハットが男の頭にのせられた。巡査が訊《き》く。

――住所は？

男は返事をせずに、口髭《くちひげ》の先をひねり回す。この事故を軽んじていた。なんでもない、と、言った。ちょっとしたはずみよ。かなり呂律《ろれつ》が回らない。

――住所は？ と、巡査が繰返す。

男は馬車を呼んでくれと言った。押問答になっているところへ、長身で動きの素早い紳士、黄色の長外套《アルスター》を着た色白の紳士が、カウンターの端のほうからやって来た。この場を見るなり、大きな声で呼びかけた。

――やあ、トムじゃないか！ どうしたんです？

――じょぶ、んでもない、と、男は言った。

この新来者は目の前の嘆かわしき姿を一渡り見てから、巡査に向き直って言った。

――大丈夫、お巡《まわ》りさん。僕が家まで送るから。

巡査はヘルメット帽に手をやって答えた。

――分りました、パワーさん！

――さあ行こう、トム、と、パワー氏が友人の腕を取った。骨は折れてないよね？　歩ける？

サイクリング服の青年が男のもう一方の腕を取り、野次馬たちが道を空けた。

――どうしてこんなひどい目に遭ったんです？　と、パワー氏が尋ねた。

――階段から落ちたんです、と、青年が言った。

――あんたにゃ、んとに、わになりまして、と、怪我人が言った。

――いえいえそんな。

――んで、どうす、ちょっといっぱ……？

――ええ、また今度。

三人の男は酒場を出て、野次馬もぞろぞろと小路へと移動した。支配人は現場検証のために巡査を階段へ案内した。あの紳士は足を踏み外したということで二人は一致した。客たちはカウンターへ戻り、バーテンの一人が床の血の跡を拭《ふ》き取りにかかる。

三人がグラフトン通りへ出ると、パワー氏は口笛を吹いて二輪馬車《アウトサイダー》を呼び止めた。

怪我人がまたもや精一杯にしゃべりだす。

——あんたにゃ、んとに、わになりまして。またおわいしましょ。のめえは、カーナンっす。

ショックと痛みの始まりとで、多少は酔いがさめていた。

——いえいえそんな、と、若者は言った。

二人は握手した。カーナン氏は押し上げられて、パワー氏が馭者《ぎょしゃ》に道順を指示している間も、青年に礼を述べ、いっしょに一杯やれないのを残念がっていた。

——また今度、と、青年は言った。

馬車はウェストモアランド通りへ向った。底荷管理局を通り過ぎるとき、大時計は九時半を指していた。刺すような東風が河口から吹きつけてくる。カーナン氏は寒くてちぢこまった。友人は事の次第を話してほしいと求める。

——はんせねよ、と、男は言った。すた、切れた。

——見せて。

一方が座席の間の凹《くぼ》越しに身を乗り出してカーナン氏の口を覗き込むが、よく見えない。マッチを擦り、それを両手で囲いながら、カーナン氏が従順に開いた口をもう一度覗き込んだ。馬車の揺れ動くたびに、マッチは開いた口に近づいたり離れたりする。下の歯と歯茎に血糊《ちのり》がべっとりついていて、ちょっぴり舌を嚙《か》み切っている。マッチが吹き消された。

——これはひどいや、と、パワー氏は言った。

——じょぶ、んでもない、と、カーナン氏は言い、口を閉じて、汚れた上着のカラーをひっぱり直そうとする。

カーナン氏は販売外交員で、しかもこの職業の尊厳を信じる古いタイプだった。街へ出るときは必ず、見苦しからぬシルクハットをかぶってゲートルを巻く。この二つを身に着けてこそ一人前として通るというのが持論なのだ。己のナポレオンと仰ぐ偉大なるブラックホワイトの流儀を踏襲し、ときおりその人物を追憶しては伝説を思い模倣を試みる。近年の商い方式でこの男が妥協できたのは、せいぜいクロウ通りに小さな事務所をかまえて、窓のブラインドに商会名とロンドンECとだけ所在地を示す文字を出していることだけだった。この小さな事務所の暖炉棚には鉛色のキャニスターの小連隊が整列し、窓際《まどぎわ》のテーブルには陶器の器が四つ五つ置かれ、たいてい黒い液体が半分ほど入っている。これらの器からカーナン氏は紅茶の味見をする。一口ふくんで、吸い上げ、口蓋《こうがい》に染《し》みこませ、それから暖炉の中へ吐き出す。それから一休止おいて判定を下す。

パワー氏はずっと年下の男で、ダブリン城の王立アイルランド警備隊本部に勤務している。その社会的地位の上昇曲線は友人の下降曲線と交差するが、カーナン氏の下降は、成功の絶頂期にあった頃を知る友人の幾人かが今なお一廉《ひとかど》の人物として尊敬しているという事実によって、緩和されていた。パワー氏はそういう友人の一人である。その不可解な負目《おいめ》は仲間内の笑い種《ぐさ》になっている。人の好い若者だ。

馬車はグラスネヴィン通りの小さな家の前で止り、カーナン氏は手を借りながら家へ入った。妻が夫をベッドに寝かせている間、パワー氏は階下のキッチンの椅子《いす》に掛け、子供たちにどこの学校へ行ってるか、どんな教科書を習ってるかなどと尋ねていた。子供たち――女の子二人と男の子一人――この子らが父親の正体不明と母親の居合せないのをいいことに、この客相手にはちゃめちゃな騒ぎをやらかし始めた。子供らの行儀の悪さとひどい訛りに驚いて、パワー氏の眉《まゆ》は曇った。しばらくしてカーナン夫人がキッチンに入ってくるなり、どなるように言った。

――なんて態《ざま》！　どうせそのうち身を滅ぼすわよ、そう思うしかないわね。金曜日から飲みっぱなしなんだから。

パワー氏は念のために、自分がいっしょだったわけではなくて、たまたま偶然その場に出くわしたと説明した。カーナン夫人は、パワー氏に幾度も夫婦喧嘩《げんか》をおさめてもらったり、少額とはいえ急場をしのぐ融通をしてもらったりしたことを思い出しながら言った。

——あら、そんなこと言わなくても、パワーさん。あなたがうちの人の友達ってことは分ってる、よくつるんでるほかの人たちとは違うもの。あの人たちなんか、うちの人がお金持ってりゃいいわけよ、妻と家族はほったらかしでもね。いい友達ばっかし！　今夜は誰といっしょ、知ってる？

パワー氏は首をふり、なにも言わなかった。

——悪いわね、と、夫人はつづける。うちにはお出しするものがなくて。でもちょっと待ってくれたら、角のフォガーティの店へ使いにやるんだけど。

パワー氏は立ち上った。

——お金を持って帰ってくるのを待ってたのにさ。家庭があるなんてこと、てんで頭にないんでしょうよ。

——まあまあ、奥さん、と、パワー氏は言った。みんなで一念発起させますよ。マーティンに話してみます。打ってつけの人です。ちかく夜にでもいっしょにおじゃまして、相談しましょう。

夫人は戸口へ見送りに出た。馭者が足を踏み鳴らして歩道を行き来して、腕をふり回しながら躰《からだ》を温めていた。

——わざわざ送ってくれてほんとにすみません、と、夫人は言った。

——いえいえ、と、パワー氏は言った。

馬車に乗る。馬車が動き出すとき、夫人に向って快活に帽子を上げた。

——別人にしてみせます、と、言った。おやすみなさい、奥さん。

＊　　＊　　＊

カーナン夫人の困惑した目が馬車の見えなくなるまで見送った。それから視線を戻し、家に入り、夫のポケットをどれもこれも空にした。

活動的で、事をてきぱきこなす中年の女である。銀婚式の祝いにパワー氏の伴奏で夫とワルツを踊って夫との仲を若返らせてから、まだそんなに経《た》っていない。求婚された頃、カーナン氏はなかなか女に優しい人物に見えた。夫人は今でも結婚式があると聞くと必ず教会の前へ駆けつけては、新郎新婦の姿を目にしながらその頃を生き生きと楽しく思い出す。サンディマウントの海の星教会から、晴れやかな太った男の腕にもたれつつ外へ出て、その夫はフロックコートに藤色《ふじいろ》のズボンという粋《いき》な礼装、もう一方の腕にシルクハットを優雅にのっけていた。三週間後、妻たる生活は退屈なものだと知り、さらにその後、それが耐えがたいものだと知り始めたとき、母親になった。母親の役割は打勝ちがたい困難を一つとして突きつけることはなく、二十五年間、夫のために賢く家を切り盛りしてきた。上の二人の息子は、それぞれ独り立ちしている。一人はグラスゴウの服地屋に雇われ、もう一人はベルファーストの茶商人の店で働いている。どっちもいい息子で、きちんきちんと手紙をよこすし、ときには仕送りもしてくれる。ほかの子供たちはまだ小学校だ。

カーナン氏は翌日、事務所に言づけを書いて持たせ、ベッドに臥《ふ》せっていた。夫人は夫にビーフティーを作り、夫を手きびしく咎《とが》めた。夫の度重なる飲み過ぎをその日その日の空模様みたいにあきらめていて、二日酔いのときはいつもかいがいしく面倒を見て、必ず朝食を取らせるようにする。もっとひどい夫だっている。男の子たちが大きくなってからは決して暴れなくなったし、少しばかりの注文を取るのにトマス通りのはずれまで歩いて往復するのも知っている。

二晩過ぎてから、友人たちが訪ねてきた。夫人は、むっと体臭のこもる二階の寝室へ案内し、暖炉のそばに椅子をそろえた。カーナン氏の舌は、日中はときおりずきんと痛みが走っていらいらしたが、だいぶおとなしくなっていた。重ねた枕《まくら》に寄りかかってベッドに身を起し、頰のむくみに小さな赤みがさして暖かな燃え殻のようにも見える。客たちに部屋の乱雑ぶりを詫《わ》びたが、同時にまたちょっぴり威張ったふうに、先輩の誇りをもって友人たちを見た。

この友人たち、つまりカニンガム氏とマッコイ氏とパワー氏がカーナン夫人に客間で明かした計略にはまろうとしていることなど、本人はまるで気づいていない。これを思いついたのはパワー氏だが、作戦展開はカニンガム氏に一任された。カーナン氏はプロテスタントの出で、結婚と同時にカトリックに改宗したけれども、この二十年間、教会の敷地に足を踏み入れたことはない。そのうえ、カトリック教を酷評するのが好きときている。

カニンガム氏こそ、こういう場合に打ってつけの男だった。パワー氏の年長の同僚である。自身の家庭生活はあまり幸せではない。人びとはおおいに同情していた。結婚した相手が人前に出せるような女ではなく、救いがたい酒びたりだということが知られていたからだ。妻のために六度も家を構えた。そしてそのたびに、妻は家具調度を夫名義で質に入れた。

気の毒なマーティン・カニンガムを誰もが尊敬している。良識抜群の人物で、顔も利《き》くし、頭もいい。その人間洞察の刃《やいば》、生来の鋭敏さは、警察裁判所でもろもろの事件に長いこと関わってきたことで鍛えられ、世俗哲学の水にときおり浸されることで焼き戻されていた。なんでもよく知っていた。友人たちはこの男の意見に脱帽し、顔がシェイクスピアそっくりだと思っていた。

計画を打ち明けられると、カーナン夫人は言った。

——全部おまかせします、カニンガムさん。

結婚して四半世紀、夫人にはほとんど幻想すら残っていない。宗教は夫人にとって一つの習慣となっていて、夫の歳《とし》になった男は死ぬまでさほど変りはしまいと考えている。夫の事故も妙に当然と見なしたくすらなった。ひねくれた女だと思われてもかまわなかったなら、カーナン氏の舌が短くなったところでどうってことないと客たちに言いかねないところだった。しかしカニンガム氏は有能な人だし、宗教は宗教だ。この計画は効果があるかもしれない。少なくとも、害にはなるまい。夫人の信心は過度なものではなかった。聖心をカトリックのあらゆる祈禱《きとう》の中で最も広く霊験あらたかなものとして堅く信じ、秘蹟《ひせき》を認めていた。信仰心は家事の域を出ないものではあったが、いざとなれば、バンシーでも精霊でも信じることができるのだった。

男たちは事故の話を始めた。カニンガム氏が、同じようなことがあったのを知っていると話す。七十歳の男が癲癇《てんかん》の発作で舌を嚙み切ったが、舌の肉がまた盛り上って、傷跡も見えなくなった。

――おいおい、おれは七十じゃないぞ、と、病人が言った。

――そりゃそうだ、と、カニンガム氏。

――もう痛みはないのかい？　と、マッコイ氏が問う。

マッコイ氏は、一時はいくらか名の知られたテノール歌手だった。妻はソプラノ歌手だったが、今は安い謝礼で小さな子供たちにピアノを教えている。マッコイ氏の人生の軌道は二点間の最短距離ではなかった。短い期間ながら、やりくり算段のその日暮しに追い込まれたことも何度かあった。ミッドランド鉄道の事務員、アイリッシュ・タイムズとフリーマンズ・ジャーナルの広告取り、石炭会社の歩合制契約のセールスマン、興信所職員、州副執行官事務所の書記などをへて、最近、市の検屍官《けんしかん》の秘書になったばかりである。この新しい職務からカーナン氏の一件に職業的関心を抱いていた。

――痛み？　たいしたことない、と、カーナン氏は答えた。だけどむかむかする。吐きたいみたいな感じだ。

――飲み過ぎだ、と、カニンガム氏がきっぱり言った。

――いや、と、カーナン氏は言った。馬車で風邪を引いたんだろう。なんかこう喉《のど》に上ってくるんだ、痰《たん》かなんか――。

――粘膜分泌《ぶんぴつ》、と、マッコイ氏が言う。

――奥から上ってくるんだよ、むかむかするものが。

――うんうん、と、マッコイ氏。そこは胸腔《きょうくう》だ。

そして挑むようにカニンガム氏とパワー氏を同時に見た。カニンガム氏が素早くうなずき、パワー氏が言った。

――なあに、終りよければすべてよし。

――おまえさんにはすっかり世話になっちゃって、と、病人は言った。

パワー氏は手をふる。

――二人いっしょだったんだけど……。

――誰といっしょだったんだ？　と、カニンガム氏。

――野郎が一人。名前は知らん。ちくしょう、なんて名だったか。ちんこいやつで髪の毛が砂色の……。

――で、ほかに？

――ハーフォード。

――ふん、と、カニンガム氏。

カニンガム氏のこの一言で、皆が黙った。発語者が秘密の情報源を把握しているのは周知の事実だからだ。この場合、ふんの一語には教訓的な意図がこめられていた。ハーフォード氏は、ときどきちょいとした分遣隊を組織する。日曜日の正午を回るとすぐに市《まち》を出てできるだけ早く近郊の酒場へ到着し、そこで真正《ボナフィーデ》旅行者として合法的に酒にありつくという寸法だ。とはいえその旅行者仲間とて、この男の素性に目をつぶることはしなかった。もとはといえば労働者相手に小金を高利で貸すいかがわしい金貸しだった。のちに、でっぷり太った小男紳士、ゴールドバーグ氏の片腕となって、リフィー融資銀行におさまった。本人としてはユダヤ人の倫理規範を信奉しているにすぎないのだけれども、同じカトリック教徒の面々は、本人からにせよ代理人からにせよ手荒い取立てをされて痛い目にあうたびに、あいつはアイルランド生れのユダヤ人だの文盲だのとこきおろし、高利貸しの天罰が白痴の息子となって現れたと言っていた。ところがそうでないときには、なかなかいい男だということになる。

――あいつどこへ行っちゃったのか、と、カーナン氏は言った。

事の仔細《しさい》を曖昧《あいまい》にしておきたかったのだ。なにか行き違いがあって、ハーフォード氏と自分がはぐれたというふうに、友人たちに思わせたかった。友人たちはハーフォード氏の酒癖をよくよく知っているので、なにも言わない。パワー氏が再び言った。
——終りよければすべてよし。
——カーナン氏がすぐさま話題を変えた。
——あれは親切な若者だったな、あの医学生さ、と、言った。あの男がいなかったら
……。
——そうさ、あの男がいなかったら、と、パワー氏が言った。七日間の拘留になって
たかもしれない、罰金の選択肢なしで。
——うんうん、と言って、カーナン氏は思い出そうとする。ああ思い出した、巡査が
一人いた。親切な若者のようだったな。そもそもどうしてあんなことになったんだ？
——深酒《ふかざけ》ったってやつさ、トム、と、カニンガム氏がしかつめらしく言った。
——口頭真理《こうとうしんり》か、と、カーナン氏が同じくらいしかつめらしく言った。
——巡査に握らせたんだろ、ジャック、と、マッコイ氏が言った。
パワー氏は洗礼名で呼ばれたのが気に入らない。堅苦しい男ではないのだけれど、
マッコイ氏がついこのあいだ、マッコイ夫人のありもしない地方公演のためと称して、
旅行鞄《かばん》やトランクを駆り集めるのに奔走していたのを忘れていないからだ。自分がひ
っかかったのが癪《しゃく》である以上に、そういう下劣な手口が癪だった。それゆえ、あたか

もカーナン氏にそう問われたかのように問い掛けに応じた。

話を聞いてカーナン氏は憤慨した。市民意識の激しい男で、市とは互いに名誉を重んじつつ生活したいと願っているので、自分が田吾作どもと呼んでいる輩《やから》から無礼をはたらかれたのが癪だった。

――そんなことのためにおれらは税金払ってんのか？　と、言った。あの手の無学な田舎っぺどもを食わせてやって、服をあてがうために……。しかもあいつらはそれ以外の何者でもない。

カニンガム氏が高笑いをした。この男がダブリン城の役人であるのは勤務時間中だけなのだ。

――それ以外の何者にもなれないだろうが、トム？　と、言った。

それからひどい田舎訛《なま》りを真似《まね》て、命令口調で言う。

――六十五番、キャベツを受けれえ！

皆、げらげら笑う。マッコイ氏は、どんな入口からでも会話に入りたいものだから、この話を聞いたことがないというふりをした。カニンガム氏が言った。

――つまりだな――噂《うわさ》だけれど――ああいう図体《ずうたい》のばかでっかい田舎者を、鈍作《のろさく》どもをだな、訓練する収容所での話さ。巡査部長が連中を壁際《かべぎわ》へずらっと一列に並ばせて、めいめいに皿を持たせるんだ。

おもしろおかしく身ぶりをまじえて説明にかかった。

——飯時にやるのさ。巡査部長の目の前のテーブルには、キャベツの入ったばかでかい器と、シャベルみたいにばかでかいスプーンがある。そのキャベツのかたまりをスプーンにのっけて、そっちへぽーんと放ってやると、連中は躍起になって皿で受けとめなくちゃならん。六十五番、キャベツを受けれえ。

皆、またもげらげら笑う。しかしカーナン氏だけはまだ憤慨がおさまらない。新聞に投書してやるなどと息巻く。

——田舎出の野暮天《ヤフー》どもめが、と、言った。あいつらはお上風《かみかぜ》を吹かせて当り前って気だ。あんたなら分るよな、マーティン、あいつらがどういうたぐいか。

カニンガム氏は条件付きの同意を示した。

——世間はなんでもそんなものだな、と、言った。悪いのに当ることもあれば、いいのに当ることもある。

——ああ、そうだな、いいのに当ることもある、そのとおり、と、カーナン氏は納得した。

——楯突《たてつ》かないほうが得よ、と、マッコイ氏。おれはそういう持論！

カーナン夫人が部屋に入ってくると、テーブルに盆を置いて言った。

——さあ、皆さんで。

パワー氏が主宰役を務めようと立ち上り、夫人に椅子《いす》をすすめる。下で火熨斗《ひのし》掛けをしているからと言って夫人はそれを断り、パワー氏の後ろにいるカニンガム氏とうなずき合ってから、部屋を出ようとする。夫が呼びかけた。

——おいおい、おれにはなにもないのかい？

——まあ、あんたに！　ビンタでもあげようか！　と、カーナン夫人がぴしゃりと言った。

夫が追いすがるように呼びかける。

——哀れな旦那《だんな》になにもなしかいな！

そのおどけた顔と声に一同が和気藹々《あいあい》となる中、スタウトの瓶が配られた。

客たちはめいめいにグラスを傾け、再びテーブルにグラスを置き、一息入れた。それからカニンガム氏がパワー氏のほうを向き、なにげなく言った。

——木曜日の晩だっけな、ジャック？

——木曜日、ええ、と、パワー氏。

——よし！　と、カニンガム氏が即座に言う。

——マッコーリーの店で落合おう、と、マッコイ氏が言った。あそこがいちばん都合がいい。

——だけど遅れるわけにいかないな、と、パワー氏が真顔で言う。きっと入りきれないくらいに混むから。

——七時半に落合えばいいさ、と、マッコイ氏。

——よし！ と、カニンガム氏が言った。七時半、マッコーリーの店で決り！

短い沈黙があった。カーナン氏は友人たちの内緒事を打ち明けられるのを待った。それから問う。

——なんの話だい？

——ああ、なんでもない、と、カニンガム氏。木曜日のちょっとした打ち合せさ。

——オペラか？ と、カーナン氏。

——いやいや、と、カニンガム氏は言葉を濁す。ちょっとした……宗教心に関わることだな。

——ほう、と、カーナン氏。

再び沈黙があった。それからパワー氏が、ずばりと言った。

——実を言うと、トム、みんなで静修をしようということになって。

――うん、それなんだ、と、カニンガム氏が言った。ジャックとわたしと、このマッコイと――皆で禊《みそぎ》をしようというわけだ。

ごく衒《てら》いなく力をこめてこの古風な語を発し、自分のその声に勢いづけられて続けた。

――つまり、われわれはそろいもそろってごろつき仲間だと認めるべきなのだよ、どいつもこいつもそうなんだと。そう、どいつもこいつも、と、ぶっきらぼうな思いやりをこめて言い足して、パワー氏のほうを向く。さあ、白状しろ！

――白状します、と、パワー氏。

――おれも白状する、と、マッコイ氏。

――というわけで、われわれはいっしょに禊をすることになった、と、カニンガム氏。

ふと、なにか思いついたようなそぶりになる。急に病人のほうへ向き直って言った。

――おい、トム、なにを思いついたか分るかい？　おまえさんも加われば四人組踊《リール》りになる。

――それはいい、と、パワー氏が言った。四人いっしょに。

カーナン氏は無言だった。この提案はほとんどなんの意味ももたらしはしないのだけれど、しかし宗教心に関わる働きかけがなにやらわが身に及びそうなのを察知したので、体面を保つには頑固を通さねばならないと考えたのである。しばらくのあいだ会話に加わらず、静かな敵意を含んだ様子で、友人たちがイエズス会のことを談ずるのを聞いていた。

——おれはイエズス会をそんなに悪く思わないな、と、ついに口を差しはさむ。あれは教育のある修道会だ。善意もあると思うし。

——教会の中でも最高の修道会だよ、トム、と、カニンガム氏が熱っぽく言った。イエズス会の総会長は教皇の次の位だ。

——間違いないね、と、マッコイ氏が言った。なにかうまく事を運んで五月蠅《うるさ》いことにならないようにしたいなら、イエズス会士のところへ行くこった。あの坊さんらは影響力がある。おれの知ってるいい例が……。

——イエズス会は立派な団体さ、と、パワー氏が言った。

——一つ不思議なところがあるんだ、と、カニンガム氏が言った。イエズス会というのは。ほかの修道会はなにかかにか改革しなければならないときがあったが、イエズス会は一度として改革されたことがない。堕落のあったためしがない。

——そうなのかい？　と、マッコイ氏が問う。

——そうだとも、と、カニンガム氏。これまでずっとそうだ。

――教会もそうですよ、と、パワー氏が言った。会衆もそうだし。

――イエズス会は上流階級に受けがいいんだ、と、マッコイ氏。

――そのとおり、と、パワー氏。

――そうなんだ、と、カーナン氏が言った。だからおれは嫌いじゃない。ただ、在俗司祭のなかには無知で威張りまくるのがいて……。

――皆善人だよ、と、カニンガム氏が言った。どの人間もそれなりにな。アイルランドの司祭は世界中で敬われている。

――まったくそう、と、パワー氏。

――欧州《コンチネント》の司祭とは違うっての、と、マッコイ氏。なかには司祭の名にふさわしくないのもいるからな。

――あんたの言うとおりかもしれん、と、カーナン氏の態度が和らぐ。

――もちろんだとも、と、カニンガム氏が言った。この歳《とし》になるまで世の中の表も裏もたいていは見てきたから、人を見る目がないわけじゃない。

客たちはまたグラスを傾けた。一人が飲むと、それに倣《なら》って一人が飲む。カーナン氏は心の内でなにか思いめぐらせているふうだった。感じ入ったのである。もともとカニンガム氏のことを、人を見る目があり人の顔を読み取ることもできる人物として高く買っている。詳しいことを知りたいと言った。

——ああ、ただの静修さ、と、カニンガム氏は言った。パードン神父がやってくれる。

パワー氏が誘い込む。商売人向けだがね。

——そんなに厳しいことは言わないよ、トム、と、病人が言った。

——パードン神父？　パードン神父だって？　と、カニンガム氏がきっぱり言った。

——ああ、知ってるはずだ、トム、と、カニンガム氏がきっぱり言った。至極愉快な男！　われわれ同様、世間臭のある男だ。

——そうか……うん。知ってると思う。赤ら顔の、背の高い。

——その男だ。

——で、どうなんだい、マーティン……説教がうまいのか？

——んーん……本式の説教というのじゃない。ざっくばらんな談話というところだな、常識の線に沿った。

カーナン氏は考え込んでいた。マッコイ氏が言う。

——トム・バーク神父、あれはよかったぜ！

——そう、トム・バーク神父は、と、カニンガム氏。なにせ生れながらの雄弁家だった。あの人の説教を聞いたことがあるかい、トム？

——聞いたことがあるかだと！　と、病人が苛《いら》ついたように言った。あるとも！　おれが聞いたのは……。

——だが、神学者としてはたいしたことなかったという噂だ、と、カニンガム氏が言った。

——そうなのかい？　と、マッコイ氏。

——いや、べつにそれがどうってことでもない。ただ、まともな正統派の説教ではなかったこともあるそうだ。

——ああ！……とにかくほれぼれする人物だった、と、マッコイ氏。

——おれが一度聞いたのは、と、カーナン氏が続けた。話の題目はど忘れした。クロフトンとおれは後ろのほうの……ほら、平土間《ピット》……あの……。

——身廊《しんろう》、と、カニンガム氏。

——うん、入ってすぐの後ろの席にいた。なんだっけ、ど忘れした……あ、そうだ、教皇、前の教皇のことだった。よく憶《おぼ》えている。誓って言うが、見事だった、あの雄弁ぶりは。それに、声が！　まったく！　声がいいのなんの！　ヴァチカンの虜囚《りょしゅう》、教皇のことをそう言った。思い出したよ、教会を出ながらクロフトンがおれに言うには……。

――でも、オレンジ党員でしょ、クロフトンは？　と、パワー氏が言った。

――そのとおりさ、と、カーナン氏は言った。それもべらぼうまっとうなオレンジ党員だ。おれたちはムーア通りのバトラーで一杯やったんだが、おれは心《しん》から感動したよ、まったく正直な話――あいつの言葉はそのまま憶えてる。カーナン、と言った、おれたちは別々の祭壇で礼拝する、と言った、しかしおれたちの信仰は一つだ。実にうまい表現だと感心したよ。

――意味深長だなあ、と、パワー氏が言った。トム神父が説教する礼拝堂には、必ずプロテスタントも大勢来ていたから。

――どっちにしてもたいして違いはないさ、と、マッコイ氏が言った。おたがいに信じている――。

一瞬、言いよどむ。

――……贖《あがな》い主を。ただ、あちらさんは教皇と神の母を信じない。

――しかしもちろんだが、と、カニンガム氏が静かに、かつ効果的に言った。われわれの宗教こそ、宗教だ。古くからの、根源的な信仰だ。

――そうだとも、と、カーナン氏が熱をこめて言った。

カーナン夫人が寝室へ来て告げる。

――お客さんよ！

――誰だい？

――フォガーティさん。

――やあ、入れ！　入れ！

青白い卵形の顔が光の中へ進み出た。蔦《つた》のように這《は》う金色の口髭《くちひげ》のアーチが、剽軽《ひようきん》にきょとんとした目の上に弧を描く金色の眉毛《まゆげ》にも同じように現れた。フォガーティ氏は地味な食料品店を営んでいる。市内で酒屋を営んでいたのだが失敗した。金繰りに困って二流のウィスキー製造業者やビール製造業者と手を組まざるをえなくなったからである。そこでグラスネヴィン街に小さな店を構えた。物腰柔らかな客扱いでその界隈《かいわい》の主婦たちに取り入ろうというつもりでいた。そこそこ品があるし、子供らにも愛想がよく、端正なしゃべり方をする。教養もなくはない。

フォガーティ氏は手みやげを携えてきた。半パイント瓶の特上ウィスキー。カーナン氏に慇懃《いんぎん》な見舞いを言い、手みやげをテーブルに置き、対等の格で仲間のとなりに腰をおろす。カーナン氏は自分とフォガーティ氏との間に少額ながら未決済の食料品代があるのを知っているので、なおさらこの手みやげをありがたく思った。そして言った。

——さすがあんただな。抜いてくれないか、ジャック？

パワー氏が、また主宰役を務める。グラスが底まで啜《すす》られて、ウィスキーが五人に少量ずつ注ぎ分けられた。この新たな影響力が会話を活気づけた。フォガーティ氏は、狭い椅子に腰をおろして、ことさら関心を示す。

——教皇レオ十三世は、と、カニンガム氏が言う。時代の光たる傑物の一人だった。その大いなる理想はだね、ローマカトリック教会とギリシア教会の結合だった。それが生涯の目標だった。

——よく聞かされたなあ、ヨーロッパ最高の知識人の一人だって、と、パワー氏が言った。つまり、教皇であることは別にしても。

——たしかにそうだった、と、カニンガム氏が言う。唯一《ゆいいつ》最高のとは言わないまでも。教皇としての標語は、うん、ルクス・アポン・ルクス——光を照らす光だった。

——いやいや、と、フォガーティ氏が乗りだす。それは違うだろう。ルクス・イン・テネブリスだったと思う——闇《やみ》の中の光だ。

——そうそう、と、マッコイ氏。テネブラエ。

——自説を通すがね、と、カニンガム氏が確乎《かっこ》として言う。ルクス・アポン・ルクス。そして前任者のピウス九世の標語はクルクス・アポン・クルクスだった——つまり、十字架上の十字架――両教皇の時代の違いを表している。

この説は通った。カニンガム氏は続けた。

――教皇レオはだね、たいへんな学者だったし詩人でもあった。――毅然《きぜん》たる風貌《ふうぼう》だったな、と、カーナン氏。

――そう、と、カニンガム氏。そしてラテン語の詩を書いている。

――本物か？　と、フォガーティ氏。

マッコイ氏は満足げにウィスキーを味わい、首をふって二重の意思表示をしながら言った。

――本物だね、いやまったく。

――それは習わなかったね、トム、と、パワー氏が言い、マッコイ氏に倣って首をふる。週一ペニー学校へ通ってた頃には。

――泥炭小脇《こわき》に週一ペニー学校へ通いし偉人数多《あまた》ありき、と、カーナン氏が警句ふうに言った。昔の制度が一番よかったんだ、愚直なくらいの教育が。今どきの上っ面《つら》ばかし……。

――そのとおり、と、パワー氏。

――要らんよ、過剰庇護《ひご》は、と、フォガーティ氏が言った。

過剰庇護と言い放ち、それからしかつめらしい顔で飲む。

――なにかで読んだが、と、カニンガム氏が言った。教皇レオの詩に写真の発明についての一篇があるそうだ、もちろんラテン語の。

――写真だと！　と、カーナン氏が声をあげる。

――そうだ、と、カニンガム氏。

そう言ってグラスに口をつける。

――なるほどね、と、マッコイ氏が言った。写真とはすばらしいよ、考えてみれば。

――うん、まったく、と、パワー氏。偉大な精神はものを見る目がある。

――詩人が言ってるがね、偉大なる精神は狂気に近し、と、フォガーティ氏。

カーナン氏はなにか頭がこんぐらかっているらしかった。プロテスタント神学のなにやら厄介な問題点を思い起そうとして、結局、カニンガム氏に問いかける。

――教えてくれないか、マーティン、と、言った。教皇のなかには――もちろん、今の教皇でもなく、前の教皇でもなく、昔の教皇のなかには――かならずしも……その……文句なしとは言えないのがいたんじゃないか？

沈黙があった。カニンガム氏が口をひらく。

――ああ、むろんひどいのもいたさ……しかし驚くのはこうだ。つまり誰一人として、どんな飲んだくれであれ、たとえ度し難いような……根っからの悪党でも、誰一人として聖座《エクス・カテドラ》から説教をするとなれば一言たりとも誤った教義を説きはしなかった。これは驚くべきことじゃないかね？

——なるほど、と、カーナン氏。

——うん、なぜなら教皇が聖座《エクス・カテドラ》から話すときは、と、フォガーティ氏が説明する。教皇は無謬《むびゅう》だからだ。

——そう、と、カニンガム氏。

——ああ、教皇の無謬性なら知ってる。まだまだ子供の頃だったなあ……それとも、あれは——？

フォガーティ氏がさえぎった。瓶を取り上げて、もうちょっぴりずつ注ぐ。マッコイ氏は、行き渡るほどないのを見て取り、まだ一杯目が残ってるからと言った。ほかの三人は、いやいやと言いつつ受ける。ウィスキーがグラスに落ちる軽やかなひびきが快い間奏曲となった。

——さっきはなにを言おうとしたんだい、トム？　と、マッコイ氏が問う。

——教皇の無謬性、と、カニンガム氏が言った。それは教会の全歴史で最大のひとこまだった。

――どうして、マーティン？　と、パワー氏が問う。

カニンガム氏は二本の太い指を立てた。

――枢機卿会《すうききょう》でだね、枢機卿、大司教、司教といった面々の集った会議でだ、ほかの全員が賛成したのに反対の立場を貫いた者が二人いた。この二人がいなければ全会一致だったのだよ。ところが否《いな》！　二人は断乎承知しなかった！

――へえ！　と、マッコイ氏。

――一人はドイツ人の枢機卿で名前はドリング……いや、ダウリング……いや……。

――ダウリングならドイツ人じゃないや、五人一致、と言って、パワー氏が笑い出す。

――とにかくその偉いドイツ人の枢機卿が、名前はともかく、その一人だった。そしてもう一人はジョン・マッケイル。

――なに？　と、カーナン氏が大きな声になった。それはテューアムのジョンか？

――それは確かかね？　と、フォガーティ氏が疑わしげに訊《き》く。イタリア人かアメリカ人だと思っていたよ。

――テューアムのジョン、と、カニンガム氏が念を押す。あの男さ。

そう言ってグラスに口をつけ、ほかの男たちもそれに倣《なら》う。それから続けて言った。

――議論がおっ始まった。世界中から集った枢機卿や司教や大司教とこの二人が喧々《けんけん》囂々やりあって、ついに教皇自らが立ち上り、聖座から無謬性を教会の教義と宣言した。まさにその瞬間、ジョン・マッケイルは、さんざっぱら異議を唱えていたのに、立ち上るや獅子《しし》の嘯《うそぶ》くかのごとく叫んだ。クレドー！

──われ信ず！　と、フォガーティ氏が言った。

──クレドー！　と、カニンガム氏。それがあの男の信仰を示している。教皇が口をひらいたとたんに服従した。

──で、ダウリングは？　と、マッコイ氏。

──ドイツ人の枢機卿は服従しなかった。教会を去ったよ。

カニンガム氏の言葉は、聞く者たちの心に教会の巨大なイメージを築き上げた。太いしわがれ声が信仰と服従という言葉を発すると、それでも一同は心昂《たか》ぶっていた。カーナン夫人が手をふきふき部屋へ入ってくると、厳粛な一座に加わる。沈黙を乱さないようにして、ベッドの足もとの柵《さく》に寄り掛った。

──おれはジョン・マッケイルを一度見たことがある、と、カーナン氏が言った。一生忘れやしまい。

妻のほうを向いて、確認を求めた。

──おまえによく話したろ？

カーナン夫人はうなずいた。

――サー・ジョン・グレイの銅像の除幕式のときだった。エドマンド・ドワイア・グレイが演説をぶって、べらべらしゃべりまくってたが、そこにあの老人がいた。気むずかしそうな老人で、もじゃもじゃした眉の下からあいつを見てたよ。

カーナン氏は眉を寄せて、怒った牡牛みたいに頭を下げながら妻を睨《ね》めつける。

――てへっ！　と、一声発してから、当り前の顔に戻った。人間の顔にあんな目がついているのは見たことがないっての。こう言ってるような目だったぜ。おまえの腹の内はお見通しよ、若造ってな。鷹《たか》みたいな目だった。

――グレイ一族には碌《ろく》なのがいないから、と、パワー氏が言った。

再び沈黙になる。パワー氏がカーナン夫人のほうを向き、急に朗らかな口調で言った。

――あのね、カーナンさん、僕らはご主人におおいに敬虔《けいけん》深き、神を怖《おそ》れるローマカトリック教徒になってもらおうとしてるんです。

この全員でという具合に腕をぐるっと回した。

――みんなでいっしょに静修をして罪を告白するんです――ほんと、みんな本気でそのつもりです。

——おれはかまわない、と、カーナン氏はちょっぴり落着かなげに笑む。

カーナン夫人は安堵《あんど》を隠したほうが賢明と思った。だから言った。

——司祭様もお気の毒、あんたの話を聞かなくちゃならないなんて。

カーナン氏の表情が変った。

——聞きたくないんなら、と、ぶっきらぼうに言う。向うさんは……好きにすればいい。こっちは哀れな身の上話をちょいとするだけだ。おれはべつにそう悪い人間じゃないし……。

カニンガム氏がすぐさま割って入る。

——みんなで悪魔と縁を切ろう、と、言った。みんなでいっしょにだ、悪魔の所業と栄華を忘れちゃいけない。

——引っこんでろ、サタン！　と言って、フォガーティ氏が高笑いをして一同を見やる。

パワー氏はなにも言わない。自分がすっかり出し抜かれてしまった気がした。それでも嬉《うれ》しげな表情が顔にちらつく。

——こっちのすることはただ、と、カニンガム氏は言った。火を点《とも》した蠟燭《ろうそく》を両手に持って立ち上り、洗礼の誓いを新たにやり直すだけだ。

いけど。

——そうだ、蠟燭を忘れるなよ、トム、と、マッコイ氏が言った。なにを忘れてもい
——なんだって？ と、カーナン氏。蠟燭を持たなくちゃならんだと？

——ああ、そうだ、と、カニンガム氏。

——だめだ、それはいかん、と、カーナン氏が分別ありげに言った。そこまではやれない。やるべきことはちゃんとやる。静修もするし懺悔《ざんげ》もする……すべて果す。しかしな……蠟燭には反対だ！ だめだ、それはいかん、蠟燭には反対だ！

茶番めいた大仰な仕草で首をふった。

——なにを言ってるのよ！ と、妻が言った。

——蠟燭には反対だ、と、カーナン氏は言い、一同に訴えた甲斐《かい》はあったと意識しながら、なおも首を左右にふる。幻灯ごっこには反対だ。

皆が皆、さもおかしそうに笑った。

——それでもご立派なカトリック教徒なの！ と、妻が言った。

——蠟燭はだめだ！ と、カーナン氏は頑《かたくな》に繰返した。けしからん！

＊　　＊　　＊

ガーディナー通りのイエズス会教会の袖廊《そでろう》はほとんどいっぱいになっていた。それでもなお続々と紳士たちが横の扉から入ってきては、助修士の指示に従って側廊を忍び足に進み、それぞれに席を見つける。皆、正装し、威儀を正していた。教会堂の灯火に照らされて、黒服と白襟の一団があり、あちこちにツイードの平服もあり、黒い斑《まだら》の入った緑色の大理石柱が立ち並び、憂《うれ》い漂う絵画がいくつも見える。紳士たちは長椅《ながい》子《す》席に座り、ズボンの膝上《ひざうえ》をちょっとずり上げて帽子を落ちないようにのせている。皆、ぐっと反り返るようにして、高い祭壇の前に吊《つる》されている遠い赤い光の点をかしこまって見つめる。

説教壇に近い長椅子にカニンガム氏とカーナン氏が座った。その後ろの長椅子にマッコイ氏が一人で座る。そしてその後ろの長椅子にパワー氏とフォガーティ氏。マッコイ氏は同じ長椅子に座ろうとしたが席がなかった。一同がサイコロの五の目になって腰を落着けたとき、二言三言、冗談を言いかけたが通じなかった。あまり受けなかったものだから、それきりにした。いくらこの男とて、粛然たる雰囲気を感じ取り、宗教的な刺激に感応し始めていた。小声で、カニンガム氏がカーナン氏の注意を促す。金貸しのハーフォード氏が少し離れた席にいて、市の登記代理人で市長製造人のファニング氏がいる。こちらは説教壇のすぐ下の席、そのとなりにいるのはこの地区の新たに選出された市会議員の一人だ。右側に目をやると、三軒の質屋を営む老マイケル・グライムズ、そしてダン・ホウガンの甥《おい》、これは市法律行政官の候補になっている。さらに前の席には、フリーマンズ・ジャーナル主筆のヘンドリック氏がいて、哀れなオキャロルがいる。カーナン氏の旧友で、一時は実業界の大物だった男だ。徐々に、なじみの顔ぶれが目に入るうちに、カーナン氏はくつろいだ気分になってきた。帽子が、妻のおかげで元に復帰し、膝にのっかっている。一、二度、両方のカフスを片手で引き下ろしながら、もう一方の手で帽子の鍔《つば》を軽く、しかししっかりとつかんでいた。

堂々たる風采《ふうさい》の人物が、上半身には白い法衣《サープリス》をまとい、やおらかったるげに説教壇へ上って行くのが見えた。同時に会衆が腰を浮かせ、ハンカチを取り出し、それをうまくひろげて膝をつく。カーナン氏も全体に倣った。司祭の姿が今や説教壇の中にすっくと立ち、巨体の三分の二が、大きな赤ら顔を頂いて、手摺《てすり》の上へ現れる。

パードン神父はひざまずき、赤い光の点のほうへ向き直り、顔を両手で覆《おお》って祈った。少しあってから、顔を見せ、立ち上る。会衆も立ち上り、再び長椅子に腰をおろした。カーナン氏は帽子をもとの膝の上へ戻して、謹聴の顔を説教師に向ける。説教師はわざとらしい大仰な仕草で法衣《サープリス》の幅広の両袖を後ろへなびかせ、居並ぶ大勢の顔をゆっくりと見渡す。それから言った。

——この世の子らは己が時代の事には光の子らよりも巧みなり。われ汝《なんじ》らに告ぐ、不義の富をもて己がために友をつくれ。さらば富の失する時、その友汝らを永遠の住居に迎えん。

パードン神父は朗々とひびく確信をこめてこの一節を敷衍《ふえん》していった。聖書の中でも然《しか》るべく解釈するのが最もむずかしい一節である、と、言った。なにげなく読むかぎり、この一節はイエズス・キリストが別のところで説く高潔な教訓とは齟齬《そご》をきたすように思われよう。しかし、と、神父は聴衆に語った。自分にはこの一節が、俗世の生活を送る運命にありながら、それでも俗人のようにはその人生を送るまいと願う人びとのための指針として、とくにふさわしいものと思われる。これは商売人と職業人のための一節なのである。イエズス・キリストは、われわれの人間性の襞《ひだ》ひだに及ぶ主の聖なる理解力によって、すべての人間が宗教的生活に召されるのではないことを理解し、圧倒的な大多数の人びとは俗世の中で生きなければならないことを、かつまた、ある程度まで、俗世のために生きなければならないことを理解していた。そしてこの一節において、主は人びとに一つの助言を与えようと意図し、信仰生活の模範としてまさしく富の神《マモン》の崇拝者たちを、あらゆる人びとのなかでも信仰問題に最も関心の薄い人びとを提示してみせたのである。

神父は聴衆に語る。自分が今夜ここにいるのは、決して怖がらせるような、決してとんでもない目的のためではなく、俗世の人間として同胞に話しかけるためである。自分は商売人に語りかけるためにここへ来たのであるからして、商売と割り切ったふうに話してみたい。こういう比喩《ひゆ》を使ってよければ、と、神父は続けた。自分は精神の会計係である。自分の願うのは、聴衆のそれぞれが一人残らず己の会計簿を、己の精神生活の会計簿を開いてみて、それが良心と勘定が合っているかどうか調べてみることである。

イエズス・キリストは過酷な仕事を押しつけているのではない。われわれの小さな過失を理解し、われわれの哀れにも堕落した人間性の弱さを理解し、現世の誘惑を理解している。われわれは誘惑を受けただろうし、われわれは皆ときには誘惑を受けた。過失も犯したろうし、皆誰しも過失を犯した。しかしたった一つだけ聴衆に求めたいことがある、と、神父は語った。それはすなわち、神に対して率直かつ男らしくあれということだ。もしあらゆる点で帳尻《ちようじり》勘定が合っているなら、こう言うといい。

——さて、わたしは帳簿を照合してみた。すべてうまくいっている。

しかし、ひょっとして、どこかに不一致があったならば、その事実を認めねばならない、男らしく率直にこう言わねばならない。

――さて、わたしは自分の帳簿を調べてみた。ここが間違いだし、ここも間違いだ。しかし、神の恩寵《おんちょう》のもと、こことここを正すとしよう。自分の帳尻を正すとしよう。

死せるものたち　The Dead

GRESHAM HOTEL
Electric Light. Electric Elevator.
THIS FIRST CLASS HOTEL is situate in

⑮グレシャム・ホテルの広告

管理人の娘リリーは、それこそきりきり舞いに駆けずり回った。男の客を一人、一階の事務所の奥の狭い食器部屋《パントリー》へ案内して外套《がいとう》を脱ぐのに手を貸すと、またもや玄関の呼鈴があえぐみたいに鳴りひびくので、むき出しの廊下を駆けて行って次の客を迎え入れなくてはならない。女性たちの世話までしなくていいのは助かる。ミス・ケイトとミス・ジューリアがそう思いついて、二階のバスルームを女性化粧室に変えておいたからだった。ミス・ケイトとミス・ジューリアはそっちにいて、しゃべったり、笑ったり、せかせか動き回ったり、かわるがわる階段のところへ出て来ては手摺《てすり》から下を見下ろして、どなたがいらしたのと階下のリリーに声を掛けていた。

決って大行事になるのが、モーカン姉妹の例年のダンスパーティーだ。姉妹を知る誰もかれもがやってくる。家族の面々、家族の古い友人たち、ジューリアの聖歌隊のメンバー、もうすっかり大人になったケイトの生徒たち、それにメアリー・ジェインの生徒まで数人。一度として不首尾に終ったことはない。年々歳々、誰もが記憶しているかぎり、すばらしく華やかに運んだ。ケイトとジューリアが、兄のパットの死後、ストウニー・バターの家を離れ、たった一人の姪《めい》のメアリー・ジェインを引取ってアッシャーズ・アイランドの暗い寒々とした家に移ってきて以来、ずっとそうなのだ。

一階で穀物問屋を営むフラム氏から、この家の二階を借りたのだった。あれからかれこれ三十年にはなる。メアリー・ジェインは、その頃は丈の短い服を着た小さな女の子だったが、今や一家の大黒柱だ。ハディントン街の教会のオルガン奏者だからである。王立音楽院を卒業し、毎年、エインシェント音楽堂の二階の部屋で教え子のコンサートを開いている。教え子の多くはキングズタウンからドーキー沿線の裕福な家庭の子女である。叔母たちも、老いたりとはいえ、家計の一部を負担している。ジューリアは、すっかり白髪になっているけれど、まだアダム・アンド・イヴ教会の第一ソプラノを務め、ケイトは、躰《からだ》が弱って出歩くのはままならないけれど、奥の部屋の古いスクエアピアノで初心者に音楽の手ほどきをしている。管理人の娘リリーが家事をまかせられている。生活は質素だけれども、三人とも食生活を高級にするという主義だった。なんでも最高級品、極上の骨付きサーロイン、三シリングの紅茶、瓶入りの最高のスタウト。しかしリリーは注文を間違えることがめったにないので、三人の女主人とはうまくやっていた。小うるさいけれど、それだけの話。ただし三人が断乎《だんこ》許さないのは、口答えであった。

もちろん、こういう晩だから小うるさくなるのも無理はない。それに十時をとっくに過ぎているのに、ゲイブリエルも妻も現れない。さらにまた、フレディ・マリンズが酔っぱらってやってくるのではないかと気をもんでいる。メアリー・ジェインの教え子たちにあの酩酊《めいてい》ぶりを絶対に見せたくないのだ。酔いが回ると、どうにも手に負えなくなることがあるからだ。フレディ・マリンズの遅いのはいつものことだけれど、いったいどうしてゲイブリエルが来ないのだろうか。そんなわけで三人は二分おきに階段の手摺へ出てきては、ゲイブリエルもフレディもまだなのとリリーに問う。

——わ、コンロイさん、と、リリーがゲイブリエルに言い、ドアを開いて招き入れた。お見えれないんじゃないかって、ケイトさんもジューリアさんも言ってました。おじゃましてください、奥さん。

——そりゃそうだろう、と、ゲイブリエルが言った。でも忘れてるんだ、この奥さんが支度にたっぷり三時間かけるってのを。

彼はマットに立ち、ゴロッシュの雪をこすり落しにかかり、リリーは夫人を階段のところへ案内すると、上へ呼びかけた。

——ケイトさん、コンロイさんの奥さんです。

ケイトとジューリアがすぐさま暗い階段をちょこちょこ下りてきた。二人ともゲイブリエルの妻にキスをして、凍え死にしそうだったでしょうと言い、ゲイブリエルもいっしょなのと訊《き》く。

――ちゃあんと来てますよ、ケイト叔母さん！　先に上ってて。あとから行く、と、ゲイブリエルが暗がりから声をかけた。

なおも両足をごしごしこすっている間に、女三人はけたけた笑いながら二階の女性化粧室へ向った。ふんわりした房飾りのような雪が、彼の外套の肩にケープみたいに、ゴロッシュの爪先《つまさき》に革飾りみたいにのっていた。雪で固くなったフリーズ織りから外套のボタンがキュッキュッと音を立てて外れると、戸外の冷えきった芳《かぐわ》しい空気がボタン穴や折り襞《ひだ》から漏れ出す。

――また雪ですか、コンナロイさん？　と、リリーが訊いた。

彼を食器部屋《パントリー》へ案内し、外套を脱ぐのに手を貸していた。ゲイブリエルは自分の姓をコンナロイと一音多く発音されたことに笑みを浮べ、ちらっと彼女を見た。ほっそりした、大人になりかけた娘で、顔色は青白く、髪は枯草色。食器部屋《パントリー》のガス明りのせいでいっそう青白く見える。ゲイブリエルはこの娘が子供の頃から知っている。よく階段の一番下の段に腰掛けて縫いぐるみ人形をあやしていた。

――うん、リリー、と、彼は答えた。一晩中降りそうだ。

彼は食器部屋《パントリー》の天井を見上げた。上の階の床を踏み鳴らしたり摺足で踊る足音がして、天井はゆれている。ちょっとピアノに耳を傾けてから、ひょいと娘を見やると、棚の端で彼の外套を丁寧にたたんでいた。

——ねえ、リリー、と、彼はうちとけた口調で言った。まだ学校へ行ってるの？

——行ってません、もう、と、彼女は答えた。学校終ったのは今年より前。

——おや、そうか、と、ゲイブリエルは陽気に言った。それじゃ近いうち彼氏との結婚式に僕らも呼んでくれるってわけかな？

娘は肩ごしに彼をふり向き、ずいぶん尖《とんが》った口調で言った。

——このごろの男の人なんか口ばっかし、自分だけいい思いしてさ。

ゲイブリエルは、なにかしくじりをしたみたいな気がして、顔を赤らめた。娘を見ずに、ゴロッシュを蹴《け》り捨てるように脱いで、マフラーでパタパタとエナメル靴を叩《たた》く。

がっしりして、やや背の高い青年である。両頬の赤らみが額にまで押し上り、そこで分散して、いくつかの淡い赤のぼやけた斑《まだら》になった。きちんと髭《ひげ》の剃《そ》られた顔に、曇りなく拭《ふ》いた眼鏡のレンズと明るい金縁が落着かなくきらきら光って、敏感で落着かない目をかばっている。艶《つや》光りする黒い髪は真ん中で分けられ、耳の後ろまで撫《な》でつけられて長いカーブを描き、帽子の跡の溝の下でわずかに縮れている。

パタパタ叩いた靴に艶が出ると、彼はすっと背筋を伸し、肉づきのいい躰にぴたっとチョッキを引き下ろした。そうしてポケットから素早くコインを一枚取り出す。

——はい、リリー、と言って、コインを彼女の手に押し込む。新年だからね？　これは……ほんの……。

彼は足早にドアへ向った。

——まあ、だめです！　と、娘はそのあとを追う。ほんとです、こんなのもらえません。

——新年だから！　新年だから！　と、ゲイブリエルは小走りに階段へ向い、手をふって娘を制した。

娘は、彼が階段を上るのを見ると、後ろから声高く言った。

——じゃあ、もらいまーす。

彼は客間のドアの前でワルツが終るのを待ちながら、スカートがドアをこする音や摺足で踊る足音を聞いていた。娘の尖った不意の逆襲に、まだ気持が乱れている。暗い影を投げかけられて、それをカフスやネクタイの蝶結《ちょうむす》びをととのえることで振り払おうとした。そうしてチョッキのポケットから紙切れを取り出し、スピーチのために用意してある箇条書メモを一瞥《いちべつ》した。ロバート・ブラウニングの引用をどうするか決めかねている。聞き手に難しすぎるのではないかという懸念《けねん》があるからだ。みんなに出典の分るシェイクスピアかアイルランド歌曲集のほうがよくはないか。男たちの靴の踵《かかと》の鳴らすがさつな音や摺足で踊る靴底の音を聞いていると、彼らの教養の程度が自分とは違うことを改めて思う。誰も理解できない詩を引用してみたところで自分が滑稽《こっけい》になるだけかもしれない。高等な教育をひけらかしていると思われるだろう。食器部屋《パントリー》であの娘相手にしくじりをしたのと同じように、あの連中にもしくじりをすることになりかねない。トーンを間違えてしまった。こんなスピーチでは始めから終りまで間違い、まったくのしくじりだ。

ちょうどそのとき、叔母たちと妻が女性化粧室から出てきた。叔母は二人とも小柄で、質素な身なりの老女である。ジューリア叔母のほうが一インチばかり高い。髪は、耳の上にかぶさるくらいに下げていて、灰色。そして同じく灰色で、暗い翳《かげ》りのあるのは、その大きなたるんだ顔だ。がっしりした体型で背筋も伸びているが、とろんとした目とぽかんと開いた口のせいで、自分がどこにいるのか、どこへ行こうとしているのか分らない女というふうな印象を与える。ケイト叔母のほうが元気だ。顔は、姉の顔よりは健康そうで、すっかりしわくちゃ、しなびた赤いリンゴのようである。髪は姉と同じように古風な編み方をしてあり、熟《う》れたナッツの色を失ってはいない。二人ともゲイブリエルにチューーッとキスした。なにしろお気に入りの甥《おい》である。港湾局のT・J・コンロイと結婚した亡《な》き姉エレンの息子だ。

——グレッタが言ってたけど、今夜は馬車でモンクスタウンへ帰らないんですってね、ゲイブリエル、と、ケイト叔母が言った。

——うん、と言って、ゲイブリエルは妻にふり向く。去年でもう懲《こ》り懲《ご》りだよね？覚えてるでしょ、ケイト叔母さん、それでグレッタがひどい風邪を引いたの？馬車の窓がガタガタ鳴りっぱなしで、メリオンを過ぎたら東風がびゅんびゅん吹きこんできてね。あれには参ったな、グレッタがおっそろしい風邪を引いちゃって。

ケイト叔母はぎゅっと眉《まゆ》をしかめ、一言一言にうなずいた。

——そうそう、ゲイブリエル、そうよねえ、と、言った。用心するのにこしたことはない。

——でもこのグレッタっていうのは、と、ゲイブリエル。雪の中を歩いてでも帰るよ、放っておいたら。

コンロイ夫人は声を立てて笑った。

——この人の言うことは気にしないでくださいね、ケイト叔母さん、と、グレッタが言った。もう、とってもうるさいんです、夜はトムの目に緑色の目庇《まびさし》でしょ、亜鈴《ダンベル》体操をさせるでしょ、エヴァにはオートミールのお粥《かゆ》を食べさせて。あの子がかわいそう！　だからお粥を見るのもいやだって！……そうそう、今度はあたしになにを履かせてるか分りませんでしょ！

　彼女はけたけた笑い出して、夫を見やった。夫の見ほれて幸せな目が、妻のドレスから顔と髪へとさまようように動く。二人の叔母も大笑いになった。ゲイブリエルの心配性はいつも笑いの種なのだ。

——ゴロッシュなんです！　と、コンロイ夫人。つい最近はそれ。道がぬかるむときは、あたし、ゴロッシュを履かなければならないんです。今夜だって履かせたがって、でもいやって言いました。次は潜水服を買ってくれるでしょうね。

　ゲイブリエルは気まずげに笑って、ネクタイの締り具合を確かめるみたいに叩いた。ケイト叔母は躰を二つ折りにせんばかりにして笑いころげる。この冗談がたまらなく愉快だったのだ。その笑みがじきにジューリア叔母の顔から消えて、楽しさの失《う》せた目が甥の顔に向けられた。一休止あって、こう尋ねる。

——で、ゴロッシュってなあに、ゲイブリエル？

——ゴロッシュよ、ジューリア！　と、妹が声高く言った。おやまあ、ゴロッシュがなにか知らないの？　ほら、上に履くのよ……ブーツの上に、そうでしょ、グレッタ？

——ええ、と、コンロイ夫人。グッタペルカ製。二人とも一足ずつもってます。ゲイブリエルが言うには、欧州《コンチネント》ではみんな履くんですって。

——ああ、欧州《コンチネント》で、と、ジューリア叔母はつぶやき、ゆっくりとうなずいた。

ゲイブリエルは眉をしかめ、ちょっと怒ったかのように言った。

——べつにたいしたものじゃないよ。でもグレッタは滑稽だと思ってる、クリスティ・ミンストレル一座のどた靴を思い出すんだって。

——ところでどうなの、ゲイブリエル、と、ケイト叔母が機転をきかせて言った。もちろん、お部屋は手配してあるんでしょうね。グレッタが言ってたけど……。

——ああ、部屋は大丈夫、と、ゲイブリエルが答える。グレシャムに取ってあるから。

——そうなの、と、ケイト叔母。それは断然いいじゃない。それから子供たちは、グレッタ、心配じゃない？

——あら、一晩ですもの、と、コンロイ夫人が言った。それにベッシーが見てくれますし。

——そうなの、と、ケイト叔母は再び言った。ああいう娘がいれば安心よ、頼りにできるもの！　うちのリリーときたら、なんだか近頃なにかあったのかしら。前とはぜんぜん変っちゃって。

ゲイブリエルはこの点について叔母たちにいろいろ聞こうとしたが、ケイト叔母はふっと話をやめて姉の後ろ姿を目で追った。姉のほうは階段を降りかけて、手摺《てすり》から首を伸している。

——ね、どうしたの、と、短気を起したみたいに言った。ジューリアったら、どこへ行くの？　ジューリア！　ジューリア！　どこへ行くの？

ジューリアは階段を半分ほど降りていたが、戻ってくると、淡泊に告げた。

——フレディが来たわ。

ちょうどこのとき、パチパチと拍手があってピアノが華やかなフィナーレを奏したので、ワルツが終ったのが分る。客間のドアが内側から開き、いくつかのカップルが出てきた。ケイト叔母がいそいそとゲイブリエルをわきへひっぱっていくと、耳にささやいた。

——そっと下へ行ってちょうだい、ゲイブリエル、お願いよ。あの人が大丈夫か見て、酔っぱらってたら上へよこさないで。どうせ酔ってるでしょう。間違いなし。

ゲイブリエルは階段へ行き、手摺から耳をすました。食器部屋《パントリー》から誰か二人の話し声が聞える。それからフレディ・マリンズの笑い声が聞き取れた。彼はどたどたと階段を降りた。

——ほんとに助かるのよ、と、ケイト叔母がコンロイ夫人に言う。ゲイブリエルが来てくれて。あの人が来るといつも気持が楽になって……ジューリア、ほら、ミス・デイリーとミス・パワーになにかお飲物を。ありがとう、美しいワルツだったこと、デイリーさん。とってもよかったわ。

長身のひからび顔で、白髪まじりのこわばった口髭に浅黒い肌の男が、パートナーと連れ立って出てきて言った。

——で、われわれもなにか飲物をいただけますかな、ミス・モーカン？

——ジューリア、と、ケイト叔母は即座に言った。こちらのブラウンさんとファーロングさんにも。お二人をお連れなさいな、ジューリア、デイリーさんとパワーさんといっしょに。

——わたしは女性にもてる男でしてな、と、ブラウン氏が言い、唇をきゅっと結んで口髭を逆立たせ、しわくちゃの顔をほころばせる。ね、ミス・モーカン、わたしが女性に好かれるわけはですな……。

まだ言い終えていなかったが、ケイト叔母が声の届かないところへ行ってしまったので、すぐさま三人の女性を奥の部屋へと案内した。部屋の真ん中は端と端をくっつけて並べた四角いテーブルが占領し、これの上にジューリア叔母と管理人が大きな布をひろげて伸《の》ばしていた。サイドボードには深皿や平皿、グラスやナイフ、フォーク、スプーンが用意されている。蓋《ふた》を閉じたスクエアピアノの上も、料理や菓子のサイドボード代りになっている。片隅の小さいサイドボードのそばに二人の青年が立ち、ホホットプビターを飲んでいる。

　ブラウン氏は任された女性をそちらへ案内し、三人に冗談で、女性向きパンチ、ホットの強くて甘いのはいかがと言った。そして強いのはだめですと断られたので、レモネードの瓶を三本開けた。それから青年の一人にちょっとどいてくれと言って、デカンターをぐいと持ち上げ、自分のグラスにたっぷりウィスキーを満たした。二人の青年が一目置いたように見つめる前で、まずは味見の一啜《ひとすす》り。

——やれやれ、と言って、顔がほころぶ。医者の命令なもんでね。

　ひからび顔が満面笑みとなり、若い女性三人はその軽口にけたけた笑い声をひびかせて、躰《からだ》を前後にゆらせ、肩がひくひく波打つ。中の一人が思いきって言った。

——だって、そんな、ブラウンさん、お医者さんは絶対そんなものを命令したりしません。

　ブラウン氏はウィスキーをもう一口やると、にじり寄るまねをして言った。

——いや、あのね、わたしはあの有名なキャシディ夫人と同じでね、こう言ったそうですぞ。ねえ、メアリー・グライムズ、もしあたしが飲まなかったらさ、無理にでも飲ませてよ、だって飲みたい気分だもん。

その熱《ほて》った顔がちょっとなれなれしすぎるくらいに前へ傾き、おまけにずいぶん下品なダブリン訛《なま》りを披露したので、若い女性たちは、同一の本能から、彼がしゃべるのを黙って受け流した。メアリー・ジェインの生徒の一人、ファーロング嬢がデイリー嬢にさっき弾いたきれいなワルツはなんという曲なのと尋ねた。ブラウン氏は無視されたものだから、ぷいと二人の青年のほうを向く。こっちのほうが話が分るというわけだ。

菫色《すみれいろ》のドレスを着て顔の赤くなった若い女が部屋へ入ってくると、昂《たか》ぶった様子で手を叩《たた》きながら声をはりあげた。

——カドリールよ！　カドリール！

すぐあとからケイト叔母もやってきて、声はりあげる。

——殿方二人にご婦人三人よ、メアリー・ジェイン！

——あら、バーギンさんとケリガンさんね、と、メアリー・ジェインが言った。ケリガンさん、パワーさんをお連れしてくださる？　ファーロングさん、パートナーはバーギンさんね。さあ、これでいいわ。

――女性三人よ、メアリー・ジェイン、と、ケイト叔母が言った。

二人の青年は二人の女性によろしくお願いしますと言い、メアリー・ジェインはデイリー嬢に向き直る。

――ねえ、デイリーさん、ほんとに悪いんですけど、だってダンスのお付合いで二曲も弾いてくれたばかりでしょ、でもほんとに今晩は女性が足りないの。

――ちっともかまいません、モーカンさん。

――でも、あなたには素敵なパートナーがいるのよ、テノールのバーテル・ダーシーさん。あとで歌ってもらうわ。ダブリン中が夢中になってる人。

――素敵な声よ、素敵な声！　と、ケイト叔母。

ピアノが最初の旋回の序奏をもう一度始めたので、メアリー・ジェインは補充の面々を連れて急いで部屋から出て行った。入れ替りに、ジューリア叔母が後ろをふり返りながらそろりそろりと入ってくる。

――どうしたの、ジューリア？　と、ケイト叔母が気遣わしげに言った。だあれ？

ジューリアは、テーブルナプキンを一山抱えてきたところで、妹を見て、まるで意外なことを訊《き》かれたというふうに短く答えた。

――フレディよ、ケイト。それにゲイブリエルがいっしょ。

事実、彼女の真後ろに、ゲイブリエルがフレディ・マリンズを先導して踊り場を来るのが見えた。四十歳くらいの、なにか大人っぽくないその男はゲイブリエルと同じくらいの背丈と体型、そしてかなりの猫背だ。顔はぼってりして青白く、分厚く垂れた耳たぶと広がった小鼻だけが赤みを帯びている。下卑《げび》た顔立ち、団子っ鼻、出っ張って禿《は》げ上った額、腫《は》れてむくんだ唇。重たげな瞼《まぶた》の目と乱れた薄い髪のせいで、なんだか眠たげに見える。階段を上りながらゲイブリエルに聞かせていた話を自分で面白がって甲高い声でケラケラ笑い、同時に左の握り拳《こぶし》の関節を左目にぐいぐいこすりつけた。

——今晩は、フレディ、と、ジューリア叔母が言った。

フレディ・マリンズはモーカン姉妹に今晩はと言った。いつもの態《てい》で声が途切れるためにぶっきらぼうな感じだ。それからブラウン氏がサイドボードのところから自分をにやにや見ているのに気づいて、かなりふらつく足取りでそこへ進んで行くと、ゲイブリエルに聞かせたばかりの話を低音で繰返し始めた。

——そんなにひどくないんじゃない？　と、ケイト叔母がゲイブリエルに言った。

ゲイブリエルの眉は曇っていたが、すぐにその眉を上げて答えた。

——うん、そうね、ほとんど目立たない。

——ほんとにもう、どうしようもない人！　と、彼女は言った。お母さんも気の毒よ、大晦日《おおみそか》に禁酒の誓いをさせたりしたのに。さあさあ、ゲイブリエル、客間へ行きましょう。

ゲイブリエルと部屋を出る前に、彼女は顔をしかめて人差指を左右に動かし、ブラウン氏に用心の合図を送った。ブラウン氏はうなずいて応じ、彼女が出て行ってから、フレディ・マリンズに言った。

——ところで、テディ、景気づけにレモネードをたっぷり注いでやろう。

フレディ・マリンズは話のクライマックスにさしかかろうとしていたので、苛立《いらだ》たしげにそれを撥《は》ねつけたが、ブラウン氏は、まずフレディ・マリンズの服装の乱れに目を向けさせてから、レモネードをなみなみと注いだグラスを手渡した。フレディ・マリンズの左手が機械的にグラスを受取り、右手が機械的に服装の乱れを直しにかかる。ブラウン氏はまたもや愉快げにしわくちゃ顔をほころばせて、自分のグラスにウィスキーを注ぐ。フレディ・マリンズのほうは、話のクライマックスに達しきらないところで、気管支炎みたいな甲高い笑いを爆発させて、口をつけていないあふれそうなグラスを下に置くと、左拳の指関節をごしごし左目にすりつけて、高笑いの発作を抑え抑えなんとか自分の台詞《せりふ》の最後の数語を繰返した。

メアリー・ジェインは、しーんとなった居間の一同に、走句《そうく》やむずかしいパッセージの連続する王立音楽院仕込みの曲を弾いていたが、ゲイブリエルは耳を傾けることができなかった。音楽は好きだけれども、彼女の弾いている曲には快い旋律がさっぱり感じられない。ほかの聴き手たちも、メアリー・ジェインに何か弾いてほしいと頼みはしたものの、快い旋律を感じていないのではなかろうか。四人の青年が、ピアノの音を聞いて飲物の部屋からやってきて扉口に立っていたが、ほんの数分後には二人ずつ立ち去った。音楽を追っているらしき人物は、両手を鍵盤《けんばん》に走らせ、ときおり休止符で瞬時の呪《のろ》いをかける巫女《みこ》さながらにその手を持ち上げるメアリー・ジェイン自身と、傍らに立って楽譜をめくるケイト叔母の二人だけだった。

ゲイブリエルの目は、どっしりしたシャンデリアの下で蜜蠟《みつろう》がチカチカ光る床に苛ついて、ピアノの上の壁へとさまよった。ロミオとジュリエットのバルコニーの場面の絵が掛っていて、それと並んでロンドン塔で殺された二人の王子の絵。ジューリア叔母が少女の頃に、赤、青、茶色の毛糸で刺繡《ししゅう》したものだ。おそらく当時の少女が通った小学校では、ああいう手芸を一年間はみっちり教えられたのだろう。母も誕生日のプレゼントに紫色のタビネットのチョッキを縫ってくれたことがある。子狐《こぎつね》たちの顔が刺繡され、裏地は茶色の繻子《しゅす》、そして丸い桑の実色のボタンがついていた。母に音楽の才能がまるきりなかったのは不思議だ。もっともケイト叔母は母をモーカン家の知恵袋と言っていた。ケイトもジューリアも、生真面目《きまじめ》で奥様然とした姉がちょっぴり自慢だったらしい。母の写真が窓間鏡《まどあい》の前に立ててある。膝《ひざ》にのせた本を開いて、その足もとにいる水兵服姿のコンスタンタインに本の何かを指さして見せている。二人の息子の名前を決めたのは母である。家の体面というものをよくよく心得ていたからだ。母のおかげで、コンスタンタインは今、バルブリガンで首席助任司祭になっているし、母のおかげで、ゲイブリエル自身は王立大学で学位を習得した。彼の顔にふっと翳《かげ》りが差し、母が結婚に反対して不機嫌になったのを思い出した。見くびるような言い方をしたこともあったのが今なお記憶の中に疼《うず》く。グレッタのことをいい子ぶった田舎娘と言ったことがあったが、そんなのはグレッタにまったく当てはまらない。母が長患《ながわずら》いで息を引取るまで、モンクスタウンの家で世話をしたのはグレッタだった。

メアリー・ジェインの曲がいよいよ終るらしいと分った。小節の終りごとに音階の走句を伴った冒頭の旋律を再び弾いているからだ。終るのを待つうちに胸の内の憤慨も消えていった。曲は高音部の音階のトリルから、低音部の深い完全終止となって締めくくられた。盛大な拍手が起って、メアリー・ジェインは顔を赤らめて楽譜をそそくさと巻きながら、逃げるように部屋を出る。最も力こめて拍手したのは扉口の四人の青年だ。曲の始まるのと同時に飲物の部屋へ退避したけれど、ピアノの音が止《や》むと戻ってきたのだった。

ランサーズ・カドリールの手はずがととのった。ゲイブリエルのパートナーはアイヴァーズ嬢だった。ざっくばらんな、よくしゃべる若い女性で、そばかす顔に茶色の目が飛び出している。襟ぐりの深いボディスなんぞは着けていなくて、前襟に留めた大きなブローチにはアイルランドの紋章と標語がある。

二人がそれぞれの位置につくと、彼女はいきなり言った。

――あなたにちょっと文句があるのよ。

――僕に？　と、ゲイブリエル。

彼女は大真面目にうなずく。

――なにかな？　と、ゲイブリエルは、その真剣な様子に笑顔を向けた。

――G・Cって誰？　と言って、アイヴァーズ嬢は、じろっと見返す。

ゲイブリエルは顔を赤らめ、さて分らないというふうに眉《まゆ》をしかめかけたとたん、彼女は露骨にたたみかけた。

——なによ、しらばくれて！　あなたがデイリー・エクスプレスに書いてるのは知ってるわ。ねえ、自分が恥ずかしくない？

——なぜ僕が恥ずかしくならなくちゃいけないんだい？　と、ゲイブリエルは言い、目をしばたたいて笑顔を作ろうとした。

——あら、わたしはあなたが恥ずかしい、と、アイヴァーズ嬢はあけすけに言った。あんなボロ新聞に書くなんて。あなたが西イギリス人だとは思わなかった。

困惑の表情がゲイブリエルの顔に現れた。なるほど彼は毎週水曜日、デイリー・エクスプレスの文芸欄に執筆しており、十五シリングの原稿料を受取る。だからといって西イギリス人呼ばわりされるいわれはない。書評のために受取る本のほうが、けちな小切手よりもありがたいくらいだ。ほやほやの新刊本の表紙にふれてページをめくるのが大好きだ。ほとんど毎日、大学での授業を終えてから、船寄《ふなよせ》通りの古本屋を回る。バチェラー通りのヒッキー、アストン船寄通りのウェッブやマッシー、横丁のオクロヒッシー。彼女の攻撃にどう応じてよいか分らなかった。文学は政治を超越していると言いたかった。しかしずいぶん長い付合いだし、最初は大学で、それから教師として、経歴も一致している。この女を相手に偉そうな口をきくわけにもいかない。なおも目をしばたたいて笑顔を作りながら、書評を書くのは政治と関係ないと思うと苦しまぎれにつぶやいた。

クロスのターンになっても、彼はまだ困惑していて、そっちへ注意がいかずにいた。アイヴァーズ嬢がさっと彼の手を取り、ぎゅっと熱っぽく握りしめると、柔らかく親しみをこめた口調で言った。

——もちろん冗談。さ、クロスするわよ。

再びいっしょになったとき、彼女が大学問題を話題にしたので、ゲイブリエルはいくらか気が楽になった。彼のブラウニング詩集の書評は、友人が見せてくれたのだという。それで秘密を知った。でもすごくいい書評だという。それから彼女は急に言った。

——ね、コンロイさん、今度の夏、アラン島へ旅行に来ない？　わたしたち、まる一《ひと》月《つき》いるつもりなの。大西洋へ出るって素敵じゃない。ぜひ来るといいわ。クランシーさんも来るし、キルケリーさんとキャスリーン・カーニーも。グレッタも来れば大喜びするはず。彼女、コナハトの人でしょ？

——実家がね、と、ゲイブリエルはそっけなく答えた。

——だけど、来るでしょ？　と言って、アイヴァーズ嬢は熱っぽい手を彼の腕にのせる。

——実は、と、ゲイブリエルは言った。もう行く予定があって……。

——行くって、どこへ？と、アイヴァーズ嬢が問う。

——うーん、それが、毎年、僕は仲間と自転車旅行に行くから……。

——でも、どこへ？と、アイヴァーズ嬢。

——そうね、ふつうはフランスかベルギーへ行く、あるいはドイツ、と、ゲイブリエルは気まずそうに言った。

——で、どうしてフランスやベルギーへ行くわけ、と、アイヴァーズ嬢は言った。自分の国を訪れることをしないで？

——うーん、と、ゲイブリエルは言った。いろんな言語にふれておくためもあるし、気分転換もあるし。

——だけどふれておくべき自分の国の言語があるじゃない——アイルランド語が？と、アイヴァーズ嬢が問う。

——うーん、と、ゲイブリエルは言った。そのことならね、アイルランド語は僕の国語じゃない。

近くで踊る面々がふり向いて、二人の間にクロスする質疑応答を聞き取ろうとした。ゲイブリエルはぴりぴりしつつ左右を窺《うかが》い、額に青っぽい侵入をしてくるこの試練にめげず上機嫌を保とうとした。

——だけど訪れるべき自分の国土があるじゃない、と、アイヴァーズ嬢はつづける。あなたがなにも知らない国土、あなた自身の人びと、あなた自身の国が?

——ああ、ほんと言うとね、と、ゲイブリエルは不意に言い返した。僕は自分の国にうんざりなんだ、もううんざりさ!

——どうして? と、アイヴァーズ嬢が質《ただ》す。

ゲイブリエルは答えない。言い返して自分が熱くなったのだ。

——どうして? と、アイヴァーズ嬢は繰返す。

二人のダンスは訪問のターンをする段になっていた。彼が返事をしないので、アイヴァーズ嬢は激したみたいに言った。

——どうせ答えられないんでしょ。

ゲイブリエルは元気溌剌《はつらつ》としてダンスに加わることで動揺を隠そうとした。彼女の目を避けた。片意地な表情が顔に浮ぶのを見たからだ。ところが長い輪で手をつなぐとき、その手がぎゅっと握られたのでびっくりした。彼女が眉の下から一瞬からかうみたいに見つめたので、ついつい彼は笑みを浮べた。それから、ちょうど輪が再びほどけようとするとき、彼女は爪先《つまさき》立ちになって耳もとにささやいた。

——西イギリス人！

ランサーズが終ると、ゲイブリエルは部屋の隅へと逃れた。フレディ・マリンズの母親が椅子《いす》に掛けている。太った弱々しい白髪の老婦人である。息子と同じく声が途切れて、少し吃《ども》る。フレディが来ていること、今夜はまあ大丈夫だということを聞いたという。ゲイブリエルは船旅はどうでしたかと尋ねた。結婚した娘とグラスゴウに暮していて、ダブリンへは年に一度訪れるのだ。船旅は素晴しかったし、船長がとても気を配ってくれたと、おっとりした口調で老婦人は答えた。グラスゴウの娘の家は素敵だし、友達もずいぶんいて、と、話はつづく。あれこれくどくどと聞かされながら、ゲイブリエルはアイヴァーズ嬢との不愉快な一件の記憶をすべて放逐しようとした。たしかにあの娘というか女というか、どっちでもいいが、熱心な愛国者ではあるけれど、何事にも頃合というものがある。こっちもあんなふうに応じるべきではなかったかもしれない。それにしても人前で、たとえ冗談にせよ、西イギリス人呼ばわりする権利はない。人前で笑いものにしようとして、質問攻めにしたり、あの兎《うさぎ》みたいな目で睨《にら》みつけたりしたのだ。

ワルツを踊るカップルたちの間をぬって妻がやってくるのが見えた。そばへくると、耳もとでささやく。

――ゲイブリエル、ケイト叔母さんがいつものように鵞鳥《がちょう》を切り分けてほしいって。デイリーさんが豚腿《ぶたもも》を切って、わたしはプディングを切るの。

――いいよ、と、ゲイブリエル。

――このワルツが終ったらすぐ若い人たちに入ってもらって、そのあとあたしたちだけでテーブルを囲みましょうって。

――踊ってたのかい？ と、ゲイブリエルが訊《き》く。

――もちろんよ。見てた？ あなたはモリー・アイヴァーズとなにを言い合ってたの？

――言い合ってなんかいない。なぜ？ 彼女がそう言った？

――そんなようなことをね。わたし、ダーシーさんに歌ってもらおうと思って。すごくうぬぼれ屋さんみたいだけど。

――言い合ってなんかいないよ、と、ゲイブリエルは不機嫌に言った。アイルランドの西部へ旅行に行かないかと言うから、僕は行かないと言っただけ。

妻は両手をパシッと合わせ、上気した顔で小躍りした。

――わあ、行きましょう、ゲイブリエル、と、声高く言った。ゴールウェイにもう一度行きたい。

――行きたいなら行けばいい、と、ゲイブリエルはひややかに言った。

彼女はちょっと夫を見つめて、それからマリンズ夫人に向って言った。

――優しい旦那《だんな》様でしょう、マリンズさん。

彼女が部屋を縫うようにして戻って行く間にも、マリンズ夫人は会話の中断されたのを気にするでもなく、ゲイブリエルを相手に、スコットランドには素敵な土地や素敵な景色があってとしゃべりつづけた。娘婿《むすめむこ》が毎年あちこちの湖畔へ連れて行ってくれるし、よく釣りもする。娘婿は釣りの名人。いつかとても大きな魚を釣ったら、ホテルの人が料理して夕食に出してくれた。

ゲイブリエルは話をほとんど聞いていない。いよいよ食事になるとあって、スピーチと引用のことをまた考え始めていた。フレディ・マリンズが部屋の向うから母親のところへやってくるのが見えたとき、ゲイブリエルは彼のために椅子を空けて、引っ込んだ造りの窓辺へ退いた。部屋はすでにがらんとして、奥の部屋から食器やナイフのガチャガチャいう音が聞える。まだ客間に残る人びとはダンスに飽きたらしく、あちこち小さな輪になってぼそぼそ話をしている。ゲイブリエルの熱《ほて》った落着かない指が冷たい窓ガラスをとんとん叩《たた》いた。外はさぞかしひんやりしてるだろう。一人きりで外へ出たら快適だろうな、まず川沿いに歩いて、それから公園を歩いたら！　雪が木々の枝に積って、ウェリントン記念碑のてっぺんできらきら光る綿帽子となっているだろう。食事のテーブルに着くのよりよっぽど快適！

スピーチの項目に目を走らせる。アイルランド流のもてなし、悲しき思い出のかず かず、三美神、パリス、ブラウニングの引用。書評で書いた文句を心の中で反復した ——思いに苦吟する音楽に聴き入っている気分になる。アイヴァーズ嬢は書評をほめていた。本心か？ 宣伝熱心の背後に自分自身の人生をもたない女なのだろうか？ 今夜まで二人の間に悪感情などなかった。彼女が食事のテーブルに着くのを思うと気が萎《な》えた。スピーチの最中、あの批判的なひやかしの目でこっちを見上げるのだ。たぶんスピーチがうまくいかなくても気の毒だとは思ってくれまい。ふっとある考えが浮んで、勇気が出た。ケイト叔母とジューリア叔母のことを指して、こう言うことにしよう。皆さん、今やわれわれの中で衰微しつつある世代にはそれなりの欠陥があったかもしれません。しかしわたしとしては、その世代は、ある種の特質をそなえていたと考えます。もてなし、ユーモア、人間味、そういった特質こそは、われわれの周りに成長しつつある新しき極めて真剣な教養過剰の世代に欠落しているように思われます。なかなかいいや。アイヴァーズ嬢に一矢《いっし》報いられる。叔母たちが二人の無知な老女ということになってもかまいやしない。

部屋のざわめきが彼の注意を引いた。ブラウン氏がジューリア叔母を慇懃《いんぎん》にエスコートしながら、扉口から進み出てきた。その腕に寄りそって、叔母は笑顔でうつむいている。不揃《ふぞろ》いな小銃射撃みたいな拍手が、これまたピアノまで叔母をエスコートして行き、メアリー・ジェインがピアノの前に座って、笑みの消えたジューリア叔母が部屋によく声が通るように半ば向き直ると、そこでだんだん静まった。ゲイブリエルはその前奏に聞きおぼえがあった。ジューリア叔母の古い歌の前奏だ——婚礼のために装《よそお》いて。叔母の声は、力強く澄みきったひびきで、生気溌剌として旋律を飾る走句に挑みかかり、とても早く歌いながらも、どんな小さな修飾音も逃さない。歌い手の顔を見ずにその声を追っていると、素早い確かな飛翔の興奮を感じてその興奮を分ち合うことができた。ゲイブリエルは歌が終ると皆といっしょに大きな拍手を送り、そこから見えない食事のテーブルからも大きな拍手が起った。いかにも心のこもった拍手喝采《かっさい》だったので、ジューリア叔母の顔にうっすらと赤みがさし、叔母はかがみ込んで、表紙に自分の頭文字の入った古い革装幀《かわそうてい》の歌曲集を楽譜台に戻す。フレディ・マリンズは、よく聞えるようにと首を傾けて聞いていたが、ほかは誰も拍手をしていないのになおも拍手をつづけながら、さかんに母親に話しかけ、母親は重々しくゆっくりゆっくり無言でうなずいていた。とうとう、一人だけ拍手しているわけにいかなくなると、彼はすっくと立ち上り、ずかずか部屋を突っ切ってジューリア叔母のところへ行くと、叔母の手を両手でぎゅっと握りしめ、言葉に詰ったり声が詰ってどうにもならなくなると、その手をゆさぶり始めた。

——今も母に話してたんです、と、言った。こんなに見事に歌うのを聴いたのは初めてだねって、うん、ほんとに初めて。そう、今夜みたいにいい声を聞かせてもらったのは初めてだ。すごい！　信じてくれます？　本当ですよ。断じて誓う、本当です。あんな声が出るんですねえ、あんなに若々しくてすごく……すごく透明で若々しくて、うん、初めてだ。

ジューリア叔母は相好をくずして笑い、お世辞がどうのと口ごもりながら、握りしめられた手をふりほどいた。ブラウン氏がパッとひろげた片手を叔母のほうへ差し出し、この世の怪異を観客に紹介する見せ物師よろしく言った。

——ミス・ジューリア・モーカン、わが最新の掘出物にござい！

この口上に自分で高笑いしていると、フレディ・マリンズが彼に向って言った。

——ねえ、ブラウン、たとえあなたが本気になったって、この人以上の掘出物は見つからないかも。僕に言えるのは、僕がここへ来るようになってから倍もいい声を聞かせてもらえたってことなんだ。ほんとともほんとさ。

――同感だ、と、ブラウン氏は言った。この人の声は格段によくなったと思う。

ジューリア叔母は肩をすくめ、しおらしげな誇りをこめて言った。

――三十年前でも声は悪くなかったですよ、声はね。

――よくジューリアに言ったの、と、ケイト叔母が語気を強めた。あの聖歌隊でいいようにされてるだけでしょって。でも、わたしの言うことを聞きやしない。

そう言って、まるで頑是ない子供に困って一同の分別に訴えるかのようにふり向くが、ジューリア叔母のほうは前を見つめたまま、追憶のぼんやりした笑みを顔に浮べていた。

――そうなのよ、と、ケイト叔母はつづける。この人ったら誰からもとやかく言われたくないし、指図されたくないんですって、あの聖歌隊で、朝も晩も、明けても暮れても、さんざん尽すばっかりで。クリスマスの朝なんか、六時ですよ！　いったい何のため？

――あら、神様を敬うためじゃない、ケイト叔母さん？　と、メアリー・ジェインがピアノの椅子からくるっと身をよじって笑む。

ケイト叔母は姪《めい》をきっと見すえて言った。

――神様を敬うためくらい分ってます、メアリー・ジェイン。でも教皇様を敬うためには全然ならないでしょうよ、一生を奴隷《どれい》みたいに尽してきた女の人たちを聖歌隊から追出して、その人たちの頭ごしに小生意気な男の子らを据えるなんて。そりゃね、教会のためにはなるんでしょう、教皇様がそうなさるのなら。でも公平じゃありませんよ、メアリー・ジェイン、それに正しくもありません。

すっかり癇癪《かんしゃく》がおさまらなくなって、なおも姉の弁護をまくしたてんばかり。どうにも腹立たしい問題だからだ。しかしメアリー・ジェインは、ダンスをしていた一同が戻ってきたのを見て、和《なご》めるように口をはさんだ。

——ねえ、ケイト叔母さん、ブラウンさんの前でみっともないじゃない、信心の違う方《かた》ですもの。

ケイト叔母がブラウン氏を見やると、自分の宗派のことをさりげなく言われてにたにたしている。それで慌《あわ》てて言った。

——いえね、教皇様が正しいってことを疑ったりはしません。このお馬鹿《ばか》なお婆《ばあ》ちゃんが、まさかそんなおこがましいことを言うもんですか。でも、世間の当り前の礼儀や感謝ってものがあるじゃない。わたしがジューリアの立場なら、ヒーリー神父に面と向って言うんだけれど……。

——それにね、ケイト叔母さん、と、メアリー・ジェインが言った。みんなお腹《なか》がすいてきたし、お腹がすいてくると誰でも啀《いが》み合いやすくなるのよ。

——そして喉《のど》が渇いてきても啀み合いやすくなりますぞ、と、ブラウン氏が言い加える。

——だからお食事にしたほうがいいわ、と、メアリー・ジェイン。議論は後まわしにして。

ゲイブリエルが客間の外の踊り場へ出ると、妻とメアリー・ジェインがぜひ食事をと、アイヴァーズ嬢を引きとめているところだった。しかしアイヴァーズ嬢は、もう帽子をかぶって外套《がいとう》のボタンをはめかけていて、どうしても帰るという。ちっともお腹がすいてないし、こんなに長居するつもりでなかった。

——でも、ほんの十分だけでも、モリー、と、コンロイ夫人が言った。それなら遅くならないでしょうし。

——ほんの一口だけでも、と、メアリー・ジェインが言った。ずいぶん踊ったんですもの。

——ほんとうに、もう失礼しなくちゃ、と、アイヴァーズ嬢は言った。

——ちっとも楽しくなかったみたいね、と、メアリー・ジェインがあきらめ顔で言った。

——そんなことないわ、ほんとよ、と、アイヴァーズ嬢。でも、とにかく失礼させてちょうだい。

——でも、どうやってお帰り？　と、コンロイ夫人が訊く。

——あら、そこの船寄《ふなよせ》からちょっと行ったところだもの。

ゲイブリエルは一瞬ためらってから言った。

——僕でよければ、アイヴァーズさん、送って行こう、どうしても帰らなくちゃならないんなら。

しかしアイヴァーズ嬢は皆をふりきった。

——いいですったら、と、声が高くなる。お願いだからお食事に行ってちょうだい、わたしにかまわないで。わたしはわたしで自分の世話ぐらいできます。

——まあ、あなたっておかしな人ね、モリー、と、コンロイ夫人があけすけに言った。

——お元気おたがい《バナハト・リヴ》さま、と、声高く言って、アイヴァーズ嬢はけたけた笑いながら階段を駆け下りて行く。

メアリー・ジェインはそれを見送りながら不機嫌な当惑の表情を浮べ、コンロイ夫人のほうは玄関扉の音を聞こうと、手摺《てすり》から身を乗り出していた。ゲイブリエルは、彼女が急に帰ったのは自分のせいだろうかと自問した。しかし機嫌をそこねたふうではなかった――けたけた笑いながら去ったのだから。ぽかんと階段を見下ろした。絶望に両手をもみ絞らんばかり。

ちょうどそのとき、ケイト叔母が食事の部屋からちょこちょこ出てきた。

――ゲイブリエルはどこ？　と、声高く言った。いったいどこなの、ゲイブリエルは？　皆さんお待ちよ、出番なのに鵞鳥《がちょう》を切り分ける主《ぬし》がいないんですか！

――ここにいる、ケイト叔母さん！　と、ゲイブリエルがにわかに元気になって叫んだ。鵞鳥の十羽でも二十羽でも切り分けますよ、いざとなれば。

一羽の太った焦茶《こげちゃ》の鵞鳥がテーブルの端で横になり、もう一方の端には、パセリを茎ごとちらした皺紙《しぼがみ》の上に豚腿《ぶたもも》がどでんと置かれ、これは皮をむいてパンくずをふりかけ、脛《すね》には上手に仕上げた紙の襞《ひだ》飾りが巻きつけてあり、その脇《わき》には薬味の載った牛の腿肉がある。この張り合う両端の中間に、添え料理がずらり平行に整列していた。赤と黄色のゼリーの二つの小さな教会堂、真っ赤なジャムの掛ったブラマンジェの塊があふれんばかりの浅い盛皿、茎形の柄がついた大きな緑の葉形の盛皿もあって、これには紫色のレーズンと皮をむいたアーモンドがごっそり積まれ、それと対の盛皿にはスミルナ無花果《いちじく》のぎっしり詰った矩形《くけい》、下ろしナツメッグをトッピングにしたカスタードの載る盛皿、金紙や銀紙にくるまれたチョコレートやキャンディが山盛りの小さな器、そして長いセロリの茎が何本か突っ立つガラス壺《つぼ》。テーブルの中央には、オレンジとアメリカリンゴのピラミッドを支えるフルーツスタンドの歩哨《ほしょう》として、ずんぐりしたカットグラスの旧式のデカンターが二本立ち、一本にはポートワイン、もう一本には暗色のシェリー酒が入っている。蓋《ふた》を閉じたスクエアピアノの上には、特大の黄色の盛皿にプディングが一個待機していて、その背後にはスタウトとエールと炭酸水の瓶の三分隊がそれぞれの軍服の色に従って整列し、最初の二列は黒で、焦茶と赤の名札を付け、三列目の最小分隊は白で、緑の飾り帯が横に走る。

ゲイブリエルは臆《おく》せずにテーブルの上座に座り、肉切りナイフの刃を確かめてから、フォークをしっかと鵞鳥に突き入れた。今やせいせいした気分である。この切り分け役は得意としているし、テーブルの上座におさまるのは最高だ。

――ファーロングさん、どこを差上げましょう？　と、言った。手羽、それとも胸肉を切ります？

――胸肉をほんの一切れだけ。

――ヒギンズさん、どこにします？

――あら、どこでもいいです、コンロイさん。

ゲイブリエルとデイリー嬢が、鵞鳥を一皿、豚腿と薬味載せ牛を一皿と、次々に手渡していくあいだに、リリーが白いナプキンにくるんだ熱いほくほくのポテトの皿を持って客から客へと回る。これはメアリー・ジェインの思いつきで、彼女は鵞鳥にアップルソースはどうかとも言ったのだが、ケイト叔母が、アップルソースを掛けずにプレーンで焼いた鵞鳥がこれまでいつも自分にはおいしく食べられたし、まずくなるかもしれないのを食べたくはないと言ったのだ。メアリー・ジェインは自分の生徒たちの給仕役、一番いいのが行き渡るように気を配り、ケイト叔母とジューリア叔母は瓶の栓を抜いて、男客にはスタウトとエールを、女客には炭酸水を、ピアノの上から運ぶ。たいへんな混乱と笑い声と騒音、注文と注文取消しの、ナイフとフォークの、コルク栓とガラス栓の騒音だ。ゲイブリエルは一巡目を終えるとすぐさま、自分の分はさておいて、二巡目の切り分けに取り掛かった。皆が声高にそれを制するものだから、彼は妥協してグイッと一杯スタウトを飲みほす。やってみると切り分け作業は汗だく仕事だった。メアリー・ジェインは静かに食事の席に着いたが、ケイト叔母とジューリア叔母はまだちょこまかテーブルの周りを動き回り、互いに踵《かかと》を踏みつけたり、正面衝突したり、互いに耳を貸さない指図を言い合う。ブラウン氏が二人に、まあ座って食事にしてくださいよと言い、ゲイブリエルもそう言ったのだが、二人はまだまだ時間はたっぷりあると言い張り、それでとうとうフレディ・マリンズが立ち上るや、ケイト叔母を捕まえて、皆が大笑いする中、どすんと椅子《いす》に座らせた。

全員に料理が行き渡ってから、ゲイブリエルが笑顔で言った。

——さあ、俗に言う詰めものをもう少しほしい方は、女の方も男の方も遠慮なく言ってください。

自分も食事にしたらいいと促す声が一斉にあがって、そこへリリーが彼のために取っておいたポテト三個を持って歩み出る。

——分りました、と、ゲイブリエルは愛想よく言い、ついでにもう一杯飲んだ。どうか皆さん、しばしわたしの存在を忘れてください。

彼は食べ始め、テーブルの会話に加わらずにいると、リリーが皿を片付ける音がそのやり取りにかき消える。話題はロイヤル座で公演中の歌劇団のことだ。テノール歌手のバーテル・ダーシー氏、小粋な口髭《くちひげ》を生やした色黒のこの青年は、歌劇団の第一コントラルトを絶賛するが、ファーロング嬢は、あの演じ方はかなり俗っぽいという見解だ。フレディ・マリンズは、ゲイアティ座の滑稽芝居《パントマイム》の第二幕で歌う黒人酋長《しゆうちよう》がいるが、あれはこれまで聴いた最高のテノールの一人だと言う。

——きみは聞いた？　と、テーブルごしにバーテル・ダーシー氏に問う。

——いや、と、バーテル・ダーシー氏は無頓着《むとんちやく》に答えた。

――だってね、と、フレディ・マリンズは説明する。僕はきみがどう思うか聞いてみたいんだ。僕は、そりゃあ見事な声だと思うからさ。

――なんせこのテディはほんとにいいものを見つけるからね、と、ブラウン氏がいかにも親密げにテーブルの一同に言った。

――それに、声もいいってことだってあるわけだろ？　と、フレディ・マリンズがきつい口調で質《ただ》す。ただの黒人だからっての？

誰もこの問いかけを相手にせず、メアリー・ジェインがテーブルの話題を正規のオペラへと戻した。生徒の一人からミニヨンの無料入場券をもらった。とてもよかったけれど、と、彼女は言った。ついついジョージーナ・バーンズを思い出してしまうから。ブラウン氏はもっと昔へさかのぼることができて、よくダブリンへ来た昔のイタリア歌劇団のことへ話を持ってゆく――ティーチェンス、イルマ・デ・ムルスカ、カンパニーニ、大トレベッリ、ジュリーニ、ラヴェッリ、アラムブロ。あの当時はダブリンでも歌らしい歌を聴くことができた、と、言った。旧ロイヤル座の天井桟敷《さじき》が連夜満員になったこと、ある晩イタリア人のテノールがアンコールに応《こた》えて兵士のごとく甦《たお》れんを五度も歌い、そのたびに高音C《ハイ》を出したこと、ときには天井桟敷の若者たちが熱狂のあまり、ある有名プリマドンナの馬車から馬を外してしまい、街中を自分たちで引いてホテルへ送り届けたりしたこと、そんな話もした。昔のようなグランドオペラが今はなぜ上演されないのか、ディノラとかルクレツィア・ボルジアとか、と、彼は問う。歌える声を持つ歌手がいないからだ、だからなのだ。

——いや、そうかなあ、と、バーテル・ダーシー氏が言う。その頃にひけを取らない歌手が今でもいると思うけど。

——どこにいるのかね？　と、ブラウン氏が突っ掛るみたいに言った。

——ロンドン、パリ、ミラノ、と、バーテル・ダーシー氏が熱くなる。たとえばカルーゾーなんかは、ぜんぜんひけを取りませんよ、さっき名前を挙げてた人たちに優《まさ》るとはいわないまでも。

——そうかも知れんね、と、ブラウン氏。しかし正直なところ、かなり疑わしい。

——ああ、カルーゾーの歌うのを聴けたらいいな、と、メアリー・ジェインが言った。

——わたしにとっては、と、骨を突《つつ》いていたケイト叔母が言った。テノールは一人しかいません。つまり、わたしの気に入ってる人は。でもあなたたちは誰も名前を聞いたことがないでしょうね。

——誰のことですか、モーカンさん？　と、バーテル・ダーシー氏が丁寧に尋ねた。

——名前はね、と、ケイト叔母は言った。パーキンソンでした。全盛期に聴いたのよ、当時は男の人の喉から出る声であんなに澄んだテノールはいなかったと思うわ。

――妙だな、と、バーテル・ダーシー氏。聞いたことがない名だ。

――いやいや、モーカンさんの言うとおり、と、ブラウン氏が言った。年を取ってからのパーキンソンのことをわたしも聞いた覚えがある。しかしわたしにとってはかなりずっと昔の人だがね。

――美しい、澄んだ、甘い、とろけるような声のイギリス人のテノール、と、ケイト叔母は心酔しているふうだ。

ゲイブリエルが食べ終えたので、特大のプディングがテーブルに運ばれた。フォークとスプーンのカチャカチャぶつかる音が再び始まった。ゲイブリエルの妻がプディングをスプーンで取り分けて、皿をテーブルに回す。途中でそれをメアリー・ジェインが受け取っては、ラズベリーかオレンジのゼリー、あるいはジャムの掛ったブラマンジェを補充する。プディングはジューリア叔母の手作りで、四方八方から賛辞を浴びた。本人は、焦《こが》し足りないと言った。

――いやいや、モーカンさん、と、ブラウン氏が言った。わたしのならちゃんと焦茶色になっていますぞ。わたしは焦茶《ブラウン》ですからな。

紳士たちは皆、ゲイブリエルを除き、ジューリア叔母への敬意からプディングに少しばかり口をつける。ゲイブリエルは甘いものをいっさい食べないので、彼にはセロリが残されていた。フレディ・マリンズもセロリを一本取り、プディングといっしょに食べる。セロリが血液にたいそういいと聞いたことがあるし、今は医者の世話になっているからだ。マリンズ夫人は、食事の間中黙りこくっていたけれど、息子が来週あたりメラリー山へ行くと告げる。それからテーブルの話題はメラリー山のことになり、あそこは空気がとても爽《さわ》やかだ、修道士たちが厚くもてなしてくれる、しかも泊めてくれて一銭も求めないという話が出る。

——どういうことかね、と、ブラウン氏が信じがたいという顔で言った。大の男がそこへ行って、ホテルみたいに泊めてもらって、國《くに》の膏腴《あぶら》を食《くら》ふなんて思いをしておいて一銭も払わずに立ち去る？

——あら、たいていの人は帰るとき修道院に寄付をするんです、と、メアリー・ジェインが言った。

——わしらの教会にもそういう施設があってほしいね、と、ブラウン氏が率直に言った。

修道士たちは決して口をきかず、起床は夜中の二時、眠るのは棺《ひつぎ》の中だということに彼は驚いた。なんのためにそんなことをするのかと問う。

——それが修道会の決りです、と、ケイト叔母がきっぱり言った。

——だとしても、なぜ？　と、ブラウン氏が問う。

ケイト叔母は、そういう決りになっている、それだけのことだと繰返す。ブラウン氏はまだ腑《ふ》に落ちないふうだった。フレディ・マリンズが、修道士たちは外の世界のあらゆる罪人の犯した罪を償おうとしているのだと、精一杯、彼に説明する。この説明はあまりすっきりしていなかった。というのも、ブラウン氏はにやにや笑って言った。

——その考えはおおいに結構だがね、しかし寝心地のいいふわふわベッドでも棺と同じことにならんかい？

——棺は、と、メアリー・ジェインが言った。あの人たちに自分の最期《さいご》を忘れさせないためです。

話題が陰気くさくなってきたので、テーブルの沈黙の中に葬《ほうむ》られた。その沈黙の間、マリンズ夫人がぼそぼそと小声で隣の誰かにしゃべっているのが聞えた。

——とってもいい人たちよ、修道士の方々はね、とっても信心深い人たち。

今度はレーズンとアーモンドと無花果とリンゴとオレンジとチョコレートとキャンディがテーブルに回されて、ジューリア叔母が客の全員にポートワインかシェリー酒を勧める。最初、バーテル・ダーシー氏はどっちも断ったが、隣の一人がそっと肘《ひじ》で突《つつ》いて何か耳打ちし、すると彼は黙ってグラスに注いでもらう。順々に終《しま》いのほうのグラスが満たされていくうちに、話し声が止《や》んだ。一休止あって、ワインの注がれる音と椅子のがたつく音だけが聞える。モーカン一家は、三人とも、テーブルクロスに視線を落した。誰かが一、二度咳払《せきばら》いをして、それから何人かの紳士が静粛の合図にテーブルを軽く叩《たた》く。静粛が到来して、ゲイブリエルは椅子を後ろへ押しやって立ち上った。

とたんにテーブルを叩く音がけしかけるみたいに大きくなり、やがてぴたりと止む。ゲイブリエルは十本のふるえる指をテーブルクロスに傾《かし》げて突き立て、落着かなげな笑みを一同に送った。上向く顔がずらり並ぶのに向合うと、シャンデリアに目を上げた。ピアノがワルツを奏《かな》でていて、スカートが客間のドアにこすれる音が聞える。もしかすると人びとが雪の中、外の船寄《ふなよせ》通りに佇《たたず》んで、明りの点《とも》る窓を見上げてワルツの調べに耳を傾けているかもしれない。あそこは空気がよどんでいない。遠くには公園がひろがり、木々がずっしり雪にのしかかられている。ウェリントン記念碑がきらきら光る雪帽子をかぶって、それが西方の十五エーカー区の真っ白な野の頭上にきらめく。

彼は始めた。

――皆さん、

――今夜もまた、例年のごとく、わたくしが非常に喜ばしい役目を務めることになったのでありますが、この役目を果すには力足りぬ者がスピーチを行いますことをはなはだ心許《こころもと》なく思うのであります。

――いやいや、どうして！ と、ブラウン氏。

――しかしそれはともかくも、今夜は意のあるところをくみ取っていただくしかなく、この場におけるわたくしの気持をなんとか言葉に言い表わす所存ですので、しばらくの間ご静聴いただきたく存じます。

――皆さん、われわれがもてなしの厚きこの屋根の下にこうして集い、もてなしの厚きこの卓を囲むのは初めてではありません。われわれがある善良なるご婦人たちの厚きもてなしの受領者となったのは――と申しますか、むしろ犠牲者でしょうか――今回が初めてではありません。

腕をぐるっと回して輪を描き、間をおいた。皆、笑い声をあげたり笑顔をケイト叔母とジューリア叔母とメアリー・ジェインに向けたりして、三人とも嬉《うれ》しさに顔を赤らめた。ゲイブリエルは意を強くしてつづけた。

――わたくしは巡る年ごとにますます強く感ずるのですが、わが国の厚きもてなしの伝統以上にわが国の名誉となり、かつまたこれ以上に油断なく守るべき伝統は、ほかにありません。わたくしの経験の及ぶかぎり（わたくしは多少なりとも外国を訪れてもいますが）、それは現代諸国の中でも固有の伝統であります。われわれにとってそれはむしろ欠点であり、なんら誇るべきものではないと言う人もいるでしょう。しかしたとえそうだとしても、それは、わたくしの思うに、高貴なる欠点であり、われわれの間で末永く陶冶《とうや》されるべきものと考えます。少なくとも一つだけ、わたくしは確信します。この一つの屋根が先ほど申し上げた善良なるご婦人たちを宿らしめるかぎり――そして来《きた》るべき幾久しき年月に亘《わた》ってそうあれかしと衷心《ちゅうしん》より願うのですが

――誠実にして心温かく礼儀正しきアイルランド流のもてなしの伝統、われわれの祖先がわれわれに伝え遺《のこ》し、われわれが子孫に伝え遺さねばならない伝統は、今なおわれわれの間に生きているのであります。

心から賛同というつぶやきがテーブルを駆け巡る。アイヴァーズ嬢がこの場にいないこと、礼儀知らずにも帰ってしまったことが、ゲイブリエルの頭をふっとよぎった。彼は自信にみちて先をつづける。

――皆さん、

――新しい世代がわれわれの中に育ちつつあります。新しい理念と新しい主義に動かされる世代であります。その世代はそうした新しい理念に対して真剣かつ情熱的であり、その情熱は、たとえ方向を誤るときにも、概して真摯《しんし》であります。しかしわれわれは懐疑的な、かつまた、語弊があるかもしれませんが、思想に苛《さいな》まれる時代に生きています。そしてわたくしはときどき憂《うれ》えるのですが、この新しい世代は、教養豊かな、というか教養過剰な世代ではあるものの、人間性、厚きもてなし、心優しきユーモアといった特質、旧《ふる》き時代にはあった特質に欠けることになりはしないでしょうか。今夜、過去の偉大なる歌手の名を多々耳にしながら、わたくしは正直なところ、われわれがゆとりなき日々に生きているように思われました。あの頃の日々はゆとりある日々だったと言っても過言ではないでしょう。そういう日々がたとえ記憶の彼方《かなた》に消え去ったとしても、せめてこのような集いの中で、われわれは誇りと愛情をもって今なお往時を語ろうではありませんか。唯々《いい》として死なせることはしない名声を有する、死して今は亡《な》き偉大な人びとの思い出を今なお胸に慈《いつく》しもうではありませんか。

――いいぞ、いいぞ！　と、ブラウン氏が大声で合の手を入れた。

――しかしながら、と、ゲイブリエルはつづけ、声を柔らかに下降させる。このような集いでは、もっと悲しい思い出のかずかずが必ずや胸の内に回想されます。過去の、青春の、変化の、今夜ここになき懐《なつ》かしい顔の思い出のかずかずです。われわれの人生行路には、そうした悲しい思い出が数多《あまた》まき散らされています。ですからそうした思い出にいつもいつもひたっているならば、生けるものの一員として凛々《りり》しく任務を続けて行く勇気を持てないでしょう。わたくしたちは皆、生けるものとしての義務と生けるものとしての愛情を持ち、それがわれわれの奮励奮闘を要求する、当然ながら要求するのであります。

――したがって、わたくしは過去の思いに滞《なず》むことはしません。辛気くさい説教が今夜のこの場へ割り込むことのないようにいたします。わたくしたちは、千篇一律の日々の忙《せわ》しなさと慌《あわ》ただしさからの束《つか》の間《ま》の離脱を求めてここに集っております。ここに集うわれわれは友愛の精神のもとにある友人同士であり、そしてある程度までは、真の友誼《カマラーダリ》の精神のもとにある同僚でもありますし、かつまた客人でもあるのですが、その招待主は――なんと呼びましょうか――ダブリン音楽界の優雅なる三美神《びしん》なのであります。

テーブルの一同がこの呼称にどっと沸き、笑いが渦巻く。ジューリア叔母は、ゲイブリエルがなんと言ったのか近くの席へ順ぐりに問うが、要領を得ないでいる。

――わたしたちが三美神なんですって、ジューリア叔母さん、と、メアリー・ジェインが言った。

ジューリア叔母は分らないのだが、目を上げてにこりとゲイブリエルに笑み、ゲイブリエルはそのまま調子に乗ってつづけた。

――皆さん。

――わたくしは今夜、かのパリスが同じような場で演じた役割を演じるつもりはありません。三人のうち一人を選ぶつもりはありません。そんな役目は不興を買うでしょうし、非力なわたくしにはとても及ばない役目です。というのもわたくしが三人を順ぐりに見ていくとき、それが女主人指揮官その人、優しき心、優しすぎる心、この人を知る者すべてにとってそれは代名詞ともなっておりますが、そういう心の持主であれ、あるいはその姉である人、永遠の若さに恵まれているらしく、今夜はわれわれすべてにとって驚異であり天啓であったにちがいない歌を聞かせてくれた人であれ、あるいはまた、最後になりましたがこれまた大事な人、最も若き女主人、才媛《さいえん》にして明朗活発、しかも勤勉家である出色の姪《めい》である人をも考慮しますとき、正直なところ、皆さん、わたくしは三人の誰に賞を与えるべきか分らないのです。

ゲイブリエルは叔母たちを見おろし、ジューリア叔母の顔に浮ぶ満面の笑みとケイト叔母の目にこぼれ落ちそうになる涙を見て、締めくくりへ急ぐ。ポートワインのグラスを勇ましく掲げると、誰もかれもが待ちかまえたようにグラスをいじっているのを前に、声高らかに言った。

――三人全員に乾杯しましょう。三人の健康と富と長寿と幸福と繁栄を願って乾杯、そして三人が斯道《しどう》において保つ誇らしくも自ら勝ち得た地歩を、そしてわれわれの胸の内に保つ名誉と愛情の地歩を、末永く保つことを願いましょう。

客は全員グラスを手に立ち上り、椅子《いす》に座ったままの三人のほうを向き、ブラウン氏の音頭で声合わせて歌った。

なんせ朗らか愉快なやつら
なんせ朗らか愉快なやつら
なんせ朗らか愉快なやつら
あったりまえの話じゃないか

ケイト叔母は人目も憚《はばか》らずにハンカチを使い、かつまたジューリア叔母まで感動したらしい。フレディ・マリンズがプディングフォークで拍子を取り、歌い出した面々は、まるで歌声会議の最中とばかりに互いに向き合いながら、力強く歌った。

でまかせ話じゃあるまいに
でまかせ話じゃあるまいに

それからもう一度、女主人たちのほうへ向き直って歌った。

なんせ朗らか愉快なやつら
なんせ朗らか愉快なやつら
なんせ朗らか愉快なやつら
あったりまえの話じゃないか

つづいて起った拍手喝采《かっさい》は、食事部屋のドアの向うでほかの大勢の客に引きつがれて幾度も反復され、フレディ・マリンズがフォークを高く挙げて士官役を演じた。

＊　＊　＊

日付の変った深夜の突き刺すような空気が一同のいる玄関ホールへ入ってきたので、

ケイト叔母が言った。

——誰かドアを閉めてちょうだいな。マリンズさんが凍え死んでしまうじゃない。

——ブラウンが外に出てるの、ケイト叔母さん、と、メアリー・ジェインが言った。

——ブラウンはどこにでも出る人だもの、と、ケイト叔母が声をひそめて言った。

メアリー・ジェインはその口調にけたけた笑った。

——ほんと、と、彼女はいたずらっぽく言った。とても気が廻る人だから。

——ガスみたいに重宝するのよ、と、ケイト叔母は同じ口調で言った。クリスマスから年明けにかけてはね。

今度は自分から上機嫌に笑って、それからすぐに言い足した。

——でも入るように言ってちょうだい、メアリー・ジェイン、そしてドアを閉めてって。さっきの聞えなかったでしょうね。

このとたんに玄関扉が開き、ブラウン氏が玄関階段から入ってきた。顎《あご》が外れんばかりの高笑いだ。長い緑色の外套《がいとう》は模造アストラカンの袖口《そでぐち》と襟、頭には卵形の毛皮の帽子といういでたちである。雪に覆《おお》われた船寄《ふなよせ》を指さすと、ピューッと鋭くのばした口笛の音がその方角から運ばれてきた。

——テディはダブリン中の辻馬車《つじばしゃ》を集める気だ、と、言った。

ゲイブリエルが事務所の奥の狭い食器部屋《パントリー》から出てきて、外套を着込みながら、玄関ホールを見まわして言った。

——グレッタはまだ降りてこない？

——身支度してるところよ、ゲイブリエル、と、ケイト叔母が言った。

——上で弾いているの誰かしら？　と、ゲイブリエルが訊《き》く。

——誰も。みんな帰ったもの。

——いいえ、ケイト叔母さん、と、メアリー・ジェインが言った。バーテル・ダーシーとオキャラハンさんはまだよ。

——とにかく誰かピアノをいじってる、と、ゲイブリエルが言った。

メアリー・ジェインはゲイブリエルとブラウン氏を見て、ぶるっとふるえながら言った。

——わたしまで寒くなってしまうな、紳士二人がそんなに厚ぼったく着込んでるのを見ると。こんな時間にお帰りなんて、わたしならご免だけれど。

——こういうときこそ最高でしてな、と、ブラウン氏が威勢よく言った。田舎を颯爽《さっそう》と散歩するのもいいし、一頭立ての馬車をすっ飛ばすのもたまらんですぞ。

——昔は、うちにもとってもいい馬がいて、二輪馬車もあったけど、と、ジューリア叔母が悲しげに言った。

――かの忘れがたきジョニー、と、メアリー・ジェインがけたけた笑う。

ケイト叔母とゲイブリエルも笑い出す。

――それで、ジョニーのどういうところが素晴しかったんです？　と、ブラウン氏が問う。

――今は亡きパトリック・モーカン、つまり、僕らの祖父ですが、と、ゲイブリエルが説明し始めた。晩年には大旦那《おおだんな》で通っていた人で、膠《にかわ》工場をやってましてね。

――あら、なに言ってるの、ゲイブリエル、と、ケイト叔母が笑った。糊《のり》の工場をやってたのよ。

――まあ膠にしろ糊にしろ、と、ゲイブリエルは言った。その大旦那にはジョニーという名の馬がいましてね。そのジョニーは大旦那の工場で働いていて、挽臼《ひきうす》をぐるぐる回していたわけです。そこまでは万事うまく運んでいた。ところがジョニーの悲劇が訪れます。ある日のこと、大旦那はお偉方たちにお供して公園の閲兵式に馬車で行こうとしましてね。

――あの人の魂に神様のご慈悲を、と、ケイト叔母が憐《あわ》れみ深く言った。

――アーメン、と、ゲイブリエルが言った。そこで大旦那は、今も言いましたように、ジョニーを馬車に繋《つな》ぎ、最上のシルクハットに最上の襟飾り《ストックタイ》の礼装で、バック小路あたりの先祖代々の屋敷から意気揚々とお出ましになったようです。

ゲイブリエルの話しぶりに、皆、大笑いし、マリンズ夫人まで笑いころげる。するとケイト叔母が言った。

——おや、いやね、ゲイブリエル、バック小路なんかに住んでいませんでしたよ、ほんとにもう。あそこには工場があっただけ。

——先祖代々の屋敷から、と、ゲイブリエルはつづける。ジョニーとお出ましです。万事見事に運んでいたんですが、するとジョニーがビリー王の銅像を目にした。そしてビリー王の跨《また》がる馬に惚《ほ》れたのか、工場へ戻ったと思ったのか、とにかく銅像の回りをぐるりぐるり回り始めたんです。

ゲイブリエルは一同が大笑いする中、ゴロッシュを履いた足でぐるっと円を描いて玄関ホールを歩む。

——ぐるりぐるり回りました、と、ゲイブリエルが言う。それで大旦那は、なにせたいそう気取り屋の大旦那ですから、おおいに憤慨しましたよ。こりゃ、行け！　こりゃ、どういうつもりじゃ？　ジョニー！　ジョニー！　不埒《ふらち》なふるまいをしやがって！　この馬なにを考えとる！

ゲイブリエルが事の次第を自ら演技して見せると、けたたましい笑いがとどろいたが、それはガツンガツンと玄関扉をノックする音でさえぎられた。メアリー・ジェインが駆けて行き、フレディ・マリンズを中へ入れる。フレディ・マリンズは帽子をぐっと後ろへ反らせ、寒さに肩を丸めながらも、走り回ったあとだけに息を切らせて湯気を立てている。

——一台しか捕まらなかった、と、彼は言った。

——なあに、船寄《ふなよせ》へ出て見つけるから、と、ゲイブリエル。

——そうね、と、ケイト叔母。マリンズさんをすきま風の吹く中でお待たせしないほうがいいわ。

マリンズ夫人が息子とブラウン氏の手を借りて玄関階段を下りて、幾度も作戦行動を繰返した後、馬車の中へ押し上げられた。フレディ・マリンズがそのあとから這《は》い上るようにして中へ入り、母親を席に落着かせるのにながながと手こずって、それをブラウン氏があありろこうしろと口を出す。やっとしっくりおさまったので、フレディ・マリンズがブラウン氏を馬車の中へ招く。さんざんやり取りの混乱があってから、ブラウン氏が馬車に乗り込んだ。駁者《ぎょしゃ》は膝《ひざ》に毛布を掛け、上体をかがめて行先を尋ねた。混乱がなおも増大し、フレディ・マリンズとブラウン氏が、どちらも馬車の窓から首を突き出しては、駆者にまるきり別方角を告げる。さっぱり判然としないのは道中どこでブラウン氏を降ろすのかということで、さらにはケイト叔母とジューリア叔母とメアリー・ジェインが玄関階段から議論に加わり、互いに逆方角を告げたり打消し合ったりしては笑いどよめく。フレディ・マリンズはといえば、げらげら笑うばかりで口がきけない。窓から首を突き出したり引っ込めたりして、そのたびに危うく帽子が落っこちそうになりながら、母親に議論の進展ぶりを告げた。それからようやく、ブラウン氏が一同の笑い声を圧する大音声で、こんぐらかるばかりの駆者にどなった。

——トリニティ大学は知ってるな？

——へい、と、駆者は言った。

——よし、トリニティ大学の前へどーんと着けてくれ、と、ブラウン氏。そっから先はまた言う。分ったな？

——へい、と、駆者は言った。

——トリニティ大学へまっすぐらにだぞ。

——かしこまりました、と、駆者は言った。

馬に鞭《むち》が入り、馬車は笑いとさよならの合唱に送られて船寄通りをがたがたと走り去った。

ゲイブリエルはいっしょに玄関口に出ていなかった。玄関ホールの暗い片隅で階段を見上げていた。女が一人、下から一つ目の踊り場あたり、やはり暗がりに立っている。顔は見えないが、スカートのテラコッタとピンクサーモンの縫い飾りは見て取れた。暗がりなので黒と白のように見えるのだ。妻だった。手摺《てすり》に寄り掛って、なにかに耳を傾けている。ゲイブリエルはその静止の姿に不意を衝《つ》かれ、自分も耳をそばだてた。しかし聞えるのはただ、玄関階段の騒がしい笑い声と言合いと、ピアノ鍵盤《けんばん》の打ついくつかの和音と、男の声の歌う数節だけだった。

玄関ホールにじっと立ち、その声の歌う旋律を聞き取ろうとしながら、妻を見上げる。その姿勢には優雅と神秘があり、妻はあたかもなにかの象徴であるかのようだ。階段の暗がりに佇《たたず》んで遠い楽の音に耳を傾ける一人の女は、何の象徴だろうか、と、彼は自問した。自分が画家だったなら、あの姿勢の女を描きたい。青いフェルトの帽子が暗闇《くらやみ》を背景に髪の青銅色《ブロンズいろ》を引き立てるだろうし、スカートの暗色の縫い飾りは明色の縫い飾りを引き立てるだろう。遠い楽の音、もし自分が画家ならそう名づけたい。

玄関扉が閉じられ、ケイト叔母とジューリア叔母とメアリー・ジェインがまだ笑いこけながら玄関ホールをやって来た。

——ねえ、フレディってどうしようもないでしょ？　と、メアリー・ジェインが言った。ほんとにどうしようもないんだから。

ゲイブリエルはなにも言わず、妻の佇む階段を指さす。玄関扉が閉ったので、声とピアノがさっきよりはっきり聞える。ゲイブリエルは片手を上げ、静かにしてほしいと三人に合図した。歌は古いアイルランドの調べらしく、歌い手は歌詞と声の両方に自信なさげだ。その声は、離れているのと歌い手の喉《のど》の嗄《かす》れとで哀切味を帯び、悲嘆を語る歌詞で曲の終止《カデンツ》をほのかに輝かした。

ああ、雨が重くわたしの髪に
雫《しずく》の落ちるわたしの肌に
愛《いと》しのわが子冷たくなりて……

——まあ、と、メアリー・ジェインが声をあげた。バーテル・ダーシーが歌ってるじゃない、今夜は歌わないって言ってたのに。わあ、帰る前に一曲歌ってもらうわね。

——ええ、そうなさいな、メアリー・ジェイン、と、ケイト叔母が言った。

メアリー・ジェインは客の間をすり抜けて階段へ駆け出したが、階段へ行かないうちに歌声はやみ、ピアノがバタンと閉じられた。

――まあ、残念！　と、声をあげる。あの人、下りてくるの、グレッタ？

ゲイブリエルは妻がええと言うのを聞き、妻が下りてくるのを見た。数歩後ろから、バーテル・ダーシー氏とオキャラハン嬢。

――あら、ダーシーさん、と、メアリー・ジェインが呼びかける。そんな急にやめるなんてすごく意地悪じゃない、あなたの歌を聴きたくってみんなわくわくしてるのに。

――わたし、ずうっとせがんでたのよ、と、オキャラハン嬢が言った。それにコンロイさんも。なのにひどい風邪を引いてるから歌えないんですって。

――あら、ダーシーさん、と、ケイト叔母が言った。そんなの大嘘《おおうそ》でしたのね。

――お分りでしょ、このとおり烏《からす》みたいなしゃがれ声なんだ、と、ダーシー氏がつっけんどんに言った。

そう言って慌《あわ》ただしく食器部屋《パントリー》へ入るや、外套を着込む。皆、そのつっけんどんな言い方に面食らい、二の句が継げない。ケイト叔母が眉《まゆ》をしかめ、もうやめましょうと合図した。ダーシー氏はそのまま突っ立って入念に首をくるみながら、険悪な顔つきになっている。

――このお天気だものね、と、ジューリア叔母が、ちょっと間をおいて言った。

――ええ、みんな風邪ひいてる、と、ケイト叔母がすぐさま言った。みんな、そう。

——そういえば、と、メアリー・ジェインが言った。こんな雪は三十年ぶりなんですってね。今朝の新聞にも出ていたわ、アイルランド全土が雪になるって。

——わたしは雪化粧が好きだけれど、と、ジューリア叔母が悲しげに言った。

——わたしもそう、と、オキャラハン嬢。クリスマスになっても雪が積らなかったらクリスマスじゃないものね。

——でもダーシーさんは雪がお好きじゃないんですって、と、ケイト叔母が笑む。

ダーシー氏が食器部屋《パントリー》から出てきた。首をすっかりくるみ、外套のボタンもしっかり留めていて、気が咎《とが》めた口調で風邪を引いたいきさつを話した。皆が口々に助言を与え、ほんとうにお気の毒と言い、夜気に当るのだから喉にはじゅうぶん注意してと言った。ゲイブリエルは妻を見つめていた。妻は会話に加わらずにいる。ほこりっぽい扇窓の下に佇み、ガス灯の炎がふさふさの髪の青銅色《ブロンズいろ》を照し出していた。数日前、暖炉で乾かしているのを見た髪だ。さっきからの同じ姿勢のまま、周りの話には気がついていない様子だった。ようやく一同のほうを向くと、その頬に赤みがさして目がきらきら光るのがゲイブリエルには見て取れた。急に歓喜の血潮が彼の心臓からほとばしり出た。

——ダーシーさん、と、彼女は言った。さっき歌っていたのはなんという歌ですか？

——オーグリムの乙女、と、ダーシー氏。だけどちゃんと覚えてなかったな。どうして？　知ってる歌？

——オーグリムの乙女、と、彼女は繰返した。曲名を思い出せなかったんです。

——とても素敵な曲ね、と、メアリー・ジェインが言った。今夜は声が本調子でなくって残念だったけど。

——だめですよ、メアリー・ジェイン、と、ケイト叔母が言った。ダーシーさんをいじめちゃだめ。いじめたりするのは許しませんよ。

全員が帰り支度になったのを見て取り、ケイト叔母が先導して一同は扉口へ進み、そこでおやすみが言い交された。

——じゃ、おやすみ、ケイト叔母さん、ありがとう、楽しい夜だった。

——おやすみ、ゲイブリエル。おやすみなさい、グレッタ！

——おやすみなさい、ケイト叔母さん、ほんとに楽しかったです。おやすみなさい、ジューリア叔母さん。

——おや、おやすみなさい、グレッタ、そこにいたのね。

——おやすみなさい、ダーシーさん。おやすみなさい、オキャラハンさん。

——おやすみなさい、モーカンさん。

——もう一度、おやすみなさい。

——おやすみなさい、皆さん。気をつけてお帰りになってよ。

——おやすみなさい。おやすみなさい。

夜はまだまだ暗い。鈍い黄色の明りが家並と川にぼうっとかぶさり、空がずんずん下降してくるようだ。足もとはぬかるみかけていて、雪はわずかな筋となり継ぎ接《は》ぎとなって、屋根に、船寄《ふなよせ》の欄干に、半地下勝手口の柵《さく》に載っている。灯火がどんよりした大気の中でまだ赤く燃えていて、川の向うには、四法廷《フォー・コーツ》の大建築が威圧するごとく重苦しい空にそびえ立つ。

妻はバーテル・ダーシー氏と並んで前方を歩いてゆく。焦茶《こげちゃ》の紙にくるんだ靴を小《こ》脇《わき》にはさみ、両手でスカートをぬかるみからつまみ上げている。もはや優雅の姿勢ではないが、しかしゲイブリエルの目はまだ嬉々《きき》として輝いていた。血潮が体中を駆けめぐり、さまざまな思いが、誇らしい、楽しい、優しい、雄々しい思いが、脳髄に暴れ回った。

妻が前方をあまりに軽やかに、背筋をきりっと伸ばして歩いて行くので、彼は音立てずに走り寄って両肩をつかまえ、なにか愚かしい情愛の言葉を耳もとにささやきたくなった。あまりにか弱そうに思われて、なにかから守ってやりたくなり、そうして二人きりになりたくなった。二人だけの秘密の生の一瞬一瞬が、星のごとくきらめいて記憶に弾《はじ》ける。薄紫色の封筒が一通、朝食のカップのそばにあり、それを彼は片方の手で愛撫《あいぶ》していた。小鳥たちが蔦《つた》の中でさえずり、日を浴びたカーテンの網目が床に伸びてゆれていた。嬉《うれ》しくて朝食どころではなかった。二人で混み合うプラットフォームに立ち、手袋をはめた彼女のぬくもる掌《てのひら》に切符をのっけていた。寒い中、彼女といっしょに格子《こうし》窓《まど》を覗《のぞ》き込み、ごうごう鳴る炉で瓶を作っている男を見ていた。ほんとうに寒い日だった。彼女の顔が、寒気の中で芳《かぐわ》しく匂《にお》い、彼の顔とくっつきそうになって、それで彼はいきなり炉の男に呼びかけた。

――火、熱いでしょ？

しかし炉の騒音で男には聞き取れなかった。そのほうがよかった。乱暴な返事が返ってきたかもしれない。

いっそう柔らかな喜びが心臓からほとばしり出て、熱い血潮となって動脈を駆けめぐってゆく。いくつもの星の柔らかな火のように、二人だけの生の瞬間瞬間が、誰も知らないし知ることもない瞬間瞬間が、記憶にパッと現れては記憶を照らす。彼女にそうした瞬間を呼び戻してやりたくなり、二人の退屈な生活の歳月を忘れさせて、二人の恍惚《こうこつ》の瞬間だけを思い出させたくなった。というのもこれまでの歳月は自分の魂の炎も彼女の魂の炎も消し去ってはいない、と、感じるからだ。子供たちも自分の執筆も妻の家事も、二人の魂の柔らかな火を消し去ってはいない。あの頃、彼女に書いたある手紙でこんなことを記したのだった。こうした言葉が僕には味気なく冷たく思われるのはなぜだろう？　きみの名になれるくらい繊細な言葉がないからだろうか？　遠い楽の音のように、ずいぶん前に記したこの手紙の文句が過去から自分のほうへ運ばれてきた。妻と二人きりになりたくなった。この連れが立ち去れば、自分と妻がホテルの部屋へ入れば、そのときには二人きりになれる。優しく呼びかけるのだ。

——グレッタ！

たぶん、すぐには聞えないだろう。服をぬいでいるところだから。それからその声の何かにふっと気づく。ふり返って、自分を見る……。

ワインタヴァーン通りの角で辻馬車《つじばしゃ》が見つかった。馬車のガタガタいう音が嬉しかった。おかげで会話をしないですむ。妻は窓から外を眺めていて、疲れているようだ。ほかの二人は建物や通りを指さしながら、二言三言、言葉を交すだけだった。馬はどんよりした深夜の空の下を大儀そうに、ガタガタいう古ぼけた箱を後ろにひきずりながら駆けて行き、そしてゲイブリエルはまたしても妻といっしょに馬車に乗り、船に間に合うようにと疾走し、新婚旅行へと疾走しているのだった。

馬車がオコンル橋を渡るとき、オキャラハン嬢が言った。

——オコンル橋を通ると必ず白い馬を見るそうね。

——今は白い男が見える、と、ゲイブリエルが言った。

——どこ？　と、バーテル・ダーシー氏。

ゲイブリエルは銅像を指さした。雪を斑《まだら》にかぶっている。それから銅像に向って親しげにうなずき、手をふった。

——おやすみ、ダン、と、快活に言った。

馬車がホテルの前へ横づけになると、ゲイブリエルはぴょんと飛び降りて、バーテル・ダーシー氏がそれは困ると言うのにかまわず、馭者《ぎよしや》に金を払った。一シリング上乗せして渡す。馭者は会釈《えしやく》をして言った。

——いい年迎えてくだせえ、旦那《だんな》。

——あんたもね、と、ゲイブリエルは愛想よく言った。

妻はちょっと彼の腕にもたれかかりながら馬車から降り、そのまま縁石に立って、二人におやすみなさいと言った。彼の腕に軽く、二、三時間前に自分と踊ったときと同じように軽くもたれかかっている。あのときは誇らしくて嬉しかった。彼女が自分のものであることが嬉しくて、優雅さと妻らしい身のこなしが誇らしかった。ところが今、あれやこれやの思い出に再び火が付いてしまった今、妻の肉体の最初の感触が、楽の音にも似た未知の芳しいその感触が、欲情の烈《はげ》しい疼《うず》きを全身に走らせた。妻の無言に乗じて、彼は妻の腕をぴったり脇腹に引き寄せた。そしてホテルの入口に立ったとき、彼は自分たちが生活や義務から逃れてきたような気がした。家庭や友人たちから逃れて、荒々しい晴やかな心を躍らせて新たな冒険へと出奔するのだという気がした。

一人の老人が玄関ホールの幌《ほろ》付きの大きな椅子《いす》でうたた寝をしていた。老人は事務室で一本の蠟燭《ろうそく》に火を点《とも》し、先に立って階段へ向う。二人は黙ってそのあとについて行った。厚い絨毯《じゅうたん》の敷かれた階段を踏みつけてゆく足音がきゅっきゅっと柔らかな音を立てた。妻は玄関番の後ろから階段を上る。うつむきながら上って行き、荷物を背負っているみたいにか弱い肩を丸めて、スカートがぴっちりと巻きついている。今にも両腕をさっとその腰に回し、動けなくしてしまいそうになった。両腕が妻をしっかと抱きしめたい欲望にふるえていて、握りしめた両手の掌に爪《つめ》を押しつけて、己の肉体の荒々しい衝動をやっと押しとどめていたのである。玄関番は階段の途中で立ち止り、蠟のしたたる蠟燭のぐらつきを直した。二人もまた、その下の段々に立ち止った。静寂の中、ゲイブリエルには、溶けた蠟が受皿に落ちる音が聞え、己の心臓が肋骨《ろっこつ》を激しく打つ音が聞えた。

玄関番が長い廊下を案内し、扉を開く。それから安定の悪い蠟燭を化粧台に置いて、朝は何時に起しましょうかと尋ねた。

——八時、と、ゲイブリエル。

玄関番は電気スタンドのコンセントを指さして、もごもご言い訳を言い始めたが、ゲイブリエルはさえぎった。

——明りは要らない。通りからの明りで充分。ああ、それから、と言って、蠟燭を指さす。その立派なやつは持っていってくれないか、頼むよ。

玄関番は再び蠟燭を持ち上げたが、のろのろと動いた。なんとも奇抜な思いつきだと驚いたのである。それからおやすみなさいとつぶやき、出て行った。ゲイブリエルはガチャッと鍵《かぎ》を掛けた。

外の街灯の無気味に青ざめた明りが、一条の光となって一つの窓から扉まで伸びている。ゲイブリエルは外套《がいとう》と帽子を長椅子に放り投げ、その窓に歩み寄った。通りを見下ろして、昂《たか》ぶりを少し静めようとした。それから向きを変え、光を背にして整理簞笥《だんす》に寄りかかる。妻も帽子と外套をぬいで、大きな鏡台の前で腰のホックを外しているところだった。ゲイブリエルはそれを見つめながらちょっと間をおいて、それから声をかけた。

——グレッタ！

妻は鏡からゆっくりと離れて、光芒《こうぼう》づたいに歩み寄ってきた。その顔がたいそう真剣で疲れているふうなので、言おうとした言葉がゲイブリエルの口から出てこない。いや。まだその時ではない。

——疲れてるようだね、と、彼は言った。

——ええ少し、と、彼女は答えた。

——具合でも悪いんじゃないか？

——ううん、疲れているだけ。

彼女は窓辺へ行き、そこに立ったまま外を眺めている。ゲイブリエルは再び待ち、それから優柔不断に屈しそうになるのを恐れて、いきなり言った。

——ところでさ、グレッタ！

——なあに？

——かわいそうに、あのマリンズ、ほら知ってるだろ？　と、早口に言った。

——ええ。あの人がなにか？

——あいつもかわいそうに、結局はいいやつなんだけど、と、ゲイブリエルは作り声でつづけた。貸してあった一ポンドを返してよこした。当てにしてなかったけどね、ほんとのところ。あのブラウンと手を切らないのが残念だ。だって悪い男じゃないんだからさ、ほんとに。

彼は今やいらついて身をふるわせていた。どうしてこんなに上の空みたいにしているんだ？　どう切り出してよいか分からない。彼女もなにかにいらついているのか？　ちょっとふり向くとか、自分からこっちへ来たっていいじゃないか！　こんな彼女を抱くのは野蛮だろう。うん、まず彼女の目に熱っぽいものを見てからでなくては。彼女の不可解な気分を征服したくなった。

――いつその一ポンド貸してあげたの？　ちょっと間をおいて、彼女は尋ねた。

ゲイブリエルは、飲んだくれのマリンズのことや一ポンドのことを乱暴にわめきちらしたくなるのをなんとか抑えた。魂の底から妻に叫びかけ、その肉体を拉《ひし》がんばかりに自分に押しつけ、妻を圧服したくなった。しかし彼は言った。

――ああ、クリスマスに、あいつがあの小さなクリスマスカードの店を開いたときさ、ヘンリー通りの。

むかむかとむらむらの熱に昂ぶるあまり、妻が窓辺から歩み寄るのが聞えなかった。妻は一瞬、彼の前に立ち、けげんそうに見つめる。それから不意に爪先《つまさき》立ちになり、両方の手を彼の両肩にのせて、キスした。

――あなたって、とても寛大なお方、ゲイブリエル、と、妻は言った。

ゲイブリエルは、いきなりキスされたのと古風な言回しとに身ぶるいするくらい喜んで、両手を妻の髪にのせ、ふれるかふれないかの指先で、髪を後ろへ掻《か》き撫《な》でた。洗ったので艶《つや》やかな光沢がある。心は幸せに満ちあふれていた。こっちがそれを求めているそのときに、妻は自分のほうからやってきたのだ。たぶん、自分といっしょに思いをめぐらせていたのだろう。たぶん彼の内にわいた衝動的な欲望を感じ取り、それで身をまかそうという気分が襲ってきたのだ。こんなにたやすく陥落するのなら、なんで自分は二の足を踏んでいたのか。

彼は立ったまま、妻の頭を両手ではさむようにしていた。それから、片腕を素早くすべらせて腰に回し、自分のほうへ引き寄せて、やんわり言った。

――グレッタ、ねえ、なにを考えてるんだい？

返事もなく、腕に身をまかせるでもない。もう一度、やんわり言った。

――言ってごらんよ、グレッタ。どうかしたんだろ。違うかい？

彼女はすぐには答えなかった。それからわっと泣き出して言った。

――ああ、あの歌のこと考えてるの、オーグリムの乙女のこと。

彼女は身をふりほどいてベッドへ駆け寄り、ベッドの柵上へ腕を十字に投げ出して顔をうずめた。ゲイブリエルは一瞬、呆然《ぼうぜん》と立ちつくし、それからあとを追う。姿見の前を通るとき、自分の全身が見えた。広くて厚いワイシャツの胸、鏡で見るたびに自分を戸惑わせる表情の顔、きらっと光る金縁眼鏡。彼は妻の二、三歩前で立ち止り、そして言った。

——あの歌がなに？　どうしてその歌で泣いたりするんだい？

彼女は腕から顔を上げ、子供みたいに手の甲で涙をぬぐった。意図した以上に優しい口調の声になった。

——どうして、グレッタ？　と、問う。

——ずっと前によくあの歌を歌ってた人のことを考えてるの。

——誰だい、ずっと前の人って？　と、ゲイブリエルは笑みを浮べて問う。

——ゴールウェイで知ってた人、わたしが祖母の家に住んでたとき、と、彼女は言った。

笑みがゲイブリエルの顔から消えた。鈍い怒りがまたしても心の奥で募り始め、欲情の鈍い炎が血潮となって熱《いき》り立つ。

——きみが恋をしていた相手？　と、皮肉をこめて問う。

——ずっと前に知っていた男の子、と、彼女は答えた。マイケル・フュアリーっていうの。よくあの歌を歌ってた、オーグリムの乙女。とても体が弱かったの。

ゲイブリエルは無言だった。体が弱かったその少年のことを気にしているとは思われたくなかった。

——今でもくっきり目に浮ぶ、と、ちょっと間をおいて彼女は言った。すてきな目をしてたわ、大きな黒い目！　とっても表情があった——表情が！

——ならやっぱり、恋をしてたんだろ？　と、ゲイブリエルは言った。

——よく彼とあちこち歩いたわ、と、彼女は言った。ゴールウェイにいた頃。

ある思いが、ゲイブリエルの胸をよぎった。

——だからあのアイヴァーズなんかとゴールウェイに行きたいと言ったのかい？　と、彼は冷たく言った。

彼女は彼を見て、意外そうに問う。

——なんのために？

その目にゲイブリエルは気まずくなった。彼は肩をすくめて言った。

——そりゃ分らない。会うためだろ、たぶん。

妻は彼から目をそらし、黙ったままその視線が光芒の中を窓のほうへ動く。

――死んだの、と、彼女はやっと言った。たった十七で死んだの。そんなに若くて死ぬなんてひどいでしょう？

――仕事はなに？　と、ゲイブリエルはまだ皮肉をこめて言った。

――ガス工場で働いてた、と、彼女は言った。

ゲイブリエルは、皮肉が見当外れだったのと、死せるものたちの中からこの人物を、ガス工場で働く少年を呼び起したこととで、屈辱を感じた。二人だけの秘密の生の思い出に自分がひたりきっていたときに、優しさと喜びと欲望とにみちみちていたときに、この女は胸の内で自分ともう一人の男とを比較していたのだ。わが身を恥じる意識が攻撃してきた。自分のおめでたい姿が目に浮ぶ。叔母たちの使い走り、神経質な人の好い感傷家を演じ、俗物どもに演説をぶち、己の道化じみた情欲を理想化し、鏡でちらりと見て取れたなんとも憐《あわ》れむべき独り善がりの間抜け者。本能的に、明りのほうへもっと背を向け、額に燃える羞恥《しゅうち》を見られまいとした。

冷やかな尋問口調を保とうとしたが、いざ口をひらくと、その声はおずおずとして力不足だった。

――そのマイケル・フュアリーが好きだったらしいね、グレッタ、と、彼は言った。

――あの頃は夢中になってた、と、彼女は言った。

くぐもって悲しげな声だった。ゲイブリエルは、自分のもくろんだ方向へ彼女を連れ行こうとしても無駄だと感じて、片方の手を愛撫《あいぶ》しながら、同じく悲しげに言った。

——どうしてそんなに若くて死んだんだい、グレッタ？　肺結核？

——わたしのせいで死んだと思う、と、彼女は答えた。

この返答に、漠然とした怖れがゲイブリエルをとらえた。まるであたかも、勝利を収めようとしたまさにそのとき、なにか得体の知れない報復の存在がその漠然とした世界で敵対勢力を結集し、自分に襲いかかろうとしているかのようだった。しかし彼は理性の力でそれをふり払い、彼女の手を愛撫しつづけた。二度と彼女に問い質《ただ》さなかった。彼女が自ら語るだろうと感じ取れたからだ。彼女の手は熱くじっとり汗ばんでいる。それは彼のふれるのに反応しなかったが、それでも彼は、あの春の朝、彼女から初めて届いた手紙を愛撫したのと同じように、愛撫しつづけた。

——冬だった、と、彼女は言った。冬の始めの頃、わたしは祖母のもとを離れてこっちの修道院へ来ることになっていたの。それであの人はゴールウェイの寮暮しだったときに病気になって、外に出るのも許されなくなって、ウータラードの実家に手紙がきてたそうよ。肺病だったんですって、なにかそんな病気だって聞いた。正確には知らなかったけれど。

一瞬、口をつぐみ、ため息をもらす。

——かわいそうに、と、彼女は言った。わたしのことがすごく好きで、とっても優しくしてくれた。よくいっしょに出かけて、歩きまわったわ。知ってるでしょ、ゲイブリエル、田舎ではみんなそうするじゃない。健康のことがなければ歌を勉強するつもりでいたのよ。とてもいい声だった、あのマイケル・フュアリー。

——で、それから？　と、ゲイブリエルが問う。

——それからわたしがゴールウェイを発《た》って修道院へ来るときになって、あの人はもっと悪くなって、わたしは会わせてもらえなくなって、だから手紙を書いたの、ダブリンへ行くけど夏には帰るから、それまでにはよくなってねって。

一瞬、間をおいて声を抑え、それからつづけた。

——わたしが発つ前の晩、ナンズ・アイランドの祖母の家で荷物をまとめていたら、下から窓に砂利を投げつける音がしたの。窓はぐっしょり濡《ぬ》れていてなにも見えないから、そのまま階段を駆け下りて、裏からそっと庭に出ると、かわいそうに、あの人が庭の隅っこにいて、ぶるぶるふるえていた。

——で、帰るようにと言ったの？　と、ゲイブリエルが問う。

——お願いだから帰ってって、すぐに言ったわ、雨に濡れてたら死んでしまうじゃないって。でもあの人は生きたくないって言うの。あの人の目がありありと見えるわ！木が一本あった塀の端のところに、あの人は立っていた。

——で、彼は帰った？　と、ゲイブリエル。

——ええ、帰った。わたしが修道院へ来てほんの一週間であの人は死んで、郷里のウータラードに埋葬されたの。ああ、それを聞いたあの日、あの人が死んだなんて！

言葉を途切らせ、すすり泣きにむせび、そして、感情をおさえきれず、顔をベッドに突っ伏せ、掛布団《かけぶとん》にうずめてすすり泣く。ゲイブリエルはもう一瞬、迷いつつ彼女の手をにぎり、それから、彼女の嘆きに割り込むのを恐れ、その手をふわっと落して、そっと窓辺へ動いた。


妻はぐっすり眠っている。

ゲイブリエルは片肘《かたひじ》をつき、妻のもつれた髪と開き加減の口を憤《いきどお》りもなくしばし見つめ、深い寝息を聞いていた。そうか、そんなロマンスの過去があったのだ。一人の男がこの女のために死んだ。夫たる自分がこの女の人生でなんとも哀れな役割を演じてきたものだと考えても、今、ほとんど苦痛を感じない。自分とこの女がこれまで夫婦として暮したことがなかったかのように、寝顔を見つめた。その顔と髪に彼の詮索《せんさく》する目がじっとそそがれた。そしてその頃、初々《ういうい》しい少女の美しさの当時、彼女はどんなふうだったのだろうと思い浮べるうちに、不思議な友情にも似た憐れみが心の内にわいてきた。その顔がもはや美しくないとは自分自身にも言いたくないけれど、しかしそれがもはや、マイケル・フュアリーが死を賭《と》してまで求めた顔でないことは分った。

たぶん、すべてを打ち明けたのではない。彼の目は妻が脱ぎ捨てた衣類のかぶさる椅子《いす》へと動いた。ペチコートの紐《ひも》が一本、床へ垂れ下がっている。片方のブーツが、途中からぐにゃっと折れて突っ立っている。もう片方は横倒しになっている。一時間前の感情の騒乱が不思議に思われた。あれは何が発端だったのか？　叔母の夕食から、自分の愚かなスピーチから、ワインとダンス、玄関ホールでおやすみを言い合った浮れはしゃぎ、雪の中を川沿いに歩いた楽しさから。ジューリア叔母さんもかわいそうに！　叔母もまた、じきに影となり、パトリック・モーカンやあの馬の影といっしょになるのだ。婚礼のために装《よそお》いてを歌っていたとき、一瞬、叔母の顔に浮んだやつれきった表情が見えた。たぶんもうじき、自分は喪服を着て、シルクハットを膝《ひざ》にのせて、あの同じ客間にいることになるのだろう。ブラインドが引き下ろされて、ケイト叔母がそばに腰掛け、泣きながら鼻をかみ、ジューリアの臨終の様子を話して聞かせる。叔母の慰めになるような言葉を頭の中であれこれ探して、結局はぎくしゃく無駄な言葉しか出てこないだろう。そうだ、きっとそう。じきにそうなるだろう。

部屋の寒気を両肩に感じた。そうっとベッドへ入って躰《からだ》を伸ばし、妻の傍らで横になる。一人、また一人と、皆が影になっていくのだ。なにかの情熱のまばゆい光輝の中で、敢然とあの世へ赴くほうがいいだろうか、年齢とともに陰鬱《いんうつ》に色褪《いろあ》せて萎《しぼ》んでゆくよりは。傍らに寝ているこの女が、ずっと長い間、生きていたくないと告げたときの恋人の目の面影をどんなふうにして心の内にしまいこんでいたのかと、彼は思った。

寛大の涙がゲイブリエルの目にあふれた。己自身はどんな女に対してもこういう感情を抱いたことはなかったが、こういう感情こそ愛にちがいないと知った。涙がなおも厚く目にたまり、その一隅の暗闇《くらやみ》の中に、雨の滴《したた》り落ちる立木の下に立つ一人の若者の姿が見えるような気がした。ほかにも人影が近くにいる。彼の魂は、死せるものたちのおびただしい群れの住うあの地域へ近づいていた。彼らの気ままなゆらめく存在を意識はしていたが、認知することはできなかった。彼自身の本体が、灰色の実体なき世界の中へ消えゆこうとしている。これら死せるものたちがかつて築き上げて住った堅固な世界そのものが、溶解して縮んでゆく。

カサカサッと窓ガラスを打つ音がして、窓を見やった。また雪が降りだしている。眠りに落ちつつ見つめると、ひらひら舞う銀色と黒の雪が、灯火の中を斜めに降り落ちる。自分も西へ向う旅に出る時が来たのだ。そう、新聞の伝えるとおりだ。雪はアイルランド全土に降っている。暗い中央平原のすみずみまで、立木のない丘陵に舞い降り、アレンの沼地にそっと舞い降り、もっと西方、暗く逆立つシャノン川の波の上にそっと舞い降りている。マイケル・フュアリーの埋葬されている侘《わび》しい丘上の教会墓地のすみずみにも舞い降りている。歪《ゆが》んだ十字架や墓石の上に、小さな門の槍《やり》の上に、実のない荊《いばら》の上に、ひらひら舞い落ちては厚く積っている。雪がかすかに音立てて宇宙の彼方《かなた》から舞い降り、生けるものと死せるものの上にあまねく、そのすべての最期《さいご》の降下のごとく、かすかに音立てて降り落ちるのを聞きながら、彼の魂はゆっくりと感覚を失っていった。

解説

柳瀬尚紀

本書は James Joyce:Dubliners（1914）の全訳である。従来の邦題は『ダブリン市民』『ダブリンの市民』『ダブリン人』『ダブリンの人びと』などとされてきたが、訳者はあえて『ダブリナーズ』と改題してこの新訳を世に問うことにした。

横文字をカタカナにして事足れりとする昨今の風潮に流されたのではない。タイトルの Dubliners という音をそのまま残したいというこだわりから、ようやく行き着いた訳語だ。都市名に接尾辞 -er を付けて、そこの出生者であり居住者であることを表す英語はきわめて数少ない。稀有《けう》と言ってよい。英語として認知されているのは、Berliner（ベルリン）、Londoner（ロンドン）、Montrealer（モントリオール）、New Yorker（ニューヨーク）、Zuricher（チューリヒ）、そして Dubliner くらいだろう。Dubliners という書名は特殊なのだ。20世紀初頭においては、ことさらそうだった。

作者ジェイムズ・ジョイスは、ごく早くに Dubliners というタイトルを決めていた。一九〇四年、二十二歳のとき友人に宛《あ》てた手紙にそれを記している。また翌年、編集者に宛てた手紙では「Londoner や Parisian が本のタイトルになっている」のに、「ダブリンを世界に提示した作家はいない」と断じ、「Dubliner という言い方《エクスプレッション》が自分にとってはなにか意味を持つように思われる」と記している。つまり、Dubliners というタイトルを英語の文学空間にデビューさせようとする野心がうかがえるのだ。訳者が初めてこの短篇集に接した四十数年前と違って、今日の日本語空間は『ダブリナーズ』を違和感なく受入れるのではないか。そういう思いもあって、訳者は Dubliners の音とひびきをそのまま残した。

若きジョイスにとって、ダブリンは「多くの人間が都会だと思っている半身不随もしくは中風《ちゅうふう》」、あるいは「中風の中心」であった。ジョイス語録の中でも最も知られるものの一つだ。しかしそれについて語り出すと長くなるし、訳者の解釈を披露してみたところで読者の楽しみを殺《そ》ぐことになるだろうから、ここでは控える。訳者の役割は、あくまでもジョイスの原文を可能なかぎり日本語として演奏することであって、翻訳を終えた今、むしろそのことについて語りたい。

先に「音とひびき」と言い、今、「演奏」と言ったのは、『ダブリナーズ』が実に音楽的に書かれているからだ。ジョイス作品がいかに音楽的であるか、それを訳者は

『フィネガンズ・ウェイク』翻訳で、進行中の『ユリシーズ』翻訳で、とことん体験している。そして『ダブリナーズ』翻訳でも、いたるところで音楽を聴いた。たとえば、「土くれ」のフィナーレでマライアの歌う「夢に見しわれは」。アイルランドの作曲家マイケル・ウィリアム・バルフのオペラ『ボヘミアの少女』の中で最も知られるアリアだ。メロディーは一度聞いたら耳に残るもので、たぶん読者も聞きおぼえがあるかもしれない。訳者は幾度も幾度も口ずさみながらこの歌詞を訳したが、その音楽を活字で伝えることはできない。そこで脚韻を二音ずつに訳して、音とひびきを奏《かな》でたつもりである。原文と訳文を並べると——

I dreamt that I dwelt in marble halls
With vassals and serfs at my side,
And of all who assembled within those walls
That I was the hope and the pride.
I had riches too great to count; could boast
Of a high ancestral name,
But I also dreamt, which pleased me most,

夢に見しわれは大理石の館《やかた》に住《すま》いて
数多《あまた》の家臣と下じも傅《かしず》きてふるまう
皆が皆、館に集いて
希望と誇りなるわれを敬う
かぞえきれぬ富に恵まれ
古き高貴の家名を誇り
あなたの変らぬ愛にくるまれ

That you loved me still the same.　夢の華のなお咲き残り

　これは一番の歌詞だ。これを「二番の歌詞になってもういっぺん歌った」のが、マライアの「間違い」である。なお、『ボヘミアの少女』には全曲CD（Argo 433 324–2）があるが、この一番の部分だけならネットのGoogle検索で〈I dreamt that I dwelt in marble halls〉と打込むと聴くことができる。

　あるいはまた、「下宿屋」の娘ポリーが「ドアをノックした。蠟燭《ろうそく》の火を貸してほしい、風が入って消えてしまったから…」というくだり。これを訳しながら、訳者は思わず笑い出していた。プッチーニ『ラ・ボエーム』第一幕のパロディだからである。そしてプッチーニが階段を巧みに使ったように、ジョイスも階段を巧みに使っている。ところで、ポリーの最後の台詞《せりふ》は「なあに、ママ？」である。このママ mamma という音符は、別の二篇でも聞える。「小さな雲」のアニーの「ママの大事大事な子羊さん！」。そして「土くれ」で間接話法の中に聞えるマライアの「パパとママには特別なおみやげ」と、マライアの思い出すジョウの台詞。この台詞は音符の奏で方を変えた。

――母上《ママ》は母上《ママ》さ。でもマライアは僕のほんとの母さんだ。

mammaという語は、ＯＥＤ（Oxford English Dictionary）によれば、18世紀にはもっぱら上層階級の間で用いられ、19世紀にはそれが広がって下層階級でも上品ぶるために用いられた。ポリーとアニーが口にする「ママ」は、どちらも上品ぶっただけの音色だ。しかしジョウの育ったのは、乳母マライアを住わせるだけの裕福な一家だった。ママが日常語として用いられていた。そのことをジョイスは、マライアにジョウの台詞を思い出させることで書いている。したがって「母上《ママ》」という表記で音色の違いを奏でたのである。

ついでながら、同じようにルビをふった「執達吏《ひったくり》」（99頁、204頁）について言っておこう。たんに「執達吏」もしくは「執達吏《しったつり》」の表記からでは、二〇〇九年の日本語はもはや生彩ある音色を発しないように思う。たとえば島崎藤村『家』（一九一一年）には「執達吏――高利貸――古道具屋――其他《そのた》生活のみじめさを思はせるやうな言葉が斯《こ》の娘の口から出た」というくだりがあって、執達吏の音色が確かにひびく。その古いひびきを新訳に奏でるべく「ひったくり」のルビをそえた。念のため、かつては「ひったくり」という語が「（音が類似しているところから）執達吏（しったつり）をののしっていう語」として使われていた（日本国語大辞典）。

実は、こうした《ルビ奏法》はジョイス経由で大江健三郎氏に強く示唆《しさ》されたものである。文庫版『フィネガンズ・ウェイク』（河出文庫）に書いてくださった序文の中で特に驚いた一節――

　読み手はまず当の漢字を見ているのであって、少なくとも二種の表記を同時的に――多声的にといいたいほどだ――視覚的にも聴覚的にも受けとっているのだ。たとえば、大江健三郎《としをとってもこども》というような、あるいは大江健三郎《チャイルディッシュ》というような……

　訳者の《ルビ奏法》の乱れについても言及しておこう。出演者《アーティースト》、歌手《アーティースト》、芸人《アーティースト》、あるいは、礼拝堂《チャペル》、教会《チャーチ》、教会《チャペル》という乱れである。いずれも故意のもので、その意図は読者にくみとっていただきたい。ただ、後者について一言付け加える必要はありそうだ。アイルランドでは、教会を指す church はもっぱら英国国教会、もしくはプロテスタントに属する語であって、ローマカトリック教では chapel を用いる。

『ダブリナーズ』翻訳の「多声的」な、少なくとも「聴覚的」な訳出法について、もう少し述べる。「土くれ」で、マグの紅茶で乾杯しながら――

　ムーニーは玉たまマグれ当りのいい男がいなくて残念だけどさと言った（166頁）。

原文の a sup of porter を「黒ビール一口」というふうにしか聞き取れないようでは翻訳にならない。ここには supporter の音がひびく。男の股間《こかん》を支えるサポーターという音だ。英米の注釈書や研究家もこの音符を見逃している、というか、聞き逃している。これを聞き逃しては、マライアや洗濯女たちとともに笑いころげることはできない（ちなみに、日本語の洗濯女に売春婦の意味があることが、その箇所を翻訳する訳者を助けてくれた）。

もっと聞き取りやすい音としては、「死せるものたち」のリリーがゲイブリエルの妻グレッタに言う Good-night がある。しかし従来の邦訳はこれを聞き違え、「今晩は」「こんばんは」としているようだ。客を迎えて Good evening でなく Good-night——つまり、リリーは正しい英語を使えない。この Good-night の音符によって、ジョイスはリリーの育ちや無教養ぶりを表出した。それを「奏出」すべく、訳者は「おじゃましてください」（299頁）とした。

聞き取りにくい音としては、同じく「死せるものたち」でアイヴァーズ嬢が去るときの台詞がある。

Beannacht libh ——アイルランド語のカナ表記は困難だが、バナハト・リヴ——

これを従来の邦訳はどれも「さようなら」としか聞き取っていない。しかしこのアイルランド語は「あなたたちにも祝福を」であって、「さようなら」の意味になる場合もあるにせよ、この場合はグレッタの「あなたっておかしな人ね」に応じた台詞、というより捨て台詞なのだ。「お元気おたがいさま《バナハト・リヴ》」——こう言われたメアリー・ジェインもゲイブリエルもグレッタも、アイルランド語であることは分ったろうが、意味はよく分らない。だから「アイヴァーズ嬢はけたけた笑いながら階段を駆け下りて行く」(330頁)。

もう一つ、「小さな雲」のガラハーの口にするアイルランド語の楽句《フレーズ》について——いかにも自分はアイルランド人だ、ダブリナーだとばかりに deoc an doruis と言っているが、これは間違いで、正しくは deoch an doruis(カナ表記にすればヂョッホ・アン・ドラウスとなろうか)。つまり、この男は馬の餞《はなむけ》ならぬ「馬の首向け酒《ジョック・アン・ドラス》」と言って脂下《やにさ》がっているわけだ(128頁)。

ほかにも随所に聞えるこうした音や音符や楽句を、訳者は可能なかぎり「奏出」したつもりだ。おそらくは大多数の読者が理解しないであろう「簸《ひ》られた」(80頁)という訳語を用いたのも、同じような意図からである。

ジョイスの原語は winnowed(winnow の過去分詞)で、この動詞は使われる頻度がきわめて少なく、まずめったに目にしない語、めったに耳にしない語だ。いうなれば、知名度のきわめて低い語。シェイクスピアには数回現れるが、ジョイスは『ユリシーズ』と『フィネガンズ・ウェイク』で一回ずつ使っているのみ。そして『ダブリナーズ』でも一回のみ。しかしこれは小型の英語辞書にも収録されている。

そういう語として「簸《ひ》る」を選び、知合いの十数人の編集者にメールで尋ねた。全員が知らない。知名度のきわめて低いことは立証された。そしてこれまた、小さな国語辞典に収録されている語だ。拙著のタイトルが言うように、まさしく『日本語は天才である』。

訳者が初めてこの短篇集に接した四十数年前、アイルランドは、ダブリンは、とても遠い地だった。大多数の日本人にとっては、それこそ「簸る」の知名度しかなかったのではないだろうか。当時は、メルボルンやヘルシンキのほうが近かったかもしれない。

しかし今日では事情が全く違う。旅行で訪れる人も多くなった。衛星放送が普及し、かつまた、インターネットがある。先ほど Google 検索に言及したが、インターネットはそうとう慎重に、信頼できるサイトを選ばなければならないにしても、かつては想像するしかなかったイメージを提供してくれる。O'Connell Bridge オコンル橋の光景なら毎日24時間、ライブ映像が見られる（オコンネルより発音に近いオコンルの表記を訳者は以前から用いている）。リフィー川のツアーも可能だ。ダブリンの地図や通りや建物など、ダブリンの観光関連インターネットはかなり充実している。古い写真なども見ることができる。

したがってアイルランドやダブリンに関する目障《めざわ》りな訳注や訳注番号を本文に挿入しなかった。固有名詞や聖書などからの引用もそうしたが、ただ一つ「國《くに》の膏腴《あぶら》を食《くら》ふ」（創世記45章18節）という文語訳をさりげなく引いて読者の聴覚を喚起した箇所もあるのは明かしておこう。

以下、図版について若干の補足を加える。

①この広告の Pneumatic Tyre（ゴム製の空気タイヤ）が「中気車輪」rheumatic wheels（23頁）という老婆語《ろうば》になっている。同じように、the Freeman's Journal フリーマンズ・ジャーナル紙が同じく老婆語で the Freeman's General フリーマンズ・ジェネラル（21頁）となっている。

②二本の煙突は、いずれも高さ二百メートルほどある。

③広告に見えるように、バザー「アラビー」は一八九四年五月十四日から十九日ま

で開催された。十九日（土曜日）の日没は午後八時ちょうどという記録も残る。「八時をまわった」（51頁）からと言ってマーサー婆さんが腰を上げるのは、ジョイスが周到に定めた時刻なのかもしれない。

④アイリッシュ・ホームステッド（週刊紙）一九〇四年九月十日。

⑤写真は一九三二年スイスで撮られたもの。作品の素材は一九〇三年七月二日のゴードン・ベネット・レース。

⑥ハープは古くからアイルランドの象徴とされてきた。現代のアイルランドの国章、ユーロ切換え以前の一ポンド硬貨、ギネスビールのラベルなどが知られる。

⑦「モールバラ通りの略午《りゃくひる》」（103頁）とは、この教会で正午に始まる略式のミサを指すムーニー語。catch short twelve at Marlborough Street「モールバラ通りで短い十二（時）に間に合う」という原文には、女将《おかみ》ムーニーの上品とはいえない言葉づかいと篤《あつ》いとはいえない信仰心が露呈する。

⑧「貧相な発育不全の家並」（117頁）は今日もはや見えないが、橋の名はヘンリー・グラッタン（一七四六―一八二〇）にちなむ。アイルランド独立の先駆者で、アイルランド屈指の雄弁家。この橋の上でリトル・チャンドラーに「詩的瞬間」が訪れるのは、いかにもジョイスらしいコミックな暗合の手法。

⑨『ユリシーズ』のリアポウルド・ブルームはこんなことを考える──「皆よく飲むからな。面白い謎《なぞ》になりそうだぞ、パブの前を通らずにダブリンを端から端まで歩け」。ダブリンはパブの都市で、いたるところにパブがある。「精算だ、みんな」(156頁)は、店の勘定の割勘精算ではない。必ず誰かがおごり、ほかの者がたかるという飲み方をしているからだ。ファリントンとウェザーズの腕相撲勝負に一同が賭《か》けた、その精算である。

⑩足がもつれそうになりながら、はしゃいで踊る子供たちの様子が浮ぶ。

⑪一九〇四年七月にあった実際の事故が題材となっている。

⑫パーネルの死(一八九一年十月六日)を追悼する小さな集りが数年続き、メンバーは蔦《つた》の葉を襟に挿《さ》した。常緑の蔦は忠誠の象徴。

⑬出演者《アーティースト》の中にジェイムズ・ジョイスの名が見える。その前にある名 J. F. M'Cormack ジョン・F・マコーマック(一八八四―一九四五)はアメリカで成功を収めたテノール歌手で、CDも入手可能。ジョイスは二十歳前後にテノール歌手を本気で志していた。『ユリシーズ』11章に示されているように、音楽の専門的知識は並外れていた。後年、テノール歌手 John [O'] Sullivan ジョン・[オ]サリヴァン(一八七七―一九五五)をほめちぎり、熱心な後援者となる──むろん金銭による後援はできなか

ったが、言語による後援。ロッシーニ『ウィリアム・テル』のアルノルドを歌ったサリヴァンがいかに完璧《かんぺき》なテノールであるか、それを譜面の音符をことごとく確かめて語ったという。

⑭別称を Irish jaunting car ともいうアイルランド独特の馬車は、座席が車輪の外側《アウトサイド》にあるので outsider とも呼ばれる。図版は一人ずつ背中向きに座るものだが、横並びに二人座るものなどさまざまな車体がある。座席間に well「井戸」(拙訳では凹《くぼ》)と呼ばれる荷物入れがある。カーナンとパワーは一人ずつ背中向きに座り、「長身で動きの素早い」パワー氏は、この「凹《くぼ》越しに身を乗り出してカーナン氏の口を覗《のぞ》き込」んだと思われる(257頁)。マッチ(当時の太くて長い発火剤付きのマッチ)は長外套《アルスター》(の携帯マッチ入れ)から取り出したものだろう。

⑮現在でもランク付けは高いが、当時は今以上に高級ホテルと見なされていた。「グレシャムに取ってあるから」(306頁)というさりげない台詞にゲイブリエルの俗物っぽさが覗く。

最後に、もう一つだけ印象的な音を聞き直したい。

ポーヒヨン！――「委員会室の蔦の日」のあの音。

パーネル亡《な》きダブリンの、アイルランドの失意を、いわば政治的失意を聞き取ることはむずかしくないだろう。しかし実をいえば、訳者はその冒頭に登場するジャック爺《じい》さんに好意を抱く。この愛すべき名脇役《わきやく》！

空瓶を持ち帰るように言われた少年に、「なんの瓶だい？」と、とぼけている。たぶん、家へ持ち帰って飲んだのだろう。「開けるんで？　栓抜きがないってのに？」と言って、なんとか家へ持ち帰るぶんを確保しようとするが、うまくいかない。「わしも喉《のど》がからからよ」と、飲みたくてたまらないことを早くから告げているのに、ついにこの老人は一滴も飲ませてもらえない。ポーヒヨン！と栓が抜けるたびに、老人は失意に沈む。飲めない失意に沈む。

なんとも滑稽《こっけい》だ。『ダブリナーズ』のあちこちに流れる喜劇的旋律を聞いていただきたい。

（二〇〇九年一月）

追記　ジャック爺さんが飲めなかったということに承服できない読者もいると思われるので、少し言いそえておく。ジャック爺さんは確かに三本のコルク栓を抜き、そして少年にも一本、コルク栓を抜いた。少年は一気に一本飲み、ヘンチー氏とオコナー氏は一本ずつ「瓶から直《じか》に飲んだ」。しかし、ジャック爺さんが飲んだとは書かれていない。「タンブラーがないんでな」と言った手前もあるし、立場も対等でないので、同等に瓶から飲むわけにいかないのだ。では、あとの一本はどうなったのか。ポーヒヨン！の音を何度か聞き直していただきたい。時間差がある。どうしてライアンズ氏の瓶のコルクは真っ先に、しかも早々と飛んだのか――その答まで明かすのは読者の楽しみをまるごと奪うことになる。ジョイスの創作活動の姿勢に倣《なら》って、答は「沈黙、流浪《るろう》、狡猾《こうかつ》」のままにしておこう。なお、「きりのいい本数」とは一ダースではない。その本数も分れば、読者は笑い出さずにはいられなくなるはずだ。

ディケンズ
加賀山卓朗訳
大いなる遺産（上・下）

莫大な遺産の相続人となったことで運命が変転する少年。ユーモアあり、ミステリーあり、感動あり、英文学を代表する名作を新訳！

ディケンズ
加賀山卓朗訳
二都物語

フランス革命下のパリとロンドン。燃え上がる激動の炎の中で、二つの都に繰り広げられる愛と死のロマン。新訳で贈る永遠の名作。

ディケンズ
村岡花子訳
クリスマス・キャロル

貧しいけれど心の暖かい人々、孤独で寂しい自分の未来……亡霊たちに見せられた光景が、ケチで冷酷なスクルージの心を変えさせた。

ディケンズ
中野好夫訳
デイヴィッド・コパフィールド（一〜四）

逆境にあっても人間への信頼を失わず、作家として大成したデイヴィッドと彼をめぐる精彩にみちた人間群像！　英文豪の自伝的長編。

ディケンズ
加賀山卓朗訳
オリヴァー・ツイスト

オリヴァー8歳。窃盗団に入りながらも純粋な心を失わず、ロンドンの街を生き抜く孤児の命運を描いた、ディケンズ初期の傑作。

J・オースティン
小山太一訳
自負と偏見

恋心か打算か。幸福な結婚とは何か。十八世紀イギリスを舞台に、永遠のテーマを突き詰めた、息をのむほど愉快な名作、待望の新訳。

C・ドイル
延原謙訳

シャーロック・ホームズの冒険

ロンドンにまき起る奇怪な事件を追う名探偵シャーロック・ホームズの推理が冴える第一短編集。「赤髪組合」「唇の捩れた男」等、10編。

C・ドイル
延原謙訳

シャーロック・ホームズの帰還

読者の強い要望に応えて、作者の巧妙なトリックにより死の淵から生還したホームズ。帰還後初の事件「空家の冒険」など、10編収録。

C・ドイル
延原謙訳

シャーロック・ホームズの思い出

探偵を生涯の仕事と決める機縁となった「グロリア・スコット号」の事件。宿敵モリアティ教授との決死の対決「最後の事件」等、10短編。

C・ドイル
延原謙訳

シャーロック・ホームズの事件簿

知的な風貌の裏側に恐るべき残忍さを秘めたグルーナ男爵との対決を描く「高名な依頼人」など、難事件に挑み続けるホームズの傑作集。

C・ドイル
延原謙訳

緋色の研究

名探偵とワトスンの最初の出会いのち、空家でアメリカ人の死体が発見され、続いて第二の殺人事件が……。ホームズ初登場の長編。

C・ドイル
延原謙訳

四つの署名

インド王族の宝石箱の秘密を知る帰還少佐の遺児が殺害され、そこには〝四つの署名〟が残されていた。犯人は誰か？　テムズ河に展開される大捕物。

J・アーチャー
永井　淳　訳
百万ドルをとり返せ！

株式詐欺にあって無一文になった四人の男たちが、オクスフォード大学の天才的数学教授を中心に、頭脳の限りを尽す絶妙の奪回作戦。

J・アーチャー
永井　淳　訳
ケインとアベル（上・下）

私生児のホテル王と名門出の大銀行家。典型的なふたりのアメリカ人の、皮肉な出会いと成功とを通して描く〈小説アメリカ現代史〉。

J・アーチャー
戸田裕之訳
嘘ばっかり

人生は、逆転だらけのゲーム——巨万の富を摑むか、破滅に転げ落ちるか。最後の一行まで油断できない、スリリングすぎる短篇集！

J・アーチャー
戸田裕之訳
運命のコイン（上・下）

表なら米国、裏なら英国へ。非情国家に追い詰められた母子は運命を一枚の硬貨に委ねた。奇抜なスタイルで人生の不思議を描く長篇。

J・ラヒリ
小川高義訳
停電の夜に
ピューリッツァー賞
O・ヘンリー賞受賞

ピューリッツァー賞など著名な文学賞を総なめにした、インド系作家の鮮烈なデビュー短編集。みずみずしい感性と端麗な文章が光る。

K・グリムウッド
杉山高之訳
リプレイ
世界幻想文学大賞受賞

ジェフは43歳で死んだ。気がつくと彼は18歳——人生をもう一度やり直せたら、という窮極の夢を実現した男の、意外な、意外な人生。

新潮文庫最新刊

飯嶋和一著
星夜航行（上・下）
舟橋聖一文学賞受賞

嫡男を疎んじた家康、明国征服の妄執に囚われた秀吉。時代の荒波に翻弄されながらも、高潔に生きた甚五郎の運命を描く歴史巨編。

葉室麟著
玄鳥さりて

順調に出世する圭吾。彼を守り遠島となった六郎兵衛。十年の時を経て再会した二人は、敵対することに……。葉室文学の到達点。

松岡圭祐著
ミッキーマウスの憂鬱ふたたび

アルバイトの環奈は大きな夢に向かい、一歩ずつ進んでゆく。テーマパークの〈バックステージ〉を舞台に描く、感動の青春小説。

西條奈加著
せき越えぬ

箱根関所の番士武藤一之介は親友の騎山から無体な依頼をされる。一之介の決断は。関所を巡る人間模様を描く人情時代小説の傑作。

梶よう子著
はしからはしまで
―みとや・お瑛仕入帖―

板紅、紅筆、水晶。込められた兄の想いは……。お江戸の百均「みとや」は、今朝もお店を開きます。秋晴れのシリーズ第三弾。

宿野かほる著
はるか

もう一度、君に会いたい。その思いが、画期的なAIを生んだ。それは愛か、狂気か。『ルビンの壺が割れた』に続く衝撃の第二作。

新潮文庫最新刊

三川みり著
龍ノ国幻想1
神欺く皇子
皇位を目指す皇子は、実は女！　一方、その身を偽り生き抜く者たち――命懸けの「嘘」で建国に挑む、男女逆転宮廷ファンタジー。

津野海太郎著
最後の読書
読売文学賞受賞
目はよわり、記憶はおとろえ、蔵書は家を圧迫する。でも実は、老人読書はこんなに楽しい！　稀代の読書人が軽やかに綴る現状報告。

石井千湖著
文豪たちの友情
文学史にその名の轟く文豪たち。彼らの人間関係は友情に留まらぬ濃厚な魅力に満ちていた。文庫化に際し新章を加え改稿した完全版。

野村進著
出雲世界紀行
―生きているアジア、神々の祝祭―
出雲・石見・境港。そこは「心の根っこ」につながっていた！　歩くほどに見えてくる、アジアにつながる多層世界。感動の発見旅。

髙山正之著
変見自在
習近平は日本語で脅す
尖閣領有を画策し、日本併合をも謀る習近平。ところが赤い皇帝の喋る中国語の70％以上は日本語だった！　世間の欺瞞を暴くコラム。

永野健二著
経営者
―日本経済生き残りをかけた闘い―
中内㓛、小倉昌男、鈴木敏文、出井伸之、柳井正、孫正義――。日本経済を語るうえで欠かせない、18人のリーダーの葛藤と決断。

Title : DUBLINERS
Author : James Joyce

ダブリナーズ

新潮文庫　シ－3－3

Published 2009 in Japan
by Shinchosha Company

平成二十一年三月一日発行
令和三年十月二十五日八刷

訳者　柳《やな》瀬《せ》尚《なお》紀《き》
発行者　佐藤隆信
発行所　株式会社新潮社

郵便番号　一六二―八七一一
東京都新宿区矢来町七一
電話　編集部(〇三)三二六六―五四四〇
読者係(〇三)三二六六―五一一一
http://www.shinchosha.co.jp

価格はカバーに表示してあります。

乱丁・落丁本は、ご面倒ですが小社読者係宛ご送付ください。送料小社負担にてお取替えいたします。

印刷・凸版印刷株式会社　製本・株式会社大進堂

ISBN978-4-10-209203-3 C0197